S.F.
V.

Hubert Fichte
Die Geschichte der Empfindlichkeit

Herausgegeben von
Gisela Lindemann †
Torsten Teichert (bis 1988)
Ronald Kay und
Wolfgang von Wangenheim
in Zusammenarbeit mit Leonore Mau

S. Fischer

Hubert Fichte
Hamburg Hauptbahnhof
Register

S. Fischer

Die Geschichte der Empfindlichkeit
Hamburg Hauptbahnhof
Register

Herausgegeben von Ronald Kay

Redaktion: Holger Hof
Umschlaggestaltung: Buchholz/Hinsch/Walch
Satz: Fotosatz Otto Gutfreund GmbH, Darmstadt
Druck: Wagner GmbH, Nördlingen
Bindung: G. Lachenmaier, Reutlingen
Printed in Germany 1994
ISBN 3-10-020728-9

Hamburg Hauptbahnhof

Register

I

1.

Das Pech war, daß Jäcki in die Wechseljahre kam, als der Hauptbahnhof umgebaut wurde.
Und überlegte, ob das so richtig sei.
Dem Gesetz der wachsenden Glieder nach, stimmte es.
Doch folgte Jäcki sein Leben lang dem Gesetz sich verkürzender Glieder.
Das Pech war, daß der Hauptbahnhof umgebaut wurde, als Jäcki in die Wechseljahre kam.
Spannung oder Schock?
Die Frage.
Besser gebaut schien Jäcki der Satz:
Das Pech war, daß der Hauptbahnhof umgebaut wurde, als Jäcki in die Wechseljahre kam.
Der Schock war größer, wenn er gleich zu Anfang mit den Wechseljahren ins Haus fiel.
Es ging Jäcki nicht um Schocks.
Entzündete sich der Witz, wenn die Idee von Wechseljahren eines Mannes im Laufe des Satzes in die Welt geweitet wurde – Wende, Veränderung von Gleisen, Enzymen, Kursbuch?
Oder ergab sich die Diskrepanz nur, wenn Jäcki einen im Umbau begriffenen Kosmos vorstellte und die Perspektive einschrumpeln ließ ins Private, Abwegige, Hormonale?
Je öfter Jäcki über beide Möglichkeiten nachdachte, desto undeutlicher funktionierten sie.
Die rhetorischen Argumente von Hekataios bis zum Vaudou

schienen sich Jäcki in zwei Gehirnsälen gegeneinander zu häufen.
Jäcki verlor alle Kriterien und Parameter – wie der Sinn von Wörtern entrinnt, spricht der Erzähler sie hundert Mal schnell und laut vor sich hin:
Ave Maria.
Israel – portugiesisch ausgesprochen.
Le Nouveau Calvaire de Serge Lama – wobei Lama in Jäcki etwas Tibetanisches auslöste – die tibetanische Zeterente etwa – und Alpacca.
Ornella Muti.
L'Europe c'est fini – l'Afrique c'est joli!
Eyadema Gnassingbe.
Göthe.
Das Pech war, daß Jäcki in die Wechseljahre kam, als der Hauptbahnhof umgebaut wurde.

Nagel hatte sich nicht verändert.
Jäcki fand die Bank wieder, wo er mit der Mutter und dem BDM-Mädchen gesessen hatte beim Heißgetränk.
Heute saßen dort keine Schwarzhändler, die Krähen als Weihnachtsgänse ausgaben, sondern Italiener, die Dextropur als Schnee verkauften, keine Verwundeten, die ihre SS-Nummer auf dem Arm auf dem Klo rausschmurgelten – Punker, die den Polizisten ihr auf den Arm tätowiertes SS zeigten.
Damals zeigten die Flüchtlinge die KZ-Nummer vor.
Heute zeigten die Flüchtlinge ihren Asylantenpaß.
Auf der Toilette stand jetzt:
Türken raus!
Schwanz ab!
Vergasen!
Juden!
Schon wieder: Vergasen!
Noch immer:
Juden!
Noch immer: Schwanz ab!
Jawohl!
Njam, njam!
Der Hauptbahnhof wurde umgebaut.
Die protestantisch praeraffaelitischen Knubbeltürmchen, die wulstigen Quadern der vorletzten Neuen Zeit wurden versetzt mit einem Vorposten der Postmoderne, glitzernd, dem Museum für Kunst und Gewerbe gegenüber.
Mies van der Rohe, abgerundet mies.
Eine Architektur der vergeblichen Fingernägel.
Unerbittlich auch die Milde einplanen.
Wende.
Veränderung.
Wechseljahre.
Njam, njam.
Du wirst alt, dachte Jäcki.
Das flockige Njam, njam, der Herausgeber, der Heinzelmännchen, das vor Freude ungeduldige Teilnahme ausdrücken sollte: Jawohl, hum, hum, hm, ja, ja, doch, na, ja, Donnerwetter,

wacker, wacker, das, ja! – fraß sich durch Spiegel, Zeit, Welt, Konkret, nicht nur durch die Chefetagen bis in den Keller, ins Archiv.
Njam, njam, sogar Wolli, ehe er nach Costa Rica abdampfte.
Schmatzend vor Andacht.
Njam, njam, das nichts andres hieß als:
Bist du denn noch nicht bald fertig, jawohl, Fresse!

Jäcki hatte angefangen, sehr aufmerksam und intensiv alle die Um- und Zustände zu erleben, die in Zeit, Welt, Spiegel, Stern, Konkret nach subkontinentalen und überseeischen Paperbacks erstveröffentlicht wurden.
Zwei Fußwarzen gingen nicht wieder weg.
Soviel er auch schnitt, blutete und internationale Verrucide darüber austrocknen ließ – nicht mehr als 2,5 Quadratzentimeter, lange Fernwochen hindurch.
Er fürchtete schon, die Warzenmittel könnten über die Blutbahnen ins Gehirn dringen und statt der Zehenwucherungen die Synapsen ausätzen.
Jäcki zählte violette Male in den Weichen und am Oberarm.
Das Erschlaffen der Bauchmuskulatur.
Er beobachtete jedes Indiz des Verfalls bei den Kollegen der Generation seiner Eltern und schließlich der eigenen und hakte jeden Morgen erneut selbst seine bewußteren Funktionen ab.
Namen und Daten fingen an, mit Jäcki Versteck zu spielen.
Die Verstecke vertieften sich.
Vokabeln waren zwei Tage da und dann für immer und ewig versackt.
Er lernte mit Irma genau so viel Griechisch neu, wie er altes vergaß.
Früher wurde das aufgewogen durch einen Vorgang, den Jäcki das unbewußte Erinnern nannte.
Wölbte er jetzt Erzählungen über Erzählungen, fand er manchmal aus der eigenen Versuchsanordnung nicht mehr heraus.
Das kam öfter vor.
Waren seine Erzählungen komplizierter, komplexer geworden?
Oder redete er mehr?
Blicke und Gerüche begannen zu sterben.
Augäpfel in Plastikzellen.
Das Nachlassen der Sehschärfe – die Verengung des Blickwinkels, wie Irma genauer beobachtete.
Die Unlust, immer wieder genau hinzusehen.
Viel zuviel gesehen haben.
Viel zuviel empfunden.
Viel zuviel zitieren können.

Und nun auch noch die Disketten.
Das Gedächtnis von Babylon aus der Tiefkühltruhe.
Jäcki fürchtete, die Erinnerung zu verlieren.
Sich nicht mehr äußern zu können.

Michel sagte, er pißte überhaupt nur noch.
Und Wolli wichste täglich mehrere Male auf Magazine.
Bei jedem Spritzen zeichnete er ein Kreuz in seinen Taschenkalender.
Jäcki spürte das Nachlassen der Begier, das das Nachlassen der Potenz auslöste.
Oder umgekehrt.
Und dann das Loch, wenn auch die Obsessionen, die das Fehlen von Obsessionen ausfüllen sollen, fehlen.
Ein unbeschmutzter Dirty Old Man.
Leeres Gehen.
Die Weigerung, sich hübsch anzuziehen.
Sich überhaupt anzuziehen.
Zähneputzen.
Der Ekel vor Reisen, Zeitungen, Essen, Wörtern.
Der Ekel vor dem Wort Fortschritt.
Vor dem Wort verändern.

Jäcki war jung gewesen in einer Welt, die ihm jung erschien – wenn man von dem katastrophalen Anfang absieht:
Uneheliches Kind einer Stenotypistin, die zur Entbindung auf einen biologisch-dynamischen Hof floh.
Rassenschande, Beethovenallee, Winsen, Krippe, Mandelpudding mit Himbeersoße.
Der Großvater brachte die Verdunkelung im Einfamilienhaus an.
Kinderlandverschickung.
Hamburg verwandelt sich in eine dunkle Wolke.
Eine Käsetorte und eine Blutorange gingen am Himmel auf.
Der Mischling Ersten Grades trat in die HJ ein.
Hansen-Bahia mußte BB-Kellerschrumpfleichen für Professor Graeff ausgraben.
Bombenteppiche wurden gelegt.
Die Welt war das Ende der Welt.
In den zehn zwölf Jahren des Tausendjährigen Reiches verlangsamte sich die Zeit für Jäcki, verharrte, fing an zu galoppieren und kollabierte.
Dann kam die Neue Zeit.
Das Klirren der Panzer der Alliierten.
Trommeln auf Bremen zu.
Die sommerlichen Explosionen in den Kirschpflanzungen des Alten Landes.
Das Junge Theater.
Die Gräfin Dönhoff gründete die Zeit.
Das Abgründige in Herrn Gerstenberg.
Meine Nichte Susanne.
Wir sind noch einmal davongekommen.
Das Mammutbaby, Heidegger, Das Wörterbuch des Unmenschen, die Fliegen, die Kluge von Orff.
Jäcki konnte Hesse nicht ausstehn.
Die 50er Jahre fingen mit Bach an.
Die Spur des Dunklen Engels von Hans Henny Jahnn.
Überhaupt Engel.
Totem und Tabu.
Alexander Hunzinger inszenierte Von Mäusen und Menschen im Theater im Zimmer.

Thomas Manns Urururur.
Benns Ururahnen wären.
Helene Weigel.
Die Zeit fing an zu dauern.
Jäcki melkte im Tiefstall beim Obersturmbannführer der Leibstandarte Adolf Hitler
Mit 25 war Jäcki fast 25.
Er schlief mit einer Frau.
Mit 30 war die Zeit 30 geworden.
Jäcki ließ sich zum ersten Mal.
Der Schah von Persien.
Der erste Mord eines Polizisten.
Das Politische Bewußtsein.
Die Wiener Phantasten.
Le Nouveau Roman.
Höllereranthologien.
The Permissive Society.
Die Sprache dachte über sich selbst nach.
L'Imagination au Pouvoir.
Altersversorgung.
In den tollen 60er Jahren fühlte Jäcki sich toll.
Der erste Mord an einem Polizisten.
Jedem über 30 mißtrauen.
Mit 40 war Jäcki 40.
Die Zeit nahm ab.
Die Annoncen in der Zeit nahmen zu.
Farbbeilage.
Der Neue Mensch.
Noch einmal der Schah von Persien.
Im Panama-Hilton.
Khomeini.
Herodot erscheint nicht in den 100 Büchern der Zeit.
Irma fotografierte zum zweiten Mal die weißen Pfauen in Lissabon.
Poetische Anthropologie.
Jäcki veränderte die Wissenschaften vom Menschen.
Die Verschwulung der Welt.

Aids.
Sieh da!
Die Wende.
Das Ende.
Jäckis – ein ganz normaler Nachkriegslebenslauf.
Hieronymus Bosch oder Wilhelm Busch?
Njam, njam.

Was fehlt dir denn?
Was ist denn nun schon wieder los?
In Rio fressen die Räuber den Gästen das Beefsteak vom Teller?
Die Sahara treibt die Woloff ins Meer?
Heere von Arbeitslosen stürmen die Bücherhallen?
Mikroorganismen übernehmen die Regierung?
Die Nordsee kippt um?
Der Harz wird entlaubt?
Orwell-Gedächtnisfeiern freilich allenthalben?
Die freie Presse stirbt an Immunschwäche?
Der Spiegel am Montag?
Die Zeit am Donnerstag?
Konkret zum Ersten?
Lautsprecher in den Favelas?
Die Augen werden in abgerundete Kästen gesperrt?
Die Gerüche werden vom Dromarkt verwaltet?
Das Gedächtnis als Diskette gestapelt?
Steiff Knopf im Ohr?
Die Autozensur kommt mit dem neuen BMW?
Das Kabel in der Wand?
Die Wanze an der Tapete?
Oblivion?
Freunde?
Desinformation?
Das Schweigen!
Njam, njam?
Schon Pherekydes ging an Läusen zu Grunde.
Desinformation gab es schon zur Zeit Philipps von Mazedonien.
Schon Villon hatte Seborrhoe.
Dir gefällt die Haartracht nicht mehr?
Dir sind die Lieder zu hart?
Die Gerüche zu scharf?
Das N des neuen Menschen zu groß?
Das ist keine Wende.
Das sind die Wechseljahre.
Das ist nicht das Ende.
Das ist die immer gleiche Wende.

Die Welt ist unverständlich geworden?
Du verstehst die Welt nicht mehr.
Die Welt ist häßlich geworden?
Du brauchst eine neue Brille.
Die Nordsee kippt um?
Du kippst um.
Die Bäume sterben aus?
Du stirbst.
Jäcki, du wirst alt.
Was heißt hier Entropie?
Vitaminmangel.
Jäcki, du wirst wunderlich.
Du brauchst neue Einlegesohlen.
Jeder klagt immer über das Ende der Welt, wenn er drauf und dran ist draufzugehen.

Ja, aber wurde Allende denn nicht in den Selbstmord getrieben?
Verschloß denn nicht die chinesische Botschaft die Türen vor den flüchtigen Chilenen?
Wies die sowjetische Botschaft denn nicht die flüchtigen Sozialisten zurück?
Wurde Maurice Bishop nicht von den eigenen Genossen ermordet?
Wurde Jacqueline Creft nicht das Kind mit einem Bajonett aus dem Bauch geschnitten?
Wurde ein kleiner schwarzer Junge nicht mit einer Bombe auf den Marktplatz geschickt, wo ein Zehntel der Bevölkerung von Grenada für Maurice Bishop demonstrierte?
Gibt es kein Napalm?
Gibt es keine biologische Kriegsführung?
Gibt es keine Dörfer die ausgerottet werden?
Gibt es Afghanistan nicht mehr?
Gibt es keine Waffenlieferungen nach Ouagadougou?
Gibt es keine Menschenjagden im deutschen Blätterwald?
Vierzig Jahre nach dem Stürmer?
Gibt es keine KZs?
Wurde das Torchlight nicht von den Revolutionären geschlossen?
War nicht die Ermordung Chamorros, des Vaters, des Herausgebers von La Prensa die letzte Tat Somozas vor der Befreiung des nicaraguensischen Volkes durch sich selbst?
Wird La Prensa nicht mehr zensiert?
Gibt es keine Foltern unter dem Sozialisten Obote in Uganda?
Wird der Amazonas denn etwa nicht abgeholzt?
Verdoppelte sich die Menschheit nicht in den letzten 30 Jahren?
Riecht es nicht alles nach Aramis?
Dröhnt nicht aus allen Ohren Rock?
Hat der Kerbel keine Flechte?
Gibt es keine Judenpogrome mehr?
Keine Negerpogrome?
Kein Schwulenpogrom?
Verteidigte nicht unser Stadtteilgöthe das Ausbrennen von Gehirnzellen bei sexuellen Rückfalltätern?

Gab es keine Razzien gegen Schwule nach dem Papstbesuch in Brasilien?
Wird in Libyen nicht die Todesstrafe gegen Homosexuelle verhängt?
Hängt Khomeiny nicht die Schwulen an Hinterladern auf?
Ist die Gay Liberation nicht zu einem Kameradschaftsabend für Hitlerjungen verkommen mit grauen Schläfen?
Eine ewige Zarah Leander.
Querelle de Brest von Zarah Leander.
Facilities.
Outside Cruising.
Holidayintroduction.
Fordert die freie Presse etwa nicht KZs für Durchfallkranke?
Wurde in Hamburg nicht ein Mann mit Gehirnblutungen wegen Aids gelyncht?
Sind die Schwulen nicht gezwungen die Propagandaartikel gegen sich selbst zu verfassen, selbst zu setzen, selbst zu lektorieren?
Geht nicht eine ganze Welt kaputt, weil ein paar Journalisten aus Penetrationsängsten keinen mehr hochkriegen?
Soll nicht Sappho sterilisiert werden?
Archilochos?
Herodot?
Äschylos?
Sophokles?
Anakreon?
Martial?
Arnault Daniel?
Marlowe?
Shakespeare?
Voltaire?
Buxtehude?
Rimbaud?
Hans Henny Jahnn?
Thomas Mann?
Jean Genet?
Ach, Jäcki hatte keine Lust mehr, die ganze Encylopaedia Britannica herzubeten.

Vor allem aber:
Lohenstein.
Platen.
Verändert der Dichter etwa nicht das Adjektiv?
Aus Angst?
Wegen des Absatzes?
Wird niemand mit Druckfehlern ermordet?
Jäcki war ausgezogen gegen all das Getue.
Er wollte die Riten verletzen.
Und studierte die Riten genau.
Gab es nicht mehr Getue denn je?
In den Vier Jahreszeiten und im Spiegel, in der Zeit, in der Welt und Konkret?
Stand da denn nicht wieder Juden?
Unsre Arbeiter?
Schwanz ab?
Internierungslager?
Die Polen müssen?
Sagten sie denn nicht alle njam, njam?
Waren sie denn nicht alle verrückt?
Oder war Jäcki verrückt?
Als Jäcki jung war, als die Welt und die Zeit jung waren, hatten sie nicht njam, njam gesagt.

Für jeden, der stirbt, geht die Welt unter.
Für Jacqueline Creft, der das Kind aus dem Leibe geschnitten wurde, geht die Welt unter.
Für diesen Fötus ging die Welt nie auf.
Für den schwarzen Jungen, den die Bombe zerriß, ging die Welt unter.
Für Allende ging die Welt unter.
Stirbt die Welt, weil ich sterbe?
Oder sterbe ich, weil die Welt stirbt?
Das war das Pech, daß Jäcki sich mit der Zeit verwechseln mußte.
Daß Jäcki nicht mehr unterscheiden konnte:
Waren es die Wechseljahre oder war es der Hauptbahnhof.
Der Hauptbahnhof wurde umgebaut.
Jäcki kam in die Wechseljahre.

2.

Erst nach ein paar Tagen deckten sie Plastikplanen drüber.
Sie ließen Planen von oben herunterrollen.
Wie auf altmodischen Bühnen der Vorhang fällt.
Es schien Jäcki ein Wunder, daß man ein solches Ereignis immerhin drei oder vier Tage duldete, ehe man es in Plastik erstickte, bündelte, zuzurrte.
Wie lang?
Ja, doch schon, wenigstens hundert Meter.
Wie dick?
Das war nicht das richtige Wort.
Konnte man diesen Gegenstand, der aus Träumen bestand, aus ausgemeißelten Becken, aus Bonbons messen?
Durchmesser?
Jäcki hatte es ein ganzes Lebensalter ausgeschritten, rauf und runter, zwischendurch mal in die Klappe mit den Schwingtüren rein, daneben der Stand, die internationale Presse.
Jäcki hatte die Schritte nie gezählt.
Die alte Wandelhalle war stillgelegt worden.
Die Eingänge zugemauert.
Wegweiser.
Die alte Wandelhalle war vom Behelfssteg aus einsehbar.
Unbeleuchtet, grau, braun und etwas violett.
Ohne einen Passanten.
Auch keine Türken, die auf Besenpanzern thronten.
Kein einziger Stricher mehr an den Schließfächern.
Die alte Wandelhalle sah aus wie eine Filmdekoration in den Ateliers von Bendestorf, die abgedreht worden war.
Eine Epoche aus Latten, Lettern, abgehängten Wandbildern der Hamburger Sezession, Leitern, museumsreife grüne Kacheln.
Und die Pilze.
Die Bleiröhre.
Der Floh.
Und Jäckis Erinnerungen, die in Schlieren über den Augapfel rannen.

Es hatte etwas von Verschleiertem Bildnis zu Sais und Sittlichkeitsverbrechen.
Sperrig in diesem Universum eines funktionierenden Bahnhofs aus Videokameras, Schäferhunden und Stadtteilschreibern.
Die Bahnhofsverwaltung ließ blaue, dünne Plastikbahnen darüber herunter.
Wie das Plastik von Müllsäcken wurde darüber gespannt.
Die Bahnen zerrissen, schlugen sich los.
Winterluft hob die Lappen hoch.
Jäcki konnte vom knickerigen Behelfssteg aus die Kunsthalle sehen und einen Stern und eine brennende Straßenlaterne.
Regen ditschte glitzernd aus einer Rinne.
Die alte Wandelhalle war schon weg.
Da wurde nicht mehr getanzt und geprostet.
Da traten sie nicht mehr auf:
Hans Henny Jahnn, François Villon, Dietrich Buxtehude, Cartacalo/la.

3.

Jäcki / Irma / Peter Michel Ladiges / Wolli Köhler / Fritz J. Raddatz
Friedensbewegung / Aids / Das Waldsterben / Hitlertagebücher / Nicaragua / Grenada / Afghanistan / Äthiopien
Desinformation
Oblivion –
Vergessen
Das Jahrhundertwerk
Dulu / Orgun / Der Obermargarinerat
Heinz Sachs / Marlene / Hans Eppendorfer / Christoph Bernhard Hubertus von Derschau / Felix Rexhausen
Der Schwulenticker / Die Bullen / Die Toilettenfrau / Oma
Die Tochter aus gutem Hause / Uwe Johnson
Hairy beziehungsweise Mustapha
Der Grazer Fixer / Der Afghane / Läuse
Der Stricher / Die Minna von Barnhelm / Der Neue Mensch
Der Osterhase / Der Sikh / Marcel Proust / Randys Sohn / Die Menschen
Der Kurde / Auch Wein / Der Stadtteilschreiber
Manfred Schönfelder / keiner / L'Europe / L'Afrique
Habakuk / Edmund und Klaus
Die Zeitungsfrau / Der Bauarbeiter / Der Waisenhauszögling / Der Mitschnacker
Manfred Bissinger / Jürgen Wiering / Der Papst / Ali / Hermann Peter Piwitt
Es / Ich
Klaus / Wolf / Hühner
Der Hörfunk / Beton / Ich / Der Penner / Der Sanitäter / Telegramme
Der Minderjährige / Das Matjesschild

fehlt
raffen
umgehn
betroffen sein

geht / kämpft / verwandelt sich / schlägt auf / trinkt
befürchtet / haust / kriegt ein paar in die Fresse
ruft / wird geschnitten / erscheint / gewinnt den Marathonlauf / kommt gar nicht mehr
nimmt weg / handeln / bedient / zetert
haut an / kann nur
erbt
verpaßt sich einen Goldenen Schuß / verliert / nehmen
dattelt / fällt / ist
versteckt / kippt um / schreibt
macht / will / c'est fini / c'est joli
grüßen
kriegt / kauft sich / färbt sich / krepiert
geht weg und macht / hat / küßt / wehrt sich
ist / empfinde
wacht / schlägt sich
soll / brennt / bin / läßt sich fallen / sammelt / verschickt
hat / fehlt

über den Hauptbahnhof / in den Objektiven / in eine Kartoffel / in Costa Rica / aus einem Glas mit Innenschliff
daß die Griechen an ihrer Homosexualität zugrunde gegangen sind / an der Alster / in die Fresse
den Notarzt / aus dem Körper / in vierzig Anthologien / in New York / zum Lesen
am hellichten Tag / mit psychologischem Training / mit Schäferhund / in den Papierkorb
den arbeitslosen Türken / mit Stendhal
den Bauernhof
auf dem Klo III. Klasse / seinen Charme / zu
hinter dem Deutschen Schauspielhaus / durch
das Kriegsbeil / ins Pandschab / ins Kloster / zu lange
im Schließfach / bei Gewitter / über St. Pauli
Hieroglyphen / auf dem Friedhof
im Bauch
kalte Füße / in Samsun / die Haare / an Schüttellähmung

von Konkret und Natur / zum Tee / die Erde / einen zweiten Sohn / die Alltagsschreiber
zu eng / viel intensiver
schweißüberströmt / an die Stirn / ohne Fremdwasser
im Hinblick / in der Partei / vor die S-Bahn / von den Schienen / ohne Durchschlag
in der Tasche.

II

Entstehung der Fliegen

Die Schwierigkeit der familiären Angelegenheiten Jäckis bestand darin, daß er in einer Generation, in einer Person den Hauptteil der Sagen des klassischen Altertums durchspielen wollte.
Von Orest bis Ödipus oder umgekehrt.
Lajos und Achilles inklusive.
Seiner Mutter wies er die Rollen Klytämnestra, Jokaste, Medea zu.
Und Schneewittchen.
Je mehr er sich dem Ende der Vorstellung näherte desto deutlicher schien ihm:
Die Völker hatten vergessen ein Muster für die Vorgänge zwischen ihm und seiner Mutter vorzugeben.
Für das, was mit Irma und ihm geschah.
Und am Hauptbahnhof.

III

Die Welt ist ein Buch

Ende der Welt Ende des Spartacus Guide
Schnecken und Hundchen bis Général de Gaulle Général Pétain
Der Spartacus Guide erschien nicht mehr. Ein Buch aus Nichts. Alles.
Der Mann im Schlapphut
Neues Stadt-Casino   Herodots Welt   Anfang der 60er Jahre
Incognito Guide 1967/68
Dann kam der Eos Guide
Mit dem Eos Guide 1968 nach Basilien
Mit dem Eos Guide 1970/71 nach Brasilien
New York hat einen Extra Guide
Dann wurde gemunkelt, der Spartacus Guide sei der beste
Und jedes Jahr wartete man auf die neue Welt
Ledermänner Leatherman's Hand Book
Hybris
Dicke Bücher
Rufen Sie Spartacus Guide ist der beste. Bestes SM Jahrbuch 82/83
Das blieb übrig von der Welt.

Nie war das Ende eines Buches so sehr das Ende der Welt, wie das Ende des Spartacus Guide.
Es hatte sich sachte aufgebaut.
Begann es mit Schnecken und Hundchen? Wie Jäcki meinte bei André Gide gelesen zu haben?
Jäcki las von einem Papyros aus dem Jahre 2500 vor in der Monatsschrift für praktische Dermatologie von 1899.
Aber nicht mal Wolf von Wangenheim, der nie ein Buch nicht finden würde, konnte es finden.
Und was hatten die schwulen Ägypter mit den Hautkrankheiten zu tun?
Seth und Toth, sagte Wolf. Jäcki hörte von einem General des alten Reiches.
Und die Heere der Pyramidenbauern?
Gilgames und Enkidu, entstand um 2400 vor und Hans Henny Jahnn vertonte es um 1920 nach.
David und Jonathan führten sich derart auf, daß die Bibel, das schwulenfeindlichste Buch, wie Jäcki fand, als eine der großen schwulen Sagen begann.
Patroklos und Achill machten es wie die Götter. Sie probierten es zu viert.
Wolf von Wangenheim streitet es ab.
Aber da steht es doch.
Dann Sappho
Ledas hyazinthfarbenes Ei.
Herodot stapft um die Welt und schreibt den ersten Spartacus Guide.
Äschylos, den Jahnn als Euripides zitierte:
Und deine Schenkel mir bekannt aus unzähliger Umarmung.
Jäcki fand das Zitat in der Sittengeschichte der Griechen, Ergänzungsband.
Er versuchte zwei Jahre lang vergeblich, es genau zu übersetzen.
Sophokles, der mit einem Jungen vor die Mauern der Stadt ging.
Als sie fertig waren, nahm der Junge den Mantel auf, ging.
Sophokles wollte sich anziehn und sah, daß der Junge den kleinen Mantel dagelassen hatte.
Der Spießer Sokrates.

Anakreon.
Die Etrurier vollführten noch in den Gräbern komplizierte Stellungen zu dritt.
Nero operierte eine Geliebtin zu einem Geliebten um.
Lukrez, Catull, Vergil, Horaz, Tibull, Ovid, Petronius, Sueton.
Und der Spanier Martial, der wie Dulu Kruck, vor nichts zurückschreckte:
Alles, was menschlich ist, muß ausgesprochen werden.
Der Höhepunkt.
Und dann ist es ja auch schon fast aus.
Paulusbriefe.
Theodorische Gesetzgebung.
Justinian!
Zwei schwule Bischöfe werden verbrannt.
König Kindewith, der Wisigote, kastriert die Schwulen in Spanien.
Einhard und Alwin schluchzen die Novizen an.
Mohammed schafft es nicht.
Hrosvitha von Gandersheim verdammt das arabische Laster.
Al Mutanis, der König von Saragossa, liebt seinen christlichen Pagen.
Peter Damian erregt sich sehr.
Und der Heilige Papst Leo IX. beruhigt ihn.
Ein gewisser Jean, von den Gassenjungen als Flora besungen, wird Bischof von Orléans:
Joltiére el Plet von Orléans:
Beim ersten Mal Verlust beider Hoden.
Beim zweiten Mal Verlust des Gliedes.
Beim dritten Mal Tod auf dem Scheiterhaufen.
Männerbordelle in Orléans, Sus und Paris.
König Richard Löwenherz von England und König Philipp von Frankreich lieben sich.
Thomas von Aquin, der englische Doktor, kodifiziert, nach seinem Lehrer Albert Magnus, die Sodomie in der Summe als Häresie an sich.
Inquisition.
Wasserprobe.

Streckbett.
Die Eiserne Birne.
Scheiterhaufen.
Eduard dem II. wird eine glühende Eisenstange in den Arsch gesteckt.
Die Religion der Liebe.
Die Qual Lionardos
Die Qual Michelangelos
Die Qual Friedrichs des Großen.
König Friedrich Wilhelm der Erste von Preußen läßt Katte, den Geliebten seines Sohnes vor den Augen Friedrichs hinrichten.
Winckelmanns und seines Jahrhunderts Qual.
Die Qual Platens. Von dem Göthe behauptete, er hätte der Liebe nicht.
Die Qual Nietzsches.
Die Qualen Oscar Wildes, der über seine Verhältnisse starb.
Die Qual Wilhelms des II.
Die Qual Prousts, der Ratten quälen ließ und die Möbel seiner Mutter Jupien in den Männerpuff stellte.
Die Qual Jean Cocteaus.
Die Qual Gustav Gründgens', Thomas Manns, Hans Henny Jahnns, Jean Genets.
Eine Welt aus Qual, Empörung und unterirdischer Lust.
Charles de Gaulle verschärft die Gesetze der Nationalsozialisten, die von General Pétain für Frankreich übernommen worden waren.

Der Spartacus Guide erschien nicht mehr
Diese Welt war zu Ende.
Weil dies Buch zu Ende war, das diese Welt erst erschaffen hatte.
Denn wenn die Facilities in Burundi nicht mehr aufgeschrieben wurden, wer sollte sie dann besuchen, und wenn sie niemand mehr besuchte, gab es diese Facilities nicht mehr.
Und die Houses of Boys auf den Philippinen
Houses of Boys leben von Gästen
Und wenn kein Gast mehr weiß, wo sie sind, weil sie nicht mehr angezeigt werden, gibt es keine Houses of Boys mehr.
Und das Outside Cruising
Die Sauna Bath wurden zugemauert
Aus dem Bain de Penthièvre, dem Proust-Bad, dem Cocteau-Bad, dem Jouhandeau-Bad, aus dem ältesten Tempel der Liebe mit Achiles als Badewärter, machten sie Eigentumswohnungen.
Das Bain Voltaire wurde eingerissen.
Das Cinéma Luxor am Boulevard Magenta war eine Ruine.
Paris hatte seinen Nabel verloren.
Wie New York Men's Country
Zu.
Aus.
Kein Spartacus Guide mehr.
Eingerissen und von Mykosen überwuchert.

Als die Welt ein erstes Mal unterging, schrieb Jäcki seine ersten Romane, irgendwelche Rittergeschichten.
Er war acht.
Es war das 1943. Jahr nach Christi Geburt.
Jäcki war überzeugt davon, daß beim nächsten Terrorangriff die Welt untergehen würde.
Eigentlich war sie schon untergegangen, denn Frau Wichmanns Ohr war von einer Bombe abgerissen worden.
Frau Malchow beklagte ihre Mahagonimöbel.
Und Klapperschlangen saßen in den Schrebergärten.
Jäcki war davon überzeugt, daß seine Zettel überdauern würden.

Zehn Jahre später kam Mallarmé.
Und St. John Perse.
Auch einer aus Sand
Ein Buch aus Nichts.
Alles.
Aus Nichts begann langsam diese Welt zu entstehen.
Aus dem abgerissenen Rand der Abendzeitung und etwas bröckeliger Paste eines Kugelschreibers.
Die Schöpfung dieser Welt.

Zu Anfang war – was war zu Anfang. Die Nacht. Der Regen.
Die Klappe am Millerntor? Das Wort?
Zu Anfang war ein Mann mit Schlapphut im Regen am Karl-Muck-Platz. Wie in Draußen vor der Tür von Wolfgang Borchert.
Er fragte nach dem Schwarzen Kater.
Und holte einen beschriebenen Zettel aus der Tasche
Da standen Herrenbars drauf.
Und Treffs.
Jäcki fand das komisch, daß einer die Liebe, die Schönheit des Mannes nach einer Liste absuchte.
Das muß 61 gewesen sein.
Dann gab Frieda oder Susi oder Marlene, wie sie hieß, die jetzt im Nerzmantel an der Klappe stand ein Blättchen heraus.
Im neuen Stadt-Casino, neben dem alten.
Jubel Trubel Heiterkeit
Neu Stadt-Casino
Täglich ab 14 Uhr geöffnet bis?
Das stand auf der linken Seite.
Und auf der rechten:
Mein Lokal ist täglich, Komma, ab 14 Uhr geöffnet, Sonnabend bis Montag 2 Uhr durchgehend geöffnet.
Hamburg
Lokale der Damenimitatoren in Hamburg
Pointe
Bar-Celona
Café Fürst
Intermezzo
Monika-Bar
Roxi-Bar
Amsterdam
Madame Arthur
Berlin
Chez nous
El Dorado
Klublokale

Bremen, Berlin, Bielefeld, Dortmund, Düsseldorf, Duisburg, Essen, Frankfurt, Hamburg
Neu! Stadt-Casino, Großneumarkt, Alter Steinweg 44
Klublokale.
Das wollte der Mann am Karl-Muck-Platz, der sonst für die Sitte in Hannover arbeitete, wissen
Amsterdam, Antwerpen, Athen (Griechenland) Barcelona (Spanien) Basel, Bern, Brüssel, Den Haag, Durban (South Africa), Frankreich (Bordeaux) Fankreich (Biarritz) Frankreich (Cannes) Genf, Graz, Johannesburg (South Africa) Kapstadt (Nord Afrika) Kopenhagen, Linz, London, Lüttich, Leeds (England) Lourenzo Marques (Portugal) Luxemburg, Luzern, Lyon (Frankreich) Madrid (Spanien) Malta (Valletta) Marseille (Frankreich) Moçambique (Portugal) Monte Christo (Frankreich) Nizza (Frankreich), Paris, Rotterdam, Roma, San Francisco, Scottland, Stockholm, Sandvoort, St. Gallen, Tokio, Valencia (Spanien) Venedig, Wien, Zürich.

Das war aus Herodots Welt Anfang der 60er Jahre geworden.
Es gab einen Innensenator, der soll sich als Lockvögelchen neben die Schwulen gestellt haben und sie einzeln rausgeholt:
Draußen flammten die Schweinwerfer der Einsatzwagen auf.
Peter Pinefski erzählte von einem Freund, der vormittags arbeitete und nachmittags was zum Bummsen suchte
Peter und Jäcki schien das der Gipfel des Zynismus.
Wolf von Benneckendorf wurde im Flur erschlagen und in einem Müllsack in den Abfalleimer gesteckt.
Requiescat in pace
Ein großer Schauspieler
Auch ein Ende.
Er hatte zu Jäcki gesagt, als er mit 11 das Christkind im Weihnachtsmärchen spielte:
Nichts ist so schlimm, als daß es nicht noch schlimmer werden könnte.

Dann kam der Incognito Guide. 1967/68
Hamburg hatte 24 Bars.
Paris hatte 22 Bars
Und 5 schwule Restaurants
Und sogar ein schwules Hotel.
Der Libanon war drin.
Beyrouth.
Incognito Bar
Le Chateaubriand
Le Prétexte.
Marokko
A 3h. de Paris
Sous un beau soleil et un ciel toujours bleu
Jean et Roger
vous receveront au
Grand Hotel
Tazi
First Class Tourist.
Chambres Grand Confort
avec salle de bain ou douche et W. C.
Chauffage Central – Garage
Terrasse – Solarium
Open all year
Angle Avenue Mohamed V
et Rue Bab Agouenaou
Marrakech
Tel.: 221–52
Jäcki lernte sie kennen 68.
Zwei böse alte Tunten, die fürchteten von Gigolos in kleine Stücke geschnitten zu werden.
Sie erzählten stolz, daß sie in ihrer Bar in Paris einen Passanten nicht aufs Klo gehen ließen
Die Regression auf Anales macht der Repression des Analen Platz.
In einem Guide wurde das Hotel Tazi als gefährlich angegeben.

Dann kam der Eos Guide
In abwaschbarem Plastikeinband.
Die Welt hatte sich um Ägypten Argentinien erweitert, Brasilien, Burma, um die DDR, um Indien Israel Kenia Senegal die Sowjetunion und die Türkei
Die Welt wurde eingeteilt in leere Kreise gleich Hotels, leere Quadrate gleich Bars, leere Dreiecke, Gesellschaftlicher Verein, Kino, schwarze Quadrate, Park
Schwarze Kreise Markt Platz oder Straße, schwarzes Dreieck andere Lokalität außer dem Hause.

Mit dem Eos Guide 68 nach Brasilien!
Salvador (Bahia) Brasilien/Brazil
Hotel Colonial – gab es gar nicht
Bar Carcara – nicht zu finden
Bar Deraldino – wozu hatte man eigentlich so ein Ding
Rua Misericordia – Quatsch
Terreiro de Jesus – Kunststück
Avenida 7 de Setembro – (beach walk), between Grande Hotel da Barra and the Lighthouse – zur Not.

Mit dem Eos Guide 70/71 nach Brasilien
Wörtlich das gleiche.
Aber Santiago war drin.
Chile
Cinema Roxy – es stimmte noch.
Aber dünn besucht wegen der Razzien der Regierung Allende
Baños Catedral – ja
Baños Las Delicias – und wie. Eine Revolution in Dampf und Kernseife.
Die geilsten Männer der Welt.
Und rein in die Kabinen, zu dritt, zu viert, zu fünft.
Una partouzita.
Daß die sich halten konnten.
Zu Hamburg stand: Toilets at Alsenplatz
Toilets at Kirchenallee
Toilets at Mittelweg

Toilets at U-Bahn Kellinghusenstraße
Toilets at U-Bahn Stephansplatz
Toilets at S-Bahnstation Hasselbrook.
Wenn Jäcki zu seiner Mutter mußte guckte er auf einen Sprung rein.
Das war noch eine von denen Alex erzählt hatte, wo die Arbeiter kamen, die Familienväter.

New York
New York hatte einen Extra-Guide.
Joe Bauke nannte ihn Jäcki in der vornehmen Columbia University
The Gay Insider. Violett und schwarz
A Hunter's Guide to New York and a Thesaurus of Phallic Lore
Mount Morris Baths 1944 Madison Ave 125th
The biggest cocks in town!

Dann wurde gemunkelt, der Spartacus International Gay Guide sei der beste.
In gelber Pappe
Gar nicht so dumm.
Die Farbe der sogenannten Juden in Europa, die Farbe der Verurteilten.
Europe Mediterranean America Africa Asia Australasia USSR
Bars clubs hotels baths beaches outside cruising
auf aller Welt.
Facilities stand nicht draußen.
Over 5000 gay spots
in over 700 cities and towns
in over 100 countries
Ja, es war die ganze Welt als ein Buch
Afghanistan, Bulgarien, Ceylon, Cuba, Libyen, New Guinea, Pakistan, Polen, Rumänien, Surinam, Tanzania, Wales, Zanzibar.

Und jedes Jahr wartete man auf die neue Welt,
auf den neuen Guide.
Was kam dazu. Vanuatu. Mauritius.
Wo hatten sie die größten?
Der Spartacus Guide kam jetzt viereckig heraus
Zimbabwe war auch drin
Harare.
Da hatte Rimbaud die Karawanen so schlecht ausgerüstet, daß sie verhungerten.
The Spartacus Club gab es jetzt
The elite of gay travellers
Ja es gab reiche Schwule
For members only.
Schlüsselclubs
Die Arbeiterschwulen konnten den Einstand auch nicht mehr bezahlen
Das ist unsre Welt.
Unser ist die Welt.

In New York kam The Leatherman's Handbook heraus.
Die Ketten und Stiefel, die von Archilochos her, den Jäcki Arschilochos aussprach bis zur Französischen Revolution klirrten, am Marquis de Sade, Charlus' Blutergüsse, Prousts Rattodrom, Cocteaus Motorradfahrer aus Orphée, Jean Genets Querelle traten in einem Hinterhof zwischen Othmarschen und Altona auf und spielten Mörder, SS-Mann, KZ-Wärter, bis die Seppelhose an der Seele festwächst, wie Jäcki sagte.
Pissen wurde modern.
In den Lagerhäusern wurde gefoltert
Sie langten ineinander hinein wie in Hühner, die man ausnimmt.
The Toilet hieß die neueste Bar.
Eine Armee der Liebenden schrieb Rosa von Praunheim.
Die Schwulen waren vorn vorn vorn
Und auch Jäcki begriff nicht daß sie nur der Wurmfortsatz waren der Heere der Unempfindlichkeit.
Ein letztes Zappeln, bis Anita Bryant antrat, Khomeini und der neue Papst
Fassbinder drehte Querelle.
Wir sind ja so ungeheuer da.
Wir sind die Herren der Welt.
Caligulachen
Nerolein.
Auschwitz, das war noch Grausamkeit.

Look for
Anywhere in Europe
Spartacus Mobile Research Unit
If you see this car in your town
Shout:
Spartacus is the best Gay Guide in the world.
(in your own language)
And the driver will give you a gift from Spartacus.
If he cannot stop send the details of the time, date and place to Spartacus.
If you see us parked by the roadside, or in a camping place, please introduce yourself
Tell us new information about new places we should see
Tell us your comments about the gay scene
Tell us your likes and dislikes in the guide
Or just drop by and say »hello«!
Editor John D. Stamford
als Emmy Sonnemann oder Mutter Theresa.
Schwule Welt.
Der Guide als das allumfassende Buch der Welt.

Das blieb nach von der Welt.
Abwaschbare Einbände. Herausgerissene Seiten. Adressen.
In der Nacht zerfledderte Bände.
Die Schönheit der Männer der Welt. Die romanischen Kirchen.
Alles Glück der Welt
Hamburg
Bars, Clubs etc.
Bei Franz.
Brunch im Club Uhlenhorst
41 Bars, Clubs etc.
Restaurants. Cafés. Baths Saunas. Hotels. Gay Groups. Help with problems. Photographic Gallery. Book Shop. Sex Shops – Cinemas. Houses with »Boys«. Introduction Contact Service. Publication. VD Treatment. Outside Cruising. Facilities.
Das war aus der Liste des Mannes mit dem Schlapphut im Regen am Karl-Muck-Platz geworden.

Das Erscheinen des Spartacus Guide war immer wieder verschoben worden.
So als weigerte sich die Sonne aufzugehen.
Der Herausgeber war noch einmal in der Langen Reihe gesehen worden und hatte das Geld für die Anzeigen kassiert.
Dann war er verschwunden.
Der Spartacus Guide erschien nicht.
Der Herausgeber tauchte nicht wieder auf.
Sophokles irrte durch die sandfarbenen Ruinen
Né de rien
Fait de rien.

IV

Die Entstehung eines Gespenstes

Was Jäcki seiner Mutter wirklich vorwarf, daß sie ihn nicht hatte Griechisch lernen lassen.
Das war objektiv ein schwerer Fehler.
Hätte sie ihn unterlassen, wäre Jäcki weiter als er war,
weiter, wo er gerne weiter gewesen wäre.
Alles andre waren Vorwürfe, die nur aus ihm herauskamen, wenn sie ihn bedrängte.
War sie fern, waren es Untaten eines fernen Menschen, wie die Untaten eines Nero, die er Nero ja auch nicht vorwarf, nicht einmal, wenn er Sueton, Tacitus, Lohenstein las.
Sie waren ihm egal, er konnte sie gut verstehen, sie entschuldigen
Hätte sie ihn auf die Ferne gefragt:
Was wirfst du mir denn vor,
Hätte er geantwortet
Ich werfe dir gar nichts vor
Aber war sie nah, wollte sie etwas von ihm, dann kam es alles aus ihm heraus und er hatte sie zu einem der größten Monstren geredet in der Bedrängnis
Ja, diese Bedrängnis war es wohl, die ihre entschuldbaren Taten zu Untaten aufschwellen ließ
Wenn sie ihn nicht bedrängte, war alles verziehen
Nicht einmal verziehen.
Jäcki wollte sich nicht einmal in der Situation sehen,
dessen, der zu verzeihen hat.
Unabänderlich.
Überwunden.

Vergangen
Sogar das Waisenhaus.
Obwohl, sollte sie ihn bedrängen, er ihr vorwerfen würde,
daß sie ihn im Waisenhaus verlassen hatte.
Sieben Tage in der Woche abends aus einem nicht anstrengenden Bürgermeisteralltag von Aichach nach Hause gegangen war, während er Halbjude, und Protestant alle Kreise einer katholischen Vorhölle durchlief.
Wenn sie ihn bedrängte hätte er ihr vorgeworfen, daß sie ihn verließ
Und und und
Er hätte sie aber gewarnt ehe sie ihn so bedrängte,
daß es aufbrach.
So wußte er gar nicht, was er ihr vorwerfen sollte.
Schwamm drüber.

V

Gespräch mit Wolli und Linda

12. Dezember 1982

Wolli fing eigentlich davon an.
Noch mal ein Interview und so weiter.
Das wäre dann das dritte.
Aber es fiel in eine Zeit, wo Jäcki überhaupt keine Lust hatte zu interviewen.
Und auch die News Außenseiter-Zuhälter verläßt St. Pauli mit 50 und geht nach Costa Rica aufs Altenteil, ins Exil.
Ach!
News!
Jäcki zierte sich also.
Er wußte eh, was Wolli erzählen würde.
Jäcki wußte eh, wie es ablaufen würde.
Als Wolli immer noch insistierte:
– Also gut. Wenn du die Hose runterziehst.
– Ich zieh die Hose runter.
– Klar.
– Jede Menge.
– Ehrlich.
– Ehrlich hat die Kuh gestohlen.
Jäcki wußte, wie es ablaufen würde.
Zweimal mit dem blöden Apparat über den Kiez gurken.
Wolli total besoffen.
Unfähig zu reden.
Und dann beim drittenmal, total besoffen, vollgepängt bis oben hin.
In Zeitnot.
Eine Stunde vor Abflug.
So würde es gehen.
Und so ging es.

Das zweite Mal war sogar Peggy Parnaß da und sagte:
– Was ein Interview mit Wolli, ehe er nach Costa Rica abhaut.
– Das ist eine Idee.
– Auf diese Idee hätte ich kommen müssen.
Jäcki dachte:
– Als ob ein Interview dadurch zustande kommt, daß jemand wie Peggy eine Idee hat.
Sagte aber nichts.
Dann überlisteten sie Peggy.
Und als sie draußen war, wurde es wieder nichts.
In der Nacht vor dem Abflug war Wolli nicht mehr fähig zu sprechen und wollte andauernd mit dem Interview beginnen.
Aber Jäcki sagte:
– Ich mache kein Interview mit Unzurechnungsfähigen.
Bis Wolli sich schließlich vor Jäcki auf die Knie warf und Jäcki anflehte, nun endlich mit dem Interview zu beginnen.
– Ich zieh auch die Hose runter.
– Ganz bestimmt. Ich zieh die Hose runter.
– Ich zieh die Hose ganz runter.
Und als Jäcki immer noch keine Lust hatte, brüllte Wolli auf sächsisch:
– Darf das wahr sein.
– Da lieg ich hier vor dem Jäcki-Zweiglein auf den Knien und fleh ihn an, daß er mich interviewt.
Ist ja auch wahr, dachte Jäcki.
– Wolli ist mein bester Freund, oder war mal mein bester Freund. 15 Jahre lang. Ne kurze Zeit lang. Ist jetzt doch alles egal, zum Schluß, ein paar Tage lang. Den Abend mit dem Don Quichote und mit Reimar Renaissancefürstchen noch, und mit der Maschinenpistole da.
Ist doch egal, ob ich ihn nun interviewe oder nicht.
Wenn ihm nun so viel daran liegt.
Die paar Stunden hau ich dann eben um die Ohren.
Und die Bänder.
– Ich ziehe die Hose ganz runter, sagte Wolli immer wieder.

Wolli:
Ich schwör dir, so, so . .
Ich sprech ganz leise.
Die alte Sau, muß das sehn nicht? . .
Und sah richtig schön aus, natürlich konnt ich mir nicht verkneifen, dazwischenzuspringen, bare schön du, da wärst du auch durcheinandergekommen.
So von der Nationalelf. Ich weiß nicht mal wie er heißt, nicht Beckenbauer, aber irgend son Ochse da. Weißt ja wie so Sportler aussehn, Schenkel, durchtrainiert.
Ich wollt es nicht, weil der überhaupt nicht schwul war.
Aber ich mußte dem einen blasen, das mußte mal sein.
Hubert Fichte:
Also die Geschichte der Adele Sandrock, die liegt und schnarcht und im Zimmer nebenan liegt der Jugendliche Liebhaber und klopft erst zaghaft.
Adele Sandrock schnarcht weiter.
Und er klopft etwas lauter und sie schnarcht immer noch weiter.
Und schließlich klopft er ganz laut und sie schnarcht immer noch weiter.
Und am nächten Morgen begegnet er ihr und sie sieht ihn lange an und sagt:
Junger Mensch, ich habe Ihr Klopfen wohl gehört, aber ich war zu müde, um Ihnen aufzumachen.
Ich hab jetzt dein Klopfen also gehört.
– Das läuft jetzt?
– Das läuft. Und ich bin nicht zu müde, um dir aufzumachen.
Die Voraussetzung war, mit heruntergezogener Hose.
– Ja, du sollst sie mal sehen.
– Nun ist es ja kein Fernsehen.
– Das hörst du schon, das Knirschen der Eier.
Du hörst das Knirschen selber.
Nicht daß du denkst, ich bin ein Exhibitionist.
Für das geile Interview würde ich sagen, Hubert, ich will dir auch was Schönes gönnen.
– Du kannst sicher sein, daß es nicht an die Presse geht.

Daß wir es machen als ein Resumé dieser fünfzehn Jahre, die wir zusammen gelebt haben.
Ich glaube, du weißt, daß ich nicht käuflich bin.
– Laß mich doch mal unterbrechen.
Ich möchte, daß dies Interview aus diesen vier Wänden rauskommt, weil ich nämlich nicht allein in der Wohnung rumwichse, sondern was in in dem Interview zu sagen habe über St. Pauli, das halt ich als Insider inzwischen nach all dem dumm Zeug, was die Presse schreibt, doch für so wichtig, daß das gesagt werden möchte.
Oder gesagt werden muß und deshalb möcht ich dich bitten, daß das aus den vier Wänden herauskommt.
Und da wär ich irgendwo ein bißchen enttäuscht, wenn das in irgendeinem Kasten liegen würde.
Ich mach das Interview für lebende Menschen, die jetzt leben, die jetzt die Presse lesen . .
Linda:
Ja, macht ihr denn oder redet ihr bloß?
Wolli:
Und ich möchte das sehr schnell auch veröffentlicht haben.
Fichte:
Dann muß ich gleich abbrechen, denn dann kann ich dich schon gar nicht ehrlich fragen.
– Du kannst mich ehrlich fragen über jedes Ding.
Wenn du meinst, du kannst mich über eine Sache nicht ehrlich fragen, dann heb ich die Hand hoch und sag: Hubert, dazu möcht ich nichts sagen.
So wie du mich einmal gefragt hast in den Wolli-Indienfahrer-Interviews, wo du da einmal auf die Steuer gekommen bist und ich dann abgebrochen habe und sagte: Du, dadrüber möcht ich nichts sagen.
– Nun sind die Dinge, die hier berührt werden, ja gefährlicher als die Steuer.
– Es gibt nichts Gefährlicheres als die Steuer.
Das ist das Allergefährlichste, wenn sie dich jagen.
Da räumen sie dir nämlich die Wohnung aus.
Alles was hier berührt wird, das ist so, wie ich es finde.

Das muß nicht so sein.
Wie ich es finde.
Und das kannst du alles erzählen.
– Das ging so, daß ein Freund von dir hier saß und einen Text von mir wollte und du sagtest: Du, Hubert, übrigens, wenn du ein Interview von mir willst, dann kannst dus haben. Ich sagte auf dem Flur: Also gut, ein Interview, Hose runter, würd ich machen.
– Die hab ich doch schon runter.
Guck mal an, ich habe den Schwanz in der Hand, meine Hose ist doch runter.
– Und dann sagtest du: Ja, Hubert, ich will mir aber hier nicht alles zuscheißen.
Was bedeutet das?
Linda:
Ja, was bedeutet das?
Wolli:
Mal ne Pause machen, ich muß nachdenken.
Fichte:
Das macht nichts.
Ich hab genug hier.
– Also, das bedeutet, daß du mich zum Beispiel nicht fragen kannst, daß einige Leute hier sind, die ins Ausland gehen und im Ausland Kapitalien anlegen. Daß du mich dann fragst: Wieviel hat der angelegt und wie heißt der Mann?
– Ach so.
– Daß ich dann natürlich nicht sag, der heißt Max Schneider.
Der hat da 100 000 Mark nach Argentinien rübergeschafft, auf die und die Kontonummer.
Ich will keine Leute anscheißen.
Ich hab Narrenfreiheit.
Ich bin Wolli auf St. Pauli.
Und ich bin bei den gängigen Bossen beliebt und gut Freund und auch bei den Bossen, die kommen werden.
Da sag ich alle meine frechen Dinger, die viele Leute nicht sagen können.
Da sag ich: In der Ritze und im Domino zu Leuten, du hast dich

schlecht benommen, das war Scheiße. Aber zu Leuten mit so Cassius Clay Figuren. Die keiner anwichsen kann. Und die hören mir zu.
Ich bin der kleine Machiavelli von St. Pauli.
Und dann kann ich das alles erzählen.
Linda:
Denn ist ja gut.
Fichte:
Es sieht so aus, als geschähe ein großer Exodus.
Was willst du machen?
Wo gehst du überhaupt hin?
Wolli:
Ich geh übermorgen um 8 mit dem Flugzeug nach Costa Rica und ich geh hin, weil meine Halbheimat – St. Pauli war nie ganz meine Heimat – und doch, wenn du mich fragen würdest: Wo gehörst du hin, würde ich sagen: Ich gehör nach St. Pauli.
Weil ich das langsam unwitzig finde, was hier passiert.
Ich finde, daß Leute mit 50 Jahren nicht mehr auf den Kiez gehören.
Der Kiez ist das Pflaster der jungen Leute.
Und wenn ich heute sag, alles was hier passiert, im Stern, und Abstechen, Totschießen, das ist alles Zombiesache. Vielleicht bin ich selber ein Zombie, weil ich alt geworden bin. Wenn ich mit zwanzig Jahren hierherkäme, dann würde ich mich auch in die Zombiesache einführen. Dann hätte ich wahrscheinlich auch eine Pistole.
Aber meine Idee war anders.
Laß mich mal sagen: Eine Generation tritt ab, um der nächsten Platz zu machen.
Da möchte ich aber nicht sagen, die nächste Generation, die sich absticht und abschlachtet, die ist schlechter, die ist blöder.
Überhaupt nicht.
Überhaupt nicht.
Es ist eine andere Generation, mit der ich genenmäßig nichts mehr zu tun habe.
Bei mir fangen an, die Haare auf dem Kopf auszugehen.

Ich bin langsam ein alter Mann mit 50 Jahren.
Ich hab mein Geld gemacht hier und es ist eine neue Welle.
Es ist nicht meine Welle und deswegen gehe ich weg.
– Wann sagt ein 50jähriger Boss von St. Pauli: Ich hab mein Geld gemacht?
– Es ist eigentlich sehr peinlich.
Weißt du, wenn ich sehr viel Geld gemacht hab, dann hab ich auch sehr viel Geld versponnen, wie die meisten hier.
Ich hab mir ein Haus gekauft für DM 100 000.
Und ich komm mit 210 000 Mark nach Costa Rica.
Die ich da anlegen kann.
– Und davon kannst du leben?
Linda:
M.
Wolli:
Ich meine, daß ich davon leben kann.
Ich lege 50 000 Dollar in Costa Rica an, denn da sind die Dollarzinsen zwischen 12 und 15%. Und 5000 Mark brauch ich wahrscheinlich, um die Wohnung einzurichten und ein Auto zu kaufen. Da muß man ein Auto haben. Du weißt, ich bin kein Autofan. Und den Rest wahrscheinlich in Miami oder in Panama auf eine Schweizer Bank.
– Das heißt keine Prozente?
– Doch.
Die erzählen immer: Schweizer Bank, das ist keine Prozente.
Ich hab ein paar Mark auf einer Schweizer Bank liegengelassen, zehn Jahre, aus der Maulwurf Zeit. Ich hab 4% gekriegt.
Du mußt so rechnen:
Da ist die Währungseinheit Colones und 50 000 Dollar, das sind etwa 5000 Dollar Zinsen im Jahr. Das sind etwa 25 000 Colones. Und meine Muchacha, das ist meine Dienerin, die bei mir wohnt, die bekommt 1200 Colones und ein Arbeiter zwischen 3000 und 4000 Colones.
– Im Jahr?
– Im Monat natürlich.
Und ein Filialleiter von einer Bank, der verdient etwa 15 000 Colones. Und ich hab etwa 25 000 Colones im Monat, wenn ich

50 000 Dollar auf die Bank leg, also das Doppelte, was der Filialleiter einer Bank verdient.
Also ich bin ein reicher Mann da.
Und ich wohne auch in Costa Rica, um deine Frage vorwegzunehmen, in dem sogenannten Ausländerviertel.
Das ist durch Stummi so gekommen.
Ich werde aber, wenn ich dableibe, nicht mehr lange da wohnen, sondern versuchen, mein Haus zu verkaufen, mit ungefähr 5000 Dollar Gewinn, mir ein größeres Haus zu bauen und das wieder zu verkaufen, und mir noch ein größeres Haus zu bauen und das wieder zu verkaufen und am Ende werd ich ein Stück Dschungel haben, etwa 5000 qm zu haben, wo ein Bach durchfließt, wo Bäume stehen, wo ein bißchen Wildnis ist, wo ich mein Haus dazwischenhabe. Und das wird zwei Jahre dauern und mein Stück Dschungel ist so groß, wie vom Nobistor bis zum Millerntor, wie das halbe St. Pauli.
Mehr brauch ich nicht.
Aber daß ich in meinem eigenen Dschungel spazierengehen kann und in meinem eigenen Dschungel ein paar Vögel sehen kann, ein paar Tiere sehen kann, und so.
Das ist das Ziel.
– Ist es indiskret zu fragen, wie du diese 200 000 Mark . .
– Wie sie verdient worden sind?
– Wie sie verdient worden sind und wie du sie zu barem Geld gemacht hast.
– Die sind verdient worden, indem ich selbst ein Puff hatte, einmal ein Spielkasino, einen Stripteaseladen. Das hat nicht soviel gebracht. Das ist eigentlich ein Spruch. Am Ende sind sie verdient worden, von den Frauen, die für mich anschaffen gegangen sind. Das waren im Ganzen drei.
Ich war einmal verheiratet. Ich war zehn Jahre mit Mauli zusammen, ich bin zehn Jahre mit Linda jetzt zusammen. Die Linda hat inzwischen gearbeitet im Sudfaß, da war der Durchschnitt 500 Mark am Tag, was sie mir gebracht hat und im Schnitt haben meine Frauen mir 500 Mark am Tag gebracht. Und das Geld hab ich mehr oder weniger – jetzt sprech ich Costa Rica: Mas o menos. In Spanisch. Weggelegt. Und wir haben gelebt von

dem Geld, was ich selbst verdient hab. Das hab ich zum Teil mit Zocken verdient, mit kleinen Geschäften, mit hin- und hermusen, halt wies auf dem Kiez ist.
Und so hab ich das Geld zusammengekriegt.
Linda:
Ich würde sagen von den Frauen, weil er selber alles verspielt hat.
Wolli:
Ich würde sagen, 4/5 ist von den Frauen gekommen.
Hast du das gehört?
Das war sehr schön, was sie gesagt hat.
Meine Frau hat eben gesagt: Ich würde sagen: Alles ist von den Frauen gekommen, denn was er selbst verdient hat, das hat er auch selbst versponnen.
Also, dann laßt uns mal dabei bleiben: Es ist alles von den Frauen gekommen.
Denn das, was ich selbst verdient hab, das hab ich auch selbst versponnen, versoffen, selbst verzockt.
Linda:
Jedenfalls solange ich dich kenne.
Wolli:
Ja.
Und wir kennen uns inzwischen zwölf Jahre.
Also alles Geld, was ich selbst angeschafft habe, das habe ich auch selbst versponnen, vielleicht auch ein bißchen mehr.
Linda:
Vielleicht sogar ein bißchen mehr.
Wolli:
Ja.
Fichte:
Also da bin ich gar nicht drauf eingestellt. Zu dritt, das habe ich noch nie gemacht.
Wolli:
Das ist ja was Geiles.
Fichte:
Sehr geil.
Bist du nun sauer?

Was denkst du über diese Reise, Linda?
Linda:
Solange ich das so sehe . .
Solange er das sagt, wie das ist, bin ich einverstanden.
Da fühl ich mich anerkannt.
Nach Costa Rica gehe ich wahnsinnig gerne, weil ich gerne etwas Abwechslung haben möchte. Was andres sehen.
– Hast du eine Idee, was du da machen willst?
– Ich wollte natürlich gerne eine Dschungelreise machen.
Aber das weiß ich nicht.
Da muß ich erst ein bißchen das Land kennenlernen.
– Und täglich? Willst du sticken? Willst du malen?
– Das weiß ich nicht. Das werd ich sehen.
– Fotografieren wieder?
– Ja.
40 Filme hab ich schon im Koffer.
Ich glaube nicht, daß ich Langeweile kriege. Davon bin ich ganz überzeugt.
– Hast du dich nun abgesichert, wenn Wolli rumspinnt oder rumzockt?
– Ich hab mich soweit abgesichert, daß ich ihm gesagt habe, wenn wir jetzt auf die Bank gehen, daß man nur abheben kann mit meiner Unterschrift auch.
Wolli:
Du, es gibt überhaupt kein Wort, was heißt indiskret. Es ist nicht indiskret.
Es gibt überhaupt nichts Indiskretes beim Interview.
Beim Interview da wird die Hose runtergelassen.
Sonst kannst du drauf scheißen auf das ganze Interview.
Fichte:
Wenn Wolli nun rumspinnt, kann Linda dann sagen, wenn du was unterschreibst, das gilt nicht?
Linda:
Das machen wir auch so.
Wolli:
Das wär sehr schön.
Vielleicht geht das da.

Aber da will ich ja nicht mehr rumspinnen.
Linda:
Nein . .
Wolli:
Aber jetzt kommt schon wieder, was du nicht hören willst: Ich bin ein Mann.
Wenn ich einen Zettel unterschreibe als Mann und ich habe einen Namen auf dem Kiez hier, und den unterschreib ich besoffen wie ein Idiot, wenn ich 1000 Mark unterschreibe, die ich versponnen habe, dann weiß ich zwar, da sind wahrscheinlich 800 Mark gestohlen worden, aber ich habs unterschrieben und dann bezahl ich das.
Linda:
Ja . .
Wolli:
Ich bin ein Mann . .
Ein Mann . .
Fichte:
Im Vergleich zu dem, was ich verdiene, was Leonore verdient, was Peter verdient, sind 1000 Mark viel Geld – aber auf dem Kiez hier sind 1000 Mark nicht viel Geld.
Das wird nun natürlich gefährlicher, wenn es 10 000 Mark sind.
Wolli:
Ich hab schon 12 000 Mark . .
Bin ich schon bestohlen worden.
– Da drüben ist es ja dann eure Existenz.
– Ich bin nach Costa Rica gekommen und da habn wir gezockt und da hab ich erstmal 12 500 Mark verzockt.
Einfach verspielt so.
Und . .
Ich bin ein bißchen verkappt.
Da bin ich auch daran gekommen und ganz gut.
Wenn ich da wieder hinkomm, dann bin ich der Mann, der 12 000 Mark verzocken kann.
Weißt du, was 12 000 Mark sind?
Das haben wir uns ausgerechnet.
20 Jahre der Verdienst von einer Dienerin, die bei mir arbeitet.

20 Jahre.
Und die Dienerin hat die ganze Zeit immer den Whisky eingeschenkt.
Die hat die ganze Zeit dabeigesessen.
Und die hat 20 Jahre Verdienst gesehen, die da immer über den Tisch hin und her geschoben worden sind.
Wir haben gespielt um 5000 Peseten.
Linda:
Also, da siehst du mal . .
Wolli:
5000 Colones.
Eine Partie.
Abgegangen.
Das hat sie auch mitgekriegt.
Aber weißt du, wer ich da bin?
Ob ich die gewonnen hab oder verloren.
Wenn ich jetzt in Costa Rica im Gran Hotel sitze und das spricht sich rum:
Das ist der Mann, der 12 000 Mark, das ist in Deutschland umgesetzt vielleicht 50 000 Mark verspielen kann.
Da wirst du auch ernstgenommen.
Ob du gewonnen hast oder verloren hast – du wirst ernstgenommen.
Du bist kein Penner.
Ich kann rumlaufen mit meinem Brilli im Ohr.
Ich bin wer.
Ich weiß Costa Rica ist ne Insel.
Das ist zweieinhalb Millionen Einwohner.
Die Hauptstadt hat 830 000 Einwohner und die Leute, mit denen du rechnest, das sind vielleicht 5000 Leute.
Mit denen du überhaupt rechnest.
Das ist ein Dorf.
Du rechnest mit . .
Da brauchst du kein Kolonialist zu sein.
Du rechnest nicht mit den Leuten, die die Machete schwingen.
Verstehst du . .
Und da Zuckerrohr abhaun oder was.

Mit diesen Leuten hast du keine Verbindung.
Du hast mit einer bestimmten Schicht Verbindung.
Da hat sich in zwei Tagen rumgesprochen: Das ist der Mann, der nach deutschem Geld 50 000 Mark beim Kartenspielen verzockt.
– Das nennt man Werbungskosten.
– Si señor, esto es.
– Das ist ja überhaupt das Verkappte, Wolli, daß du auch bei deinen existentiellen Abstürzen . .
– Ganz genau weiß, was ich mache.
– Ziemlich genau weißt, was du machst.
– Ich stürz nie mehr ab, als ich abstürzen kann.
– Das kann keiner.
– Ja. Du paß auf. Ich stürz ab, bis zum Geht-Nicht-Mehr.
Ich stürz ab aus dem Kiez bis zum Geht-Nicht-Mehr, aber ich stürze nie weiter ab, als ich bezahlen kann.
– Du hast zigtausend Mark den Mädchen in der Herbertstraße in den Arsch gesteckt, aber du bist auf die eine oder die andre Weise hier mit 310 000 Mark weggegangen.
Das eine hängt mit dem anderen zusammen.
– Ich kann den Mädchen Tausende in den Arsch, aber nicht mehr . .
Ich verzock nicht mehr als ich . .
Daß ich weiß, daß ich morgen genau das gleiche essen kann wie heute.
Ich gehe bis zur Grenze meiner Existenz . .
– Linda . .
– Bis zur Grenze, bis zum Potlach.
Aber im größten Potlach drinne, da hau ich vielleicht dem kleinen Inder ne Schwalbe rein.
Aber ich würde niemals N. ne Schwalbe reinhauen.
Da weiß ich noch ganz genau, im größten Potlach, wie weit kann ich gehen.
Und ich kann so besoffen sein, daß ich nicht mehr weiß, wie ich heiß.
Ich weiß aber genau, den Scheck, den ich unterschreib, den kann ich bezahlen.
– Würdest du sagen, daß das stimmt, Linda?

Linda:
Ja.
Fichte:
Würdest du sagen, daß der Wolli im Suff nur sein Geld verzockt, verfickt oder versoffen hat oder ist er auch an das, was du verdient hast rangegangen?
Linda:
Ach, das kann ich jetzt nicht so schnell . .
Wolli:
Mit Sicherheit nicht.
Mit Sicherheit nicht.
Linda:
M, m.
Wolli:
Mit Sicherheit nicht.
Mit Sicherheit nicht.
Fichte:
Ihr habt euch also abgesichert, daß sie die Schecks mit unterschreiben muß . .
Linda:
Das möcht ich gerne so.
Wolli:
Wir sind so abgesichert – ich muß einen Menschen haben, der mich liebt, der eine Beziehung zu mir hat.
Linda:
Und das möcht ich gerne so.
Wolli:
Und ich liebe meine Frau.
Linda:
Alleine wegen Dieter Th., der da rumschwirrt.
Wolli:
Und in dem Moment, wo das meine Frau war, von Herzen, da hat sie die Vollmacht auf mein Bankkonto, da hat sie die Vollmacht auf mein Schließfach, da hat sie die Vollmacht auf alles . .
Linda:
Ich mein nicht . .

Wolli:
Ich sag dir mal mit einfachen Worten einfach gesagt so:
Ich bin zum Beispiel vier Wochen nach Costa Rica gefahren, da war sie nicht dabei.
Sie hätte die Möglichkeit gehabt, die ganze Wohnung zu verkaufen, die gesamten Bankkonten aufzulösen . .
Fichte:
Das stimmte? Du hattest Bankvollmacht?
Linda:
Ja.
Wolli:
In jeder Weise.
Linda:
Hier sowieso.
Wolli:
In jeder Weise.
Und ich frag auch nie danach, was sie sich kauft. Ich leg das Geld hin, weil ich mit Geld nicht umgehn kann.
Und da hat die Linda sogar eine schöne Stahlkassette.
Und wenn ich was angeschafft habe, als ich den Janssen verkauft hab und so, drei Mill. Dann geb ich ihr die drei Mill. Und wenn ich losgeh, dann sag ich: Geb mir mal ne Mille raus . . Das kann mal passieren, daß ich unterschreibe. Aber dann muß ich morgens nach Hause kommen und sagen: Linda, wir müssen was holen, ich hab Scheiße gemacht.
Fichte:
Linda, jeder spinnt so gut er kann und du möchtest ja nun augenscheinlich keinen Abteilungsleiter von Schenker zum Mann haben – würdest du nun sagen, daß sich das ausgleicht, die Spinnerei vom Wolli, das Saufen, das Zocken, alle diese Dinge, die wir an ihm so schätzen und die anderen Momente, das aufregende Leben, jetzt nach Costa Rica . .
Wolli:
Indien.
Fichte:
. . du weg von der Elbchaussee hierher, Indien – würdest du sagen: Wenn ich es noch mal machen müßte, ich würd es noch mal machen?

Linda:
Also, das war so ne Frage. Ja.
Also, das ist gerade an der Grenze.
Wenn es noch lange geht, dann nicht mehr.
Weil – das übertreibt sich manchmal.
Das wird etwas zuviel.
Ich denke jetzt an die Zeiten, wo ich im Sudfaß gearbeitet habe und das war gerade das, was du versponnen hast.
Wolli:
Würdest du wieder mit mir zusammengehen, wenn du damals, als wir uns kennengelernt, da warst du 19 Jahre alt, ich bin 19 Jahre älter.
Würdest du wieder, wenn du das als Film vor dir sehen würdest, was dir passiert, würdest du wieder mit mir zusammengehen?
Linda:
Dazu hab ich dich zu gerne, höchstwahrscheinlich ja.
Aber ..
Wolli:
Ja oder nein?
Fichte:
Ja, ja.
Wolli:
Würdest du wieder mit mir zusammengehen?
Linda:
M.
Wolli:
Ich möchte noch mal wieder 20 sein.
Kennst du das Lied?
Linda:
M.
Wolli:
Und so verliebt wie damals.
Und mein Herz entschiede sich für dich.
Fichte:
Jetzt fangen wir gleich an zu heulen.
Wolli:
Ich hab dir ja schon machmal auf die Fresse gehauen.

Verstehst du so . .
Aber würdest du wieder mit mir zusammenleben?
Würdest du sagen ja oder würdest du sagen, ich hab . .
Linda:
Ich denke, es würde mir kein Besserer einfallen . .
Fichte:
Wie hast du denn diese 300 000 Mark, in welcher Art . .
Wolli:
Ganz einfach, ich habe mir bei der Galerie Mensch einige Naive Jugoslawen gekauft, wo die hier noch billig waren. Du weißt, ich mach ein bißchen auf Kunst los. Da hab ich bezahlt 17 000 Mark und der alte Herr Mensch, der ist gestorben leider, der hat mir für die gleichen Bilder 40 000 Mark wieder auf den Tisch gelegt. Und die andre Art: Da bin ich ab und zu mal ins Spielkasino gegangen.
Da hab ich ein bißchen gezockt.
Da hab ich auch verdient.
Am Ende hab ich doch verdient.
Ja, doch.
Und was man so zusammenloddelt und zusammenmust in den 20 Jahren, da kriegst ja doch ein bißchen was zusammen.
Dann hab ich mir Wertpapiere gekauft.
Wie heißen die gleich?
Adirenta.
Geschäfte, wo man den Namen nicht nennen muß.
Da hab ich mir 200 000 Mark gekauft – vor vielen Jahren hier und hab die wieder verkauft und da gab es ungefähr auch das gleiche wieder.
Und so sind die halt zusammengekommen.
Fichte:
Wenn du die Teuerung nimmst, hättest du verloren bei den Wertpapieren?
– Ja. 30 000 Mark.
Also verloren, das mußt du so sehen.
Die zahlen ja 7,5% im Jahr und über die ganzen Jahre habe ich im Schnitt 15 bis 16 000 Mark Zinsen bekommen. Also wenn ich die Zinsen zurechne, dann hab ich nicht verloren.

Es war kein großes Geschäft, aber ich hab immer was übergehabt dabei.
Also ich hab zwei Jahre Zinsen verloren, das sind 30 000 Mark, aber ich hab die fünf Jahre Zinsen und den Rest dabei über.
Das sind 45 000 Mark.
Also nicht ganz schlecht. Nicht ganz gut, nicht ganz schlecht.
– Es geht wahnsinnig gut.
Lieber Tee.
Es wäre schade, wenn dus jetzt kaputtmachst.
– Weißt du mein lieber Freund, ich habe dir gesagt, ich bin ein Mann.
Was du nicht hören willst, obwohl du ja ein homosexueller Herr bist.
Und du magst nicht hören, wenn ich sag, ich bin ein Mann?
Ich bin aber ein Mann dadrinne, wenn ich ein Interview geb.
Da bin ichn Mann und da kann ich n Interview geben.
Und wenn ich mein, ich kann es nicht geben, dann sag ich: Du, Hubert, es geht nicht mehr.
Aber wenn ich dir sage: Das geht. Dann ist das auch gut.
Ich bin kein Macho – aber ich bin ein Mann.
Wir haben vorgestern gesprochen und du bist gestern gekommen und das Interview war nicht möglich, das war genauso möglich wie heute. Dann hätten wir uns in die Bibliothek zurückgezogen und dann wär das gleiche Interview genauso gelaufen.
Es ist einfach die Höflichkeit den Menschen gegenüber.
Du nimmst dir ja auch was vor mit dem Interview.
Du denkst dir Fragen aus, das ist ein bißchen Arbeit. Du lebst von der Schreiberei.
Was wär das dann für ne Frechheit, wenn du auf einmal kommst und ich sag, ich bin besoffen. Geht nicht. Wenn ich dir sag, das geht. Das wäre gestern genauso gegangen, wie es heute geht.
– Wie machst das denn mit der Wohnung hier?
– Die Wohnung. Die kostet 450 Mark im Monat. Das ist bei 80 qm sehr wenig. Ne schöne Wohnung.
Ein sehr lieber Freund von mir ist der Schriftsteller Wolf Wondratschek, der sich sehr mit dem Kiez . .
Wie heißt das Wort?

– Assoziiert.
– Assoziiert.
Der möchte gern was über die Hamburger Jungs schreiben.
Und dann ist es ihm gut gekommen, wie es mir gut gekommen ist:
Der müßte im Hotel wohnen.
Daß er auf einmal die Wohnung kriegt. Ich verdien an der Wohnung nischt. Ich verlier auch nicht.
Der Wolf gibt in München seine Wohnung nicht auf und ich kann immer wieder hierherkommen.
Meine Wohnung ist da.
Und Wolf ist son integrer Mensch für mich, daß meine Wohnung da ist.
Die ist nicht ausgeräumt, nicht ausgeplündert.
Die wird genauso sein, wie sie ist.
Dann hab ich ihm einen riesigen Gefallen getan und er hat mir einen riesigen Gefallen getan.
Und wenn ich nach zwei Jahren feststell, du das Costa Rica kotzt mich an, ich will in Hamburg wohnen, da hab ich meine Wohnung.
Und wenn ich nach zwei Jahren feststell, ich muß überhaupt nicht mehr in Hamburg wohnen, dann kann ich meine Wohnung verkaufen.
– Was für Bilder hast du verkauft?
– Ich hab ein einziges Bild verkauft, das ist der Janssen.
– Und was für Bilder nimmst du mit?
– Ich nehme ein Bild von Dali mit. In einer sehr kleinen Auflage von 1960. Die Frau mit den Ketten. Nicht – weil das Dali ist, sondern weil das ein Bild ist, was ich sehr gern mag.
Ich nehme den Mann mit dem Hut mit von Magritte.
Ich nehme ein kleines Elfenbeinbild mit von Indien.
Linda:
O, das ist schon weg?!
Wolli:
Ja.
Ich nehme eine Zeichnung mit, die mein sehr lieber Freund Michael Mau gemalt hat.
Opa.

Ich nehme ein Bild mit von Hubert Ladiges, das auch Michael Mau gemalt hat, der auch ein sehr lieber Freund ist.
Das wars dann auch.
Linda:
Ja.
Wolli:
Ach ja, und ein kleines, eigentlich kitschiges Bild.
Aber was ist eigentlich Kitsch.
Aus ner Zeitung ausgeschnitten und eingerahmt. Das hatte meine Mutter, als sie 18 Jahre alt war, in ihrem Mädchenzimmer hängen.
Das ist ein kleiner Junge, der ein Bein aufstützt und in die Wolken guckt.
Und die Wolken schwimmen.
Und die Wolkenschiffe – da sind Gesichter drauf.
Da sind Engel drauf.
Da ist das drauf, was man träumt.
Linda:
And today is the first day of the rest of your life.
Wolli:
Ja.
Fichte:
Das kleine Metallbild.
Wolli:
Das hat mir ein Dealer geschenkt.
Und das häng ich als allererstes Bild hin, weil ich da nicht mehr saufen will, nicht mehr törnen will.
Man will vieles nicht.
Ob ichs schaff weiß ich nicht.
Ich hab ja so wahnsinnige Ideen.
Ich will das Thomas-Mann-Buch schreiben.
So wie Adrian Leverkühn, so ein Buch über den Kiez.
Ich hab ein Kapitelexposé gemacht.
Etwa 1500 Seiten.
Ob ich das jemals schaff, weiß ich nicht.
Aber wenn ich es schaffe, dann ist es ein riesiges Buch.
Dann ist es das größte Buch, das je über den Kiez geschrieben worden ist.

Linda:
Morgen ist der letzte Tag, wo wir da sind.
Wolli:
Und natürlich nehm ich mit, um dir mal ein bißchen am Arsch zu krabbeln, ein paar Bücher von dir.
Und auch eine ganze Reihe Manuskripte von dir.
Und natürlich hab ich aufgenommen – ich hab ja Schallplatten aufgenommen auf Tonbänder – und da ist natürlich auch der Fichte, wie er im Starclub gesprochen hat.
Deine Stimme kann ich doch nicht vermissen.
Die muß ich doch ab und zu mal hören.
Wenn ich mein Fichte-Zweiglein nicht mehr sehe, dann muß ich wenigstens in Costa Rica in meiner Pensionärssonnenlaube sitzen und einmal muß mir der Hubert vorlesen:
Jäckis erster Besuch in der Palette.
– Was hast du gestern noch aufgenommen?
– Ich hab viele Stunden aufgenommen. Aus 1000 Schallplatten, da hab ich mir drei Stunden zusammengestellt.
Wir haben ja manchmal gesprochen, wir kommen auf ne einsame Insel, welche Bücher nimmt man mit.
Und so hab ich die Schallplatten durchgeklettert.
Ich bin ja ein Jazzfan.
Ich hab ja so wunderbare Jazzplatten.
Also mußt du haben.
Wer war das?
Linda:
Peggy.
Wolli:
Peggy Parnaß.
Fichte:
Kommt die noch vorbei?
Wolli:
Nein, die kommt nicht.
Die steht so auf den Opa.
Dann schreit sie immer: Nein, nein, ja ja! Nein, ja, nein ja!
Neinnein, jaja, nur die zwei Worte gibts.
Linda:
Nein.

Wolli:
Nein, ja, nein, ja, ja!
Was kann ich aufnehmen?
Das was am Ende bleibt:
»Ich bin ein Junge von St. Pauli«.
Fichte:
Hans Albers.
Ein bißchen Hans Albers für die Jungs, die oben sitzen und viele Jahre keine deutsche Musik gehabt haben.
Da hab ich Gerhard Wendtland, Rudi Schuricke, Hans Albers aufgenommen.
Ein Band, etwa anderthalb Stunden.
Aber sechs Stunden hab ich aufgenommen, was ich liebe.
Alles von Kurt Weill.
Da haben wir schon im Buch drüber gesprochen »Wolli Indienfahrer«.
Dreigroschenoper.
Lotte Lenya und Weill.
Und dann hab ich mir aufgenommen die ganzen Sprechplatten.
Ferlinguetti, Ginsberg, Villon, gesprochen von Kinski.
Die Platte von dir.
Dann Gottfried Benn. Also ich hab aufgenommen, weil ich weiß, was ich fürn Mensch bin.
Dann sitz ich in meinem Turm in einem kulturlosen Land.
Costa Rica ist ein kulturloses Land.
Dann sitz ich in meinem Turm, wahrscheinlich vollgesoffen, mit einem Kasten Bier neben mir, schmeiß die Gläser an die Wände, mach mir auf Überlautstärke, denn neben mir wohnt keiner.
Dann hör ich mir Brecht an, wenn der Busch die Ballade von den Seeräubern singt.
Und knall die Gläser an die Wand und tob in meinem Turm rum wie ein Idiot.
Aber das ist das, was ich haben muß.
Linda:
Ich kann ausflippen endlich.
Wolli:
Ich kann ausflippen.

Mein Vater hört immer die Neunte Sinfonie an.
Jeden Silvester wird die Neunte Sinfonie aufgelegt, der vierte Satz.
Solang ich ihn kenn.
Ich kann ihn ja nicht länger kennen, als er da war, solang ich denken kann.
Meine Neunte Sinfonie ist Die Ballade von den Seeräubern gesungen von Ernst Busch und gedichtet von Brecht.
Das ist die Neunte Sinfonie vom Kiez.
Und das sag ich dir, kannst du abdrucken, das ist gleichwertig mit der Neunten Sinfonie. Das ist sogar in der Idee, in dem Rüberkommen, Freude schöner Götterfunken, das kommt rüber. Da kannst du mir die ganze Neunte Sinfonie unter die Vorhaut schieben und einscheißen. Da hab ich nichts mit zu tun.
Linda:
Du hast die ganze Neunte Sinfonie in deinem Leben noch nicht gehört.
Also erzähl nichts.
Wolli:
Weißt du, was der Beethoven gemacht hat, der hat die Nachttöpfe vollgeschissen und nicht geleert und hat seinen Neffen schlecht behandelt und das ist alles in seiner Musik drin.
Das ist macho, macho bis zum Verrecken.
Selbst in seinem Violinkonzert, was so scharf ist, wenn Karajan oder Oistrach sein Violinkonzert machen.
Es ist macho.
Es ist Norbert Grupe – in Musik übersetzt, was mir Beethoven erzählt.
Das sag ich dir.
Aber was mir Busch erzählt, was mir der Schlosserlehrling, der Kieler Schlosser Ernst Busch erzählt, ach, ach, ach, mein Schnaufen kannst du nicht aufnehmen, da stehn mir die Haare zu Berge.
Da krieg ich was rüber, was bis in meine Augenfalten geht.
Beethoven ist ein vornehmer Mann, in Pöseldorf beweg ich mich.
Ich beweg mich nicht in Pöseldorf.

Aber ich beweg mich zwischen dem Nobistor und dem Millerntor.
Und das erzählt mir Ernst Busch so wahnsinnig, das geht mir so in die Knochen rein.
Die Tränen laufen mir aus den Augen.
Die ich gar nicht will.
Jedesmal wieder.
Wenn du mich fragst, wer ist der größte Sänger, wer ist das Größte, was ich gehört hab, in Text oder Musik, das ist Busch.
Brecht.
Linda.
Natürlich.
Unser Herr Trivialliteratur, Fritzen Raddatz, hörst du mich?
Nein.
Sicher hörst du mich nicht.
Du hast mal da am Tisch gesessen, wo jetzt der Hubert Fichte sitzt und da hab ich gefragt: Warum legt Ihr im Rowohlt Verlag nicht mehr Feuchtwanger auf.
Lion Feuchtwanger.
Und da hast du Fritzchen mir erzählt: Weil das Trivialliteratur ist.
Jetzt inzwischen legt ihr ja wieder auf.
Da denk mal wieder dran, mein Fritzchen.
Die haben überall gepöbelt über dein Marx-Buch und gesagt, das ist Scheiße.
Da hab ich nie drüber gepöbelt.
Das Marx-Buch, das ist ne fleißige Arbeit.
Aber weißt du, wovon du träumst?
Eine Zeile zu schreiben wie Feuchtwanger.
Fritzchen, dann wärst du riesig.
– Was hast du für Bücher mitgenommen?
– Ich kann dir nicht alle aufzählen.
Ich hab zwei Kisten mit Büchern geschickt, nicht.
Also große Kisten.
Aber was mir in den Kopf kommt.
Ich hab den Frazer mitgenommen, den Golden Bough, die 13bändige Ausgabe.

Den Casanova. Sein Leben.
Von dir.
Von Wolf Wondratschek einige Sachen.
Von Ladiges.
Das ist meine Familie, die will ich um mich haben.
Das heißt nicht, daß die Bücher schlecht sind – die will ich trotzdem um mich haben.
Die Tagebücher von Montherlant.
Gullivers Reisen von Swift.
Cervantes den Don Quixote.
Obwohl mir Peter gesagt hat: Langweiliges Buch.
Ich hab das schon ungefähr zwanzig Jahre hier stehen. Ich hab da auch ein bißchen drin rumgelesen.
Ja, warum hast es denn nicht ganz gelesen.
Weiß ich nicht.
Ich sag dir doch, es ist ein langweiliges Buch.
Linda:
Und Proust, hast du den?
Wolli:
Ja, natürlich.
Fichte:
Hast du Léautaud?
Wolli:
Das hast du mich schon gefragt vor zwei Tagen. Léautaud, den kleinen Freund, den hab ich im Kopf. Den kann ich ansagen.
Thomas Mann hab ich von Hubert Fichte als Abschiedsgeschenk geschenkt bekommen in der 13bändigen Ausgabe.
Das ist nämlich so mit Thomas Mann, ich will Thomas Mann schreiben.
So hochgestochen will ich den Roman über den Kiez schreiben.
– Warum nicht wie Marcel Proust?
– Dann laß uns sagen wir Marcel Proust, das ist für mich kein sehr großer Unterschied.
Das sind beide Künstler in der Sprache.
Das sind beide vornehme Leute.
Ich will kein Kiezbuch schreiben: Da geht er die Treppe runter und da sieht er schon wieder den Wichser da stehn. Der hat so-

wieso nicht genug Moos in der Tasche, wie er die Tille da anmacht..
Ich meine, dein Buch von Kiez, kann man nicht ganz sagen von Hubert Fichte.
Das ist halt Interview.
Aber ich meine, es gibt überhaupt keinen Roman, der den Kiez mal anständig behandelt.
So wie zum Beispiel Moravia »Die Römerin«.
Das gibt nur Slangbücher über den Kiez.
Ich meine der Kiez ist so interessant und ich möchte dann über die Wilfried-Schultz-Geschichte und die ganzen Sachen ein Buch machen in dem Stil Thomas Mann Adrian Leverkühn.
Nicht: Du alte Wichssau und trallalla.
Alle Indienbücher hab ich mitgenommen.
Sehr wichtig: Gandhi hab ich mitgenommen. So sein Leben und einige Sachen.
Und jetzt sag ich dir nochmal aufn Tonband.
Das hab ich dir schon mal im Interview gesagt:
Es gibt keinen Jesus im 20. Jahrhundert.
Aber eine gleichbedeutende Gestalt, die das etwa sein könnte, das wäre Gandhi.
Und darum wird er nicht gedruckt.
Du bekommst heute in Deutschland kein Buch von Gandhi.
Über Gandhi bekommst du sehr viel.
Du bekommst von Gandhi nur in Indien zu kaufen.
Du bekommst auch in der DDR kein Buch von Gandhi – über Gandhi si, si.
Weil er sie alle anpißt.
Weil da nämlich Breschnew angepißt ist und Reagan angepißt ist.
Weil da nämlich ne Menschheit angepeilt ist, ohne daß die Verdiener in unserem Jahrhundert, die Waffenfabrikanten ne Mark greifen.
Dann müssen die Waffenfabrikanten vielleicht mal arbeiten gehen, anstatt die Leute zu betrügen.
Natürlich hab ich eingepackt den »Faust«.
Ich weiß, du schätzt Goethe nicht so sehr.

Ich schätz ihn auch nicht so sehr.
Ich weiß, was er mit Kleist gemacht hat und mit Schiller.
Aber wenn du mich jetzt fragst, was ist das beste, was in deutscher Sprache geschrieben ist, dann sag ich dir, der Faust.
Es gibt nichts Besseres.
– Hast du Sophokles eingepackt?
– Nein.
Aber Homer hab ich eingepackt, weil mein Freund Hubert Fichte mir das gesagt hat.
Die Ilias und die Odysee in der Übersetzung von Voss.
Das ist was Feines.
Hab ich nie die Zeit gehabt zu lesen.
Na logisch hab ich Marx und Engels eingepackt.
Ich hab auch Lenin eingepackt.
Ich hab auch Kropotkin eingepackt.
Das war son Anarchist.
Und wenn Baader und Meinhoff und der Klüngel das geschrieben hätte, dann würd ich mir einpacken das Band von den vier Namen. Raspe, Baader, Meinhoff, Ensslin.
Und die halbermordete Gudrun Möller.
Die werd ich einpacken die Bücher.
Das ist das Gewissen des 20. Jahrhunderts.
Wo man Zuchthäuser baut, die 10 Millionen kosten und wo man nicht vormerken kann einen Prozeß, weil sie keinen einzigen Menschen totgemacht haben, ein Kaufhaus nachts angebrannt haben, da hat nicht mal n Wächter ne Hand verbrannt.
Das Gewissen des 20. Jahrhunderts, das nehm ich mit mir.
Das nehm ich mit mir, wie ein Katholik betet zur Mutter Maria oder so.
So haben die Leute das Herz gehabt, das vorzutragen, mit Hunger, wie der Holger Meins, der sich hier totgehungert hat, was wir ein bißchen in uns haben, aber wir haben nicht das Herz, es vorzuführen.
Wir sind zu lappig, zu schlappig für.
Und wie für meine Eltern früher Theodor Körner der große Freiheitskämpfer für die Franzosen war, so wird man einmal über diese Leute denken.

Das ist das Gewissen der 2. Hälfte des 20. Jahrhunderts.
Das ist in Stammheim ermordet worden.
Mies und beschissen ermordet worden.
– Hast du Freud mit?
– Nein.
Reich. Du kannst nicht alles mitnehmen.
– Die Bibel?
– Na selbstverständlich.
Die Bibel, den babylonischen Talmud, den Koran.
– Die Veden?
– Nein. Ich hab meine ganze Indienbibliothek hiergelassen. Ich hab eine sehr schöne Indienbibliothek, die ich auch mit Sicherheit dem Völkerkundemuseum vermach. Aber man fährt nun nicht nach Südamerika, um über Indien zu forschen.
Linda:
Aber 1001 Nacht haben wir hiergelassen.
Fichte:
1001 Nacht habt ihr hiergelassen?
Wolli:
Nein.
Fichte:
Sind das nun die Bücher, die dir auch gefallen Linda oder fehlt was?
Linda:
Ich würd gern noch den Castaneda mitnehmen.
Wolli:
Den hab ich mitgenommen – alle vier Bände.
Castaneda ist sehr mit Vorsicht zu betrachten.
Linda:
Jaja.
Fichte:
Nimmst du Wichsbücher mit?
Linda:
Oooo!
Wolli:
Selbstverständlich ungefähr zwanzig Zentimeter hoch.
Da hab ich aber aus meinen ganzen Wichsheften die schönsten Sachen rausgerissen – wo ich am besten drauf abdrücken kann.

Und dann hat die Linda, meine Frau, auch rausgerissen, wo sie am besten drauf kann, waren wir richtig am arbeiten hier.
Was soll ich ohne Wichsbücher.
Linda:
Ich stell mir nur vor, wenn die beim Zoll die Kiste aufmachen und..
O!
Wolli:
Da ruft mich jetzt ein Freund an, der in Costa Rica wohnt, ich soll drei Massageapparate mitbringen und meine Frau braucht auch einen Massageapparat, weil sie auch gerne rumwichst.
Fichte:
Du brauchst keinen?
Wolli:
Nein.
Nun hab ich da drei Massageapparate drinne.
Nun stell dir mal vor, die machen den Koffer auf, dann fallen da erst mal drei Massageapparate raus und dann die ganzen Fotos mit den Fickereien.
Die Bibel und der Faust und dann fallen nur Massageapparate raus und Fotos nur mit Arschfickerei.
Fichte:
Hast du den Koran mit?
Wolli:
Den muß man mitnehmen, obwohl ich den Koran wirklich blöde finde.
Der hat ungefähr 600 Seiten, aber wenn du die Sprüche rausstreichst, dann kommst du auf hundert Seiten.
Am Anfang wird erst mal gedroht, dann wird gelobt, das ist in jeder Sure wieder das gleiche.
Dann ist er nämlich ziemlich dünn, ziemlich dünn.
Fichte:
Hast du eigene Aufzeichnungen mitgenommen?
– Ich hab alle meine Tagebücher mitgenommen. Meine ganzen Ideen.
Ich hab ja wahnsinnige Ideen.
Ich bin ja ein Multimillionär von meinen Ideen.

Ich bin in Wirklichkeit ein Mann, Wolli Köhler mit einem kleinen Tisch, der Leute sucht, die Ideen kaufen wollen.
So geile Ideen.
Und ich freu mich manchmal so, wenn ich 1978 ne Idee hab, was man machen könnte, was geldträchtig ist. Und schreib mir das in mein Tagebuch rein und 1981 seh ich auf einmal, da hat das einer gemacht. Und das ist so geldträchtig, wie ich mir das vorgestellt hab. Weil das so gut ist.
– Was ist so wichtig an Geld?
– Am Geld ist überhaupt nichts wichtig. Geld heißt Freiheit.
– Heißt Geld Freiheit?
– Geld heißt nicht, im Geld zu blättern und sich daran zu ergötzen.
Geld ist Freiheit, mein liebes Kind.
Ich liebe nicht Geld, ich liebe die Freiheit.
Geld gibt mir die Freiheit und nicht den Wecker.
Wenn ich Geld hab, dann klingelt morgens früh nicht der Wecker.
Linda:
So wie für mich.
Wolli:
Geld ist nicht zum Anziehn, das ist für mich nicht wichtig, Geld ist nicht, ein Auto zu haben, einen Swimmingpool zu haben, das ist für Geldgeile.
Geld gibt mir Freiheit.
Daß ich über meine Zeit verfügen kann.
Wir leben nur eine bestimmte Zeit und ich will über meine Zeit verfügen.
Und ich will auch nie mehr Geld haben, als daß ich über meine Zeit verfügen kann.
Ich will nicht Geld haben, um Geld zu haben.
Wenn ich vollgesoffen heute morgen um drei ins Bett geh, dann soll um sechs kein Wecker klingeln. Dann will ich durchschlafen bis zehn oder elf. Bis ich ausgeschlafen bin.
Und das heißt für mich Geld.
Nichts andres.
– Du bist jetzt 51.
Wie erlebst du das Altern?

– Ich tu mich schwer damit, sehr sehr schwer.
Du weißt, ich bin ein bißchen ein Zuhälter, das ist meine Mentalität und auch mein Aussehen.
Und ich finde mich eigentlich schön.
Ich finde, ich bin ein geiler Typ, wo die Frauen drauf können.
Und seit fünf Jahren etwa stell ich fest, daß ich kein geiler Typ mehr bin.
Nicht in meiner Wirkung auf die Frauen.
Aber wenn ich mich im Spiegel anguck, dann seh ich, daß die Weibertitten langsam rauskommen, daß der abgegraste Lumpensack von Bauch, wie das der Villon ausspricht, auf meinen Schwanz draufhängt, dann seh ich die Tränensäcke, die vollgesoffenen unter den Augen und dann ekel ich mich so an, daß ich mich nicht mehr im Spiegel sehen mag und mein Spiegel sind die Frauen, mein Spiegel sind die Frauen, die ich aufmachen will und wenn ich mich dann auszieh und da steht ne 20jährige vor mir, schön, stramme Haut und ich sehe meinen Kadaver, dann kotzt mich das so an, daß ich oft keinen mehr hochkrieg, das Geld bezahl und geh, weil ich mich vor mir selbst anekle.
Ich tu mich sehr schwer mit dem Altern.
Ich weiß, du kannst das Alter geistig betrachten.
Aber körperlich, tu ich mich sehr schwer damit.
– Bist du öfter krank?
– Nein. Nein. Ich bin verwundert, wie ich in der Vitalität gut bin.
Normalerweise müßte ich todkrank sein, aber ich schlaf ja sehr viel.
Schlaf ist ja die beste Medizin.
Ich hab in dem ganzen Suff gedacht, ich hab Gelbsucht.
Und der Befund war, Sie haben eine Leber, wie ein 20jähriger Sportler.
– Wieviel säufst du, läßt sich das auf eine Ziffer bringen?
– Wenn du es auf Bier bringst – zwischen zehn und zwanzig Flaschen Bier am Tag.
Und fünf Flaschen Whisky etwa.
– Fünf?

Linda:
Das stimmt.
Wolli:
Und rauchen 100 Zigaretten am Tag.
– Fünf Flaschen Whisky am Tag.
– In der Woche. Und ich rauche jeden Tag Haschisch, wenn was da ist. Ich nehm auch Kokain.
Und wenn ich kein Kokain hab, dann nehm ich das Kokain der armen Leute, was ich jetzt zum Beispiel nehme, das heißt 2 Mark 80 Tabletten Betkofetrinol, die kann man sich auch zerquetschen und in die Nase reinschieben, dann brennt dir zwar die Schnauze hinterher, da machst du dir die ganzen Nasenlöcher mit kaputt . .
Linda:
O, Wolfgang.
Fichte:
Das hat mit dem Alter zugenommen?
Linda:
Er hat mir einfach erzählt, ich bin schuld daran.
Seit er mich kennengelernt hat, nimmt er Drogen.
Wolli:
Da drüber möcht ich gar nicht so ganz sprechen.
Linda:
Nein.
Wolli:
Ich liebe meine Frau unheimlich, unheimlich sehr, so sehr ich lieben kann, aber ich meine zwischen uns sind einige Dinge, die mich zum Alkohol gebracht haben und zu Drogen gebracht haben. Da sind einige Dinge drinne, weil ich ein Stück Männlichkeit verloren habe, bei meiner Frau.
Fichte:
Findst das auch, Linda?
Linda:
Ich find das überhaupt nicht so.
Das hat er mir bloß heute erzählt.
Fichte:
Was ist denn das, was das Stück Männlichkeit wegnimmt.

Wolli:
Du fragst mich sehr intim, Hubert.
Okay . .
Linda:
Nun gut, wenn wir schon mal . .
Ich möcht das ja auch wissen, gerne.
Wolli:
Ich fühl mich, wenn ich zehnmal im Puff ficken gehe, dann fühl ich mich acht Mal wien Mann und zwei Mal wien Freier, denn da sind oft Frauen gekommen, wo ich hinterher umsonst ficken konnte, die mich in der Wohnung besucht haben. Aber bei meiner Frau fühl ich mich von zehn Mal, wo wir schlafen, neun Mal wie ein Freier. Ich würde ihr am liebsten 200 Mark hinlegen und würde sagen: Entschuldige, daß ich dich mit meinem Schweineschwanz und meinem miesen Balg belästigt hab.
Und weil ich ein sehr stolzer Mann bin in mir und sehr eingebildet auf mich selbst bin, weil ich ein richtiger Loddl bin, dann tut mir das irgendwie weh und das gleich ich dann aus so.
Linda:
Und das was ich mir von dir wünsche, das hab ich auch nie so richtig gesehn, Wolli.
Fichte:
Was?
Wolli:
Das heißt nicht, daß ich meine Frau nicht liebe. Es gibt keinen Menschen, den ich . .
Linda:
Wir gehn aneinander vorbei.
Er möchte mich so sehn und ich möchte ihn so sehn.
Wir möchten uns so sehn, wie wir nicht sind, so ungefähr.
Fichte:
Macht es dir denn kein Spaß im Bett?
Linda:
Doch.
Aber, ich möchte noch mehr, verstehst du . .
Fichte:
Daß er öfter fickt?

Linda:
Zum Beispiel.
Fichte:
Aber er fickt doch nun schon viermal.
Du möchtest fünfmal.
Wolli:
Es ist so.
Die Linda . .
Ich sag dir das ganz philosophisch.
Die Linda die drückt ab auf de Sade und ich drück ab auf Sacher-Masoch.
Und das ist es.
Die Linda möchte vergewaltigt werden und ich möchte vergewaltigt werden und das isses am Ende.
Fichte:
Siehst du das auch so, Linda.
Linda:
Ja, das ist kraß . .
In etwa, ja.
Fichte:
Standst du schon vorher auf sadistische Dinge?
Linda:
Nein.
Weißt du was, als ich den Wolli kennenlernte, da dachte ich, er weiß mich wie meine Westentasche.
Da hatte ich das Gefühl, daß er jeden Gedanken von mir wußte . .
Ach.
Daß er alles weiß, was ich denke und was ich möchte.
Wolli:
Das ist eine eigenartige Sache . .
Fichte:
Du brauchst ne Frau, die dich verachtet, wie Maulwurf dich verachtet hat und dann spritzt du ab.
Wolli:
Neinneinneinneinneinneinnein!
Überhaupt nicht.

Das ist deine Idee.
Aber weißt du warum das geht?
Ich bin ein richtiger abgebrühter Loddl gewesen. Aber in dem Moment, wo ich der Frau mein Herz zuneige, zu der Frau bin ich kein Loddl mehr, zu der Frau such ich Liebe.
Das ist mein Liebling und die meisten Fraun, die hier auf den Kiez kommen, die suchen mehr oder weniger im Unterbewußten, den abgebrühten Loddl.
Und die spritzen ab auf den abgebrühten Loddl.
Und wenn der abgebrühte Loddl mit mal feststellt, ich liebe die Frau und nicht mehr ein abgebrühter Loddl wird, sondern lieb wird, dann fällt auf einmal eine Welt zusammen.
Ich will ja gar nicht lieb behandelt werden. Ich will ja nen Loddl haben.
Aber ich will nicht als Zuhälter mit der Frau leben, die ich liebe.
Dann bin ich nämlich der, der den Tisch abräumt morgens und abwäscht mal schnell und mit dem Staubsauger durchs Zimmer fegt..
Fichte:
Laß Linda mal.
Linda:
O, ich.
Das muß ja nicht alles sein.
Wolli:
Sag mal richtig.
Sag alles richtig.
Linda:
Das was du sagst ist wunderschön und deshalb lieb ich dich auch.
Das weißt du.
Wolli:
Das ist seelisch inzwischen.
Linda:
Ja.
Nicht inzwischen.
Wolli:
Da sitz ich da, wenn ich dir an Kopf hau, du alte Sau.
Zeig deine Fotze, ich stürz mich drauf.

Dreh dich rum, ich fick dich in Arsch, dann ist es geil, dann wars ne geile Nacht.
Aber wenn ich nett bin, wenn ich dich anders behandle als ein Zuhälter, dann ist das Ding drinne, was du eigentlich gar nicht möchtest.
Linda:
Das ist Sex, das ist nur im Sex.
Wolli:
Ich kann das nicht trennen.
Ich bin doch kein Sadist. Ich kann sie doch nicht versklaven im Sex.
Ich will sie doch im Sex lieben.
Fichte:
Aber du kannst ihr doch den Gefallen tun.
Wolli:
Ich will doch auch einen Gefallen. Ich bin doch kein Freier. Ich bin doch keine Hure, der einer Frau pausenlos einen Gefallen tut.
Ich will ja im Sex das, was mir n Gefallen tut, ein bißchen haben.
Ich will ja nicht sagen:
Ich will jetzt ficken, leg dich hin du alte Drecksau.
Ich will sagen:
Nun leg dich hin, mein liebes Mäuschen, sutschi, so, lieb.
Das brauch ich, zart, lieb, streicheln und das braucht sie schon wieder nicht.
Sie braucht aber:
Dreh dich um. Ich fick dich jetzt mal in Arsch rein.
Das ist aber nicht mein Sex.
Linda:
Ich weiß nicht . .
Wolli:
Ich will doch bei meiner Frau kein Freier die ganze Zeit.
Ich bin doch kein Loddl.
Ich bin ein Loddl, solange ich Geld krieg.
Linda:
Und jetzt kriegt er keins mehr.

Wolli:
Wenn eine auf Brutalität steht, die kann ich abloddeln, der hau ich jeden Tag auf die Birne drauf, da bin ich so ein brutaler Zuhälter, die gibt mir ein Pony aus, den schmeiß ich vom Tisch. Du alte Drecksau, ne halbe will ich haben.
Und so, nicht?!
Das weiß ich alles, wie das geht.
Ich will doch nicht mit meiner Frau, wo ich mit zusammenlebe, will ich doch sein, was ich bin und ich bin sehr zart und sehr sensibel und sehr, sehr lieb.
Ich will sehr lieb gestreichelt werden.
Ich will, daß die Nägel sanft an meinem Rücken runterkratzen.
Daß der Mund sich öffnet, wenn ich küssen will.
So.
So will ich das.
Verstehst du.
Da will ich nicht ne Schau vorführen, als wenn ich ne Partie an die Mauer stell.
Da führ ich ne Schau für vor.
Da kann ich der Sadist sein, der Masochist, ich krieg Strom.
Da mach ich die Schau vor. Ich weiß wies geht.
Ich weiß auch, wies mit ihr geht. Das weiß ich auch. Aber das will ich einfach nicht.
Ich will bei meiner Frau die Hose runterlassen, verstehst du.
Ich will ich sein im Sex.
Ich bin ja nicht pausenlos n Loddl.
Und nicht pausenlos ne Tille.
Wenn ich mit meiner Frau, die ich sehr liebe, im Bett liege und wir machen die Decke über unsre Beine, dann will ich ich sein, wie ich empfinde.
Da will ich keinen Vortrag halten.
Linda:
Das ist es eben.
Wolli:
Da will sie halt den Vortrag haben.
Den Norbert Vortrag.

Im Bett ist Norbert der Gute.
Linda:
Nee, also ganz bestimmt nicht.
Wolli, da täuscht du dich auch wieder.
Fichte:
Wer wärs denn?
Linda:
Wer wärs denn?
Wer wärs denn jetzt?
Wolli:
Der dich in Arsch fickt, ohne zu fragen.
Der dich nicht küßt und streichelt.
Der dich benützt.
Fichte:
Stimmt das?
Linda:
Ach, vergiß mich mal.
Wolli:
Weißt du, wann sie am besten abdrücken kann?
Wenn wir hier liegen und ich leg mir hier Pornohefte hin.
Da.
So.
Mit der Lampe beleuchtet und ich fick sie.
Ich beachte sie gar nicht – ich fick meine Pornohefte.
Und ich benütze sie als Gegenstand.
Das ist richtig geil.
Das ist für mich so unverständlich.
Das wäre für mich so eine furchtbare Beleidigung, wenn ich mit ner Braut fick und die guckt sich n Pornoheft zu an.
Fichte:
Es kann doch das geben, daß man liebt, daß man nicht geliebt wird.
Wolli:
Sie liebt mich am meisten.
Am meisten ist die Fotze naß.
Wenn ich hier sitz und beachte sie gar nicht und seh mir n Pornoheft an und mein Schwanz steht und manchmal sprech ich

gar nicht mit ihr und leg mich so drauf und steck ihn dann rein und guck mir mein Pornoheft an.
Linda:
Zum Beispiel, wenn der Wolf Wondratschek mit seinen Sülzsprüchen da ankommt – da ist alles vorbei.
Da geht überhaupt nichts mehr.
Fichte:
Da müßt ihr euch eben mit einrichten.
Wolli:
Aber das ist ein bißchen schwer, mein lieber Freund.
Und wenn ich ficken will, dann lieb ich sie, dann lieb ich meine Linda und nicht ihren Körper, du paß mal auf, ich bin keine Hure in meinem Privatleben.
Wir tragen das ja auch öfter so vor und dann ist ihre Fotze richtig naß.
Fichte:
Aber sie muß doch zurechtkommen.
Wolli:
Aber ich doch auch, ich doch auch ein bißchen, bitte sehr.
Das ist für mich so unbegreiflich, daß sie nicht als Linda, als meine Frau gefickt werden will, sondern daß sie gefickt werden will als Gegenstand, als ne Gummipuppe, wo ich reinfick, während ich Pornohefte anguck.
Sie ist als ein Körper nicht da.
Linda:
Ich bin als Körper sehr da.
Wolli:
Aber nur als Körper ein Stück.
Das ist jedesmal so, daß ich ne kleine Hemmung hab, wenn ich n Pornoheft hinleg.
Das ist n Undings.
Stell dir das mal vor.
Das ist für mich in meinem Dings, die größte Beleidigung, die ein Mensch einem Menschen antun kann.
Daß er überhaupt nicht mehr da ist.
Da bist du nur noch ein Loch.
Aber das ist das Loch, was sie möchte.

– Aber du hast seit Jahren gesagt: Ich will gar nicht mehr rausgehn. Ich will nur noch wichsen. Ich will nur noch meine Pornohefte haben. Da trifft sich doch was.
– Nein, nein, nein.
Du kennst mich schon lange.
Hast du mich jemals Pornohefte wichsen sehen in der Zeit von Mauli?
Mit Erika?
Das Pornowichsen hab ich mir angewöhnt mit Linda.
– Kann nicht in den Jahren die Angst vor der Impotenz kommen.
– Nein.
Weil ich nicht impotent bin.
Weil ich geil bin und mein Schwanz der steht, der steht, der steht, der steht mir manchmal sogar zum Überdruß.
– Warum machst du die Kreuze ins Buch.
– A, das weiß man im Interview nicht.
Ich mach Kreuze ins Notizbuch bei jedem Mal wo ich einen Orgasmus hab.
Und bei jedesmal, wo meine Frau einen Orgasmus hat, mach ich einen Kringel.
Und das mach ich seit 5 Jahren.
Und auf einmal ist da ein kleiner St. Pauli Loddl und macht da eine wissenschaftliche Arbeit.
Weil mich das interessiert, ob das was mit den Jahreszeiten zu tun hat, mit dem Mondauf- oder -untergang.
Das muß ich zehn Jahre durchziehn und das mach ich ganz gewissenhaft.
Ich möchte da ne Kurve zeichnen.
– Hast du früher öfter abgedrückt?
Linda:
Ich glaube nicht.
Er spritzt sehr viel.
Wolli:
Heut haben wir nicht abgedrückt. Gestern war Freitag.
Da hab ich viermal abgedrückt.
Vier Kreuze.

Vorher zwei Kringel, zwei Kreuze.
Drei Kreuze, ein Kringel.
Zwei Kreuze, ein Kringel.
Zwei Kreuze, ein Kringel.
Zwei Kreuze, ein Kringel.
Da ist gar nichts, was haben wir denn da gemacht.
Linda:
Solange ich ihn kenne, ist es nicht weniger geworden.
Wolli:
Ich spritze im Schnitt zwischen drei und vier Orgasmen am Tag.
– Und hast nicht die Angst, es könnte weniger werden.
Linda:
Doch, doch, die hat er.
Wolli:
Weiß du, was ich mach? Ich kauf mir auch Zumba und so Sexualmittel, die anregen, die kauf ich mir eigentlich seit vier fünf Jahren.
Der Ausschlagpunkt war Peter Ladiges.
Peter Ladiges arbeitet ja so auf eine eigenartige Art wissenschaftlich.
Linda:
Wolli ist ganz böse, wenn ich morgens mal onaniere, wenn er noch schläft und ich hab vergessen meinen Kringel zu machen.
Wolli:
Furchtbar böse.
Das erste was ich mach. Mir hängt noch der Zoft am Schwanz, ich hab gerade abgewichst, bin ich am Buch – n Kringel.
Linda:
Da kann man jetzt schon sehen, ne gewisse Regelmäßigkeit.
Wolli:
Wo kriegst du denn deine Orgasmen her.
Linda:
Wo ich die herkrieg?
Wolli:
Es sind ja viele Kringel drin.
Linda:
Also ich krieg sie da her und das hat bestimmt nichts mit dem

Mond zu tun, sondern daß ich mal lange Zeit nicht im Laden war und so.
Wolli:
Und in welcher Art der Sexualbetätigung?
Beim Onanieren?
Linda:
Ja.
Das sowieso.
Fichte:
Und du kriegst keinen Orgasmus, wenn er dich fickt?
Linda:
Nein.
Fichte:
Nie?
Wolli:
Und kann ich lang ficken?
Hab ich schon ne dreiviertel Stunde gefickt?
Wien Geisteskranker.
Linda:
Ich liebe es, gefickt zu werden.
Ich spritz aber nicht.
Wolli:
Meinst du, ich bin ein Blöder?
Hab ich schon ausprobiert, daß der Kitzler hochliegt, beim Schamberg so scheuert.
Das hab ich alles ausprobiert.
Sehr schwer beim Lecken.
Beim Lecken gehts manchmal.
Linda:
Ja.
Das ist idiotisch.
Warum muß ich unbedingt spritzen beim Ficken. Ich habs gerne.
Wolli:
Das ist sehr einladend.
Dann denkt sie drüber nach beim Wichsen, daß sie vom Piratenschiff gefangen ist, am Mastbaum festgebunden, mit verbundenen Augen, die ganzen Piraten, die ficken sie alle.

Dann gehts vielleicht.
Fichte:
Hast du das auch schon mal geträumt.
Wolli:
Nein.
Linda:
Du aber.
Fichte:
Nicht gerade Piraten.
Wolli:
Ich will ja selbst ficken. Dann würde ich selbst der Pirat sein.
Fichte:
Hast du das schon mal geträumt? Vergewaltigen?
Linda:
Nein.
Wolli:
Ich will ja geliebt werden.
Wenn schon, dann will ich ja vergewaltigt werden.
Linda:
Das ist es ja eben.
Wolli:
Das ist es ja eben.
Fichte:
Die Matrosen haben keine Heimat.
Wolli:
Und wir wollen beide vergewaltigt werden.
Und da kommt nun immer der kleine Inder her, der auf sie geil ist und wahrscheinlich auf mich geil ist.
Und der vergewaltigt uns nun auch nicht.
Fichte:
Und Albert, der vergewaltigt euch auch nicht.
Wolli:
Mit Sicherheit nicht.
Linda:
Den muß ich auch vergewaltigen.
Wolli:
Den mußt du vergewaltigen.

Fichte:
Ich will aber auch vergewaltigt werden.
Von Norbert willst du nicht vergewaltigt werden?
Linda:
Den hab ich ja schon ausprobiert.
Nee.
Fichte:
Ich seh ja, ihr müßt nach Costa Rica.
Wolli:
Ich seh nur das eine.
Hast du noch das Band an?
Jetzt wird es ja nun ganz schlimm.
Sie will ja nun vergewaltigt werden von einem Schwanz, der wie ein kleiner Unterarm ist.
Linda:
Ne, das will ich gar nicht.
Und das ist ja ganz geil.
Wolli:
Wir haben ja auch Parties gemacht.
Weißt du wie die Parties inzwischen laufen?
Früher da wollten die Loddl alle die Bräute ficken.
Heute sitzen wir mit Hanne da, mit Norbert da, wer immer, mit den ganzen Kiez-Jungens, die bringen göttliche Bräute mit, ich bring meine göttliche Braut mit, aber keiner will ficken, jeder will sehn, wie der andre fickt.
Hier, mach mal mit meiner Alten los!
Linda:
Und alle wolln se sehn, wie die Frauen untereinander rummachen.
Die sitzen da, wichsen sich am Schwanz und sagen: Fick mal meine Alte.
Wolli:
Fünf göttliche Bräute lungern rum und keiner will ficken.
Linda:
Blasen, da stehn sie natürlich noch drauf.
Fichte:
Aber mehr unter sich.

Wolli:
Da kriegen sie alle göttlich einen hoch. Ich hab bei Hanne geblasen, die kriegen göttlich einen hoch, wenn die Jungens sich einen blasen, die Bräute lungern rum.
Linda:
Für dich ist das natürlich lustig.
Wolli:
Wenn da einer sagt: Du ich hab ne gute Braut, willst du die fikken, dann sagt einer: Neenee, aber ich hab nen guten Freund. Früher war das ja so, da lagst du vorne, wenn du ne Frau mitbringst.
Früher mußtest du ne Frau mitbringen, heute mußt du nen Jungen mitbringen, weil keiner ficken will.
Linda:
Und da erzählst du mir, das ist Menschlichkeit oder was.
Wolli:
Was hab ich heute morgen rausgetan?
Da hast du mir gesagt, du hast nicht gespritzt.
Diesen Wichser von der Fußballmannschaft, den nehm ich mit heute morgen und fick mit der Linda. Irgendwie ist mir zu Ohren gekommen, von ihm oder von ihr: Ich hab nicht gespritzt.
Dann hab ich richtig gepöbelt mit ihr. Dann hab ich dem Mann noch 300 Mark geschenkt, dann hab ich ihm die Adresse von Domenica gegeben und gesagt, da kannst du richtig mal ficken gehen. Und hinterher erzählt Linda mir, der hat doch richtig abgedrückt bei mir. Ich bin bald blöde geworden. Ich sag: Dann geb ich ihm doch nicht noch 300 Mark. Ich nehm den Mann mit, ich lad den den ganzen Abend ein, der säuft hier, ich laß dich ficken mit dem Mann und hinterher gibts noch 300.
Bist doch auch ein Mensch und Geld hat keiner. Hat sie dich aufgegeilt und sie hat das nicht gebracht. Hab ich sie so richtig geschubst, die Linda. Du dumme Sau, was bist du für ne miese Hure, wenn du nicht mal die Männer zum Spritzen bringst.
Wenn der mich wieder sieht in der Ritze, der küßt mich. Der geht mir nicht mehr von de Socken.
Linda:
Jeden Mann, den ich seh, da kann ich sowieso nichts bringen.

Fichte:
Du standst nicht auf den?
Linda:
Nein.
Ich bin aufgestanden.
Ich hab schon geschlafen.
Wolli:
Der sah schön aus, das war ein schöner Kerl.
Ich bring dir nur schöne Kerle.
Ich bring dir keine Wichser.
Mit nem steifen Schwanz.
Großen dicken Schwanz.
Fichte:
Nun muß die Linda ja nicht auf die Kerls stehen, die du schön findest.
Wolli:
Engelchen: Profifußballspieler.
Kannst dir den Körper vorstellen.
Wie Stefan.
Kannst dir nicht vorstellen, wie ich auf Stefan steh.
Linda:
Stefan, nee . .
Wolli:
Doch Stefan fickt gut.
Linda:
Geht.
Wolli:
Doch, mit Stefan hab ich dich zweimal ficken sehen, Muschelchen.
Fichte:
Der kleine Inder, der ist doch hübsch . .
Linda:
Ja, der hat mich geküßt.
Fichte:
Aber zum Ficken ist das auch nichts?
Wolli:
Die muß ihn doch vergewaltigen.

Der wär hübsch, wenn der aus der Tür rausgeht und wird unhöflich, faßt sie auf einmal unter den Rock.
Da sagt sie: nein. Was machst du da. – Halts Maul! – Und schiebt sie in die Toilette rein und fickt sie über dem Toilettebekken.
Linda:
Ja.
Wolli:
Dann wär er wahnsinnig geil.
Jaja, wir armen Weiber unter uns.
Wir wollen alle drei vergewaltigt werden.
Linda:
Und das hatte der Vince drauf und deshalb hab ich auch solchen Bock auf den Vince gehabt.
Wolli:
Vince Weber, der berühmteste Boogiesänger . .
Linda:
Ich sag ihm, ne, nerv mich nicht, ich steh gerade auf und ich geh aufs Klo pinkeln und da ist der auf einmal da a a a und fickt mich da gleich auf dem Klo.
Wolli:
Da wird die Fotze auch naß.
Linda:
Ja.
Da hat er mich überrumpelt.
Gespritzt hab ich nicht.
Aber ich fand es sehr geil.
Wolli:
Mensch, du erziehst mich wieder zum Zuhälter.
Das was ich nicht sein will.
Du bist meine liebe Frau.
Ich will dich nicht benützen.
Ich benütz doch die meisten Menschen, die um mich rum leben.
Dich benütz ich nicht.
Es gibt einige Ausnahmen von Freunden, die ich nicht benütze.
Ich will doch meine Liebe nicht benützen.

Ich will irgendwas haben, was ich nicht benütz.
Mensch, ich bin doch auch jemand.
Bin ich nur dazu da, daß Leute Bock haben auf mich.
Bei meinem häuslichen Spritzen, soll ich da auch noch anders sein, als ich bin?!
Soll ich denn gar nicht mehr ich, Wolli sein. Ich bin nur noch käuflich.
Ich hab mir ne Frau gekauft. Meine Frau verdient Geld und dafür muß ich das so vortragen. Na, bitte, laß mich doch mal ich sein.
Laß mich doch mal ich sein.
Linda:
Wolli und so werden wir immer zusammenleben.
Wolli:
So werden wir immer zusammenleben.
Fichte:
Ach so, das ist ja dein Kick: Er tut nicht, was du willst.
Linda:
Und ich nicht, was er will.
Fichte:
Das ist doch scharf: Du hast doch, was du willst.
Wolli:
Jetzt macht er das Ding: Der Masochist, der sagt: Beiß mich und der Sadist sagt: Nein! – Ja!
Fichte:
Deshalb bist du mit ihm zusammen.
Wenn er dich auf dem Klo in den Arsch ficken würde, dann wäre er dir ja zu willen . .
Wolli:
Du verstehst das ja falsch.
Ich bin ja der gewesen.
Wo ich sie kennengelernt habe.
Linda:
Eben.
Er hat mich drauf angemacht und dann hat er nachgelassen.
Wolli:
Geh anschaffen.

Was sind deine Klamotten.
Das ist Scheiße, ausziehen, nackend ausziehen, in die Mülltonne werfen.
Jetzt kaufen wir mal Klamotten ein.
Ich war ja der.
Aber inzwischen ist mein Herz aufgegangen auf das Mädchen und dann war ich der nicht mehr.
Dann hab ich immer gesagt:
Du, wir sind gleichberechtigt.
Die haut mir heute morgen ein blaues Auge im Suff, siehst du da?
Meinst du, das kann eine Frau machen mit mir?
Da schlag ich wieder, da liegen zwei blaue Augen, fünf blaue Augen.
Die Fresse ist blau.
Da hau ich nicht wieder.
Weil ich sie liebe.
Das ist was anders.
Das mach ich mit jeder Tille, die ich anschaffen schick.
Die fick ich aufm Klo.
Ich weiß wies geht.
Das ist nicht mein Herz.
Fichte:
Als du sie kennengelernt hast, hast du gleich überzogen, daß es so geht bei ihr.
Wolli:
Das hab ich nicht bei ihr überzogen.
Das geht bei 90% aller Frauen so.
Ich schick 90% aller Frauen aufn Strich – 90% aller Frauen, die heute in Deutschland leben.
Wenn ich will.
Auf diese Tour.
Auf diese Schwalbentour.
Linda:
Nicht auf die Schwalbentour.
Wolli:
Auf die Macho-Tour.

Linda:
Ja.
Wolli:
Das ist der Kick, den die Loddls bringen.
Und den Kick bringen die Soliden nicht.
Die Soliden sind höflicher.
Linda:
Und das ist das auch mit King Cole, weißt du.
Wolli:
Linda sagt, im Saunaklub, da geben sie ja die Gaderobe ab, da siehst du gleich, wern Loddl ist. Selbst nackend siehst du, wern Loddl ist.
Linda:
Wie sich ein Mensch benimmt.
Wie sie gucken.
Das hat mit dem Schwanz überhaupt nichts zu tun.
Wolli:
An der Frechheit Fraun zu behandeln.
Ein Solider, der guckt so halb verängstigt.
Der Loddl kommt hin und guckt sie von oben bis unten an und das ist so geil.
Linda:
Ja.
Wolli:
Die Frau ist auf einmal ein Stück Ware.
Der Boss steht da, der Boss.
Den Boss wolln sie haben.
Ich hab auch so aufgerissen, aber ich will nicht Boss sein bei ihr.
Das ist meine liebe liebe Frau.
Ich bin kein Boss. Ich bin kein Boss.
Nicht was du denkst mit dem Inder.
Aber wenn ich einen Mann sehe, der kein Mann ist, dann ist meine Männlichkeit beleidigt.
Fichte:
Aber du mußt dem Inder doch zugestehen, daß er aus einer anderen Kultur kommt und vielleicht eine ganz andre Art von Männlichkeit hat.

Wolli:
Der hat gar keine Männlichkeit.
Fichte:
Der hat eine ganz unbestechliche, ganz zarte Männlichkeit.
Linda:
Ja.
Wolli:
Die zarte Männlichkeit, das ist die zarte Männlichkeit vom Freier.
Fichte:
Warum hatten die Tillen nun Bock auf mich. Du wußtest doch, Linda, daß ich dich nicht aufm Klo vergewaltigen würde.
Wolli:
Du siehst einfach gut aus.
Du siehst nicht aus wien Durchschnittsmann. Du siehst geil aus.
Du bist n geiler Typ, so wie ne geile Braut, die mit steifen Titten und geilem Arsch rumläuft und so siehst du aus.
Die haben genauso n Bock auf Peter Ladiges, auf seine sanfte Stimme.
Der ganze Laden oben steht auf Peter, die haben tierischen Bock auf Peter.
Linda:
Weiß du, ich liebe dich.
Ich liebe dich, weil du schwul bist und weil ich weiß, daß du niemals mit mir was tun würdest.
Fichte:
Wenn ich Leonore nicht hätte, würde ich was mit dir tun.
Linda:
Ne, würdest du gar nicht.
Fichte:
Ist die scharf! Ach, und das ist geil.
Linda:
Ja.
Wolli:
Sehr geil.
Frauen lieben Schwule, unwahrscheinlich.
Linda:
Weil wir wie Geschwister sind, so ungefähr, verstehst du?

Das lieb ich an dir.
So daß ich dir sagen könnte, ich muß mir n Schuh anziehen oder das machen, verstehst du?
Wolli:
Sie wolln ja den Macho.
Wenn ich in Puff geh und will ne neue Partie aufreißen.
Ich hab keine Partie, nun hab ich aber Freunde, dien Salon haben.
Du, ich bin ohne Partie!
Ja, da darfst du doch nicht denken, die mußt du nett aufreißen.
Nein, ablehnend mußt du sitzen.
Gib mal der Fotze was zu trinken da rüber.
Aber wenn du nett bist und die als Mensch behandelst, bist dun Freier.
Da gibs keine Partie.
Die fickt auch mit dir und gibt dir Geld, wenn du sie behandelst wie ein Stück Scheiße.
Die Mädchen, die anschaffen gehn, das sind latente Masochisten.
Linda:
Zum größten Teil ja.
Wolli:
Du kannst ihr pausenlos schenken und lieb sein. Du machst dich plötzlich mit ihrem Problem vertraut. Die erzählt dir, daß sie die Miete nicht bezahlen kann, oder irgendwas, mit Kinder und so und da gehst du drauf ein und sprichst lieb mit ihr. Das geht von zehn Mal ein Mal. Aber neun Mal kannst du sagen, nerv mich nicht mit deiner Scheiße, deine Fotze will ich sehen. Das ist die Frau, die dir das Geld gibt. Wo du drauf eingehst, die Kinder morgens ins Heim bringst oder was machst, die will dich nicht mehr ficken, da bist du der Pudel. Da bist du der Bruder, das ist schön, aber ficken will sie nicht mehr.
Fichte:
Was war denn nun der Erfolg vom Schönen Micha, der machte das doch so?
Wolli:
Du, ich kenn den Schönen Micha nicht sehr. Der Schöne Micha, der war sehr männlich und sehr schön. Denn der hat immerhin

vorgetragen im Domino, wo der Norbert ihn angemacht hat, da hat er auf einmal den Norbert an die Ohren genommen und auf die Schnauze gehauen, daß der Norbert so mit dem Schädel auf dem Tresen war und da ist dem Norbert die Soße runtergelaufen und da hat er gesagt, wenn du noch was willst, dann schieß ich dich morgen tot. Wenn du jetzt nicht rausgehst, morgen schieß ich dich tot, du Wichser, dann ist der schöne Norbert rausgelaufen. Der Micha, das war ein sehr höflicher, ein sehr lieber..
Der hat einen grausamen Macho-Kick gehabt.
Linda:
Den hatte er, ja.
Fichte:
Also du würdest sagen, Linda, wenn der nun nur so schön und gebildet gewesen wäre, dann hätte er nicht diesen Top-Luden gebracht?
Wolli:
Der hat ja keinen Top-Luden gebracht. Das war ein Lude, wie tausend andre Luden, die hier rumlaufen, der sich aufgehangen hat und auf einmal war er ein Top-Lude in der Presse.
Das war ein Lude, wie ich und Stummi und tausend andre. – Weißt du, wenn die mich totschießen jetzt, dann ist ein St. Pauli-König erschossen worden. Alles dummes Zeug.
Dann bin ich der Top-Lude, der Kunst sammelt ungefähr für 3 Millionen Mark hab ich die Bilder hier hängen.. – Ich hab vielleicht für 20 000 Mark Bilder hier hängen. Du weißt, wie das geht.
Fichte:
Mögt Ihr noch.
Ich kann noch.
Linda:
Wir auch.
Wolli:
Stundenlang.
Wie sagt der so schön, der Morgenstern: Sie falten die kleinen Zehlein, die Rehlein. –
Mit einem Betrunkenen habe ich keine Lust ein Interview zu machen.

Bin ich betrunken?
Linda:
Ne. Hi.
Fichte:
Aber vielleicht noch ein bißchen Tee. Der Tee tut nämlich auch gut.
Wolli:
Der scheut sich immer, wenn er ein bißchen Schnaps trinkt.
Aber weißt du, über was ich gern sprechen möchte? Kannst du aufnehmen oder nicht. Wir haben ein bißchen rumgequasselt inzwischen. Ich möchte gerne über ein paar wichtige Dinge sprechen. Und zwar, über die Polizei, über Wilfried Schultz, über einige wichtige Sachen.
Daß das Interview nicht so zerflattert. Wenn ich das abgedruckt sehe, dann kommt da nicht allzuviel raus.
Wichtige Sachen, das ist: Wie kriegt jemand sein Geld. Aber wie jemand mit seiner Alten fickt, das ist nicht so wichtig.
Fichte:
Aber es ist ja die Grundlage dafür, für das, was hier geschieht.
Wie ist denn die Situation im Moment?
In der Presse steht, daß der Big Crime hier reingekommen sei.
Wolli:
Nein, das ist nicht. Ich seh das so, daß die Hamburger Polizei sehr angeknackst war und da mußten sie mal wieder ein Erfolgserlebnis kriegen und das ist mit der Presse zusammen vereinbart worden. Da ist ein Luftballon aufgeblasen worden.
Linda:
Die wissen überhaupt nicht, wo das längs geht.
Die nehmen den Wilfried Schultz und da beißen sie sich dran fest und was wirklich passiert, das wissen sie überhaupt nicht.
Fichte:
Und was passiert wirklich?
Linda:
Das weiß ich auch nicht.
Fichte:
Aber es passiert was.

Linda:
Natürlich passiert was. Aber die machen sich nicht die Mühe, nachzusehen, wo das jetzt passiert.
Fichte:
Und du weißt es nicht oder du kannst nicht darüber reden.
Linda:
Ich weiß es nicht.. Und ich will nicht. Ne, weiß ich nicht. Wirklich nicht.
Fichte:
Laß uns mal warten, bis Wolli wieder da ist.
Linda:
Und ich halt mich ja auch raus, wenn so was passiert. Dann bin ich immer ganz schnell weg. Verstehst du.
Mit Hanne und Stefan zum Beispiel. Oder mit Norbert. Das war mir füchterlich, ja.
Wir haben Norbert gesehen vor ein paar Wochen in der Ritze. Saß er da. Er sah gut aus. Und ich sah ihn da sitzen. Er hatte aber auch gleich wieder Streit mit dem, der neben ihm sitzt.. Auf eine Art mag ich den Norbert ganz gerne. Bloß nicht zu nahe.
Wolli:
Er ist faszinierend als schöner Teufel.
Linda:
Ach. – Ich bin in die andre Ecke von der Ritze gelaufen, weil er da schon wieder zugange war.
Wolli:
Und wie war er zugange? An dem Ding, da ist einer umgefallen, da lag einer in der Music-Box. Mich darfst du gar nicht ansprechen. Dich tipp ich mit de Finger an. Da fällt einer auf die Erde.
Und wie war das schön, als er rausgegangen ist. Die zwei Jahre..
Linda:
Da waren sie alle froh.
Wolli:
Auf einmal hat alles aufgeatmet, da war wieder eine schöne Atmosphäre drin. Da hat man wieder gelacht und so.
Fichte:
Du hast gesagt, du willst reden. Ich hab dich da nicht reinge-

drängt. Linda sagt, sie weiß es nicht und was sie weiß, darüber will sie nicht reden.
Wolli:
Du wirst furchtbar lachen, es geschieht nichts. Was nicht vorher geschehen ist, ungefähr. Alle 20 Jahre gibt es eine neue Generation auf dem Kiez. Ein Junge, der geht anschaffen, etwa mit 20. Dann reißt er seine Bräute auf und mit 40, dann sollte er langsam abtreten. Die Luden, das ist zwischen 20 und 40. Hast du schon mal bemerkt, wie Schlagersänger groß werden? Alle sieben Jahre. Weil die Teenygeneration ist von 14 bis 21. Dann heiraten sie, dann passiert was und dann gehen sie nicht mehr in die Disco. Das gab früher mal – das ist schön, daß ich so erzählen kann – das gab früher mal so ne Sache vom Ehrengericht. Wenn einer sich schlecht benommen hatte von den Jungs, dann hat man ihn nicht gleich auf den Schädel gehauen. Dann hat man gesagt: Du wir sprechen mal. Wieso sprechen. Ja, am Dienstag in der Ritze sprechen wir. Du kannst dir auch einen Verteidiger mitnehmen. Das ist die Zeit, wo ich hier hingekommen bin. Das waren Nachfolger von den Ringvereinen aus Berlin. Da saß Paulchen da, da saß Wilfried da, da saß Günter Ruge da. Da hab ich meinen Verteidiger mitgebracht, wegen Zocken. Da hab ich 15 000 Mark verzockt und ich sag, ich war total betrunken, ich bin beschissen worden. Ich bezahl die nicht. – Das Ehrengericht hat entschieden, ich muß 11 000 Mark bezahlen. Ich hab meinen Anwalt mitgehabt, einen Jungen vom Kiez. Stummi hab ich mitgehabt. Das war 75 ungefähr, als ich die Ritze hatte. Da hat man gesessen, warum man mir 4 Mill erlassen hat, weiß ich nicht. Hanne war so der unparteiische Richter und dann saß man da und hat getrunken, nicht gesoffen. Da hat man vielleicht einen Campari getrunken. Und da ist auch jeder gekommen, mit nem dunklen Anzug, da saßen da hinten einige sehr anständig angezogene Herren mit der Krawatte, die etwas sehr Wichtiges zu besprechen hatten. Und dann saßt du da und dann hat man das entschieden. Und dann kam eine Zeit, da gabs sowas nicht mehr. Da hat man sich auf den Schädel geschlagen.
Fichte:
Wann?

Linda:
Jetzt.
Wolli:
Ende der 70er Jahre. Dann hat man das mit Fußtritten ausgemacht. Und inzwischen gibts eine Zeit, für 2000 Mark schießt man zwei Leute tot. Einer haut meiner Alten ne Schwalbe rein, die steht an der Mauer, ein Junge besoffen und dann geht er anschließend und schießt den Wirtschafter tot, schneidet ihm die Schläuche auf.
Das war nicht.
Weißt du, was das ist? Das ist die neue Zeit. Die Zombie-Filme. Die Brutalität.
Was waren früher unsere Helden, wo wir Heldenfilme gesehen haben? Die haben einen zusammengeboxt. Aber die haben nie getreten. Die haben ihn wieder aufstehen lassen und noch mal geboxt. Heute siehst du die Helden, wenn der auf dem Boden liegt, die treten ihm gleich die Schnauze ein. So wird die neue Generation erzogen.
Das ist nicht mein Ding. Ich sag nicht, daß ich schlechter, daß ich besser bin, es ist nicht mein Monopoli. Ich bin vielleicht zu alt, zu senil.
Ich verhandel nicht so. Ich verhandel gerne beim Ehrengericht. Und ich füg mich dem Gesetz des Ehrengerichts. Aber wenn einer Linda ne Ohrfeige reinhaut, dann komm ich nie auf die Idee und nehm ein Messer und schneid dem den Bauch auf. Aber das ist inzwischen, wie man hier verhandelt.
Linda:
Ja.
Wolli:
Und das ist nicht mehr mein Dings.
Fichte:
Die Nutella Bande, die GmbH. Sind das die bestimmenden Kräfte?
Wolli:
Es gibt keine organisierte Kriminalität. Wie das der Stern so gerne möchte und der Herr Redding oder der Herr Sülzdorf oder Sülzkopf, der hat recht gehabt, wenn er in seinen ganzen

Ermittlungen gegen Wilfried Schultz da gesagt hat: Auf St. Pauli gibt es keine organisierte Kriminalität. Auch wenn das so geil für die Presse ist.
Fichte:
Also ist es empörend, was sie mit W. S. machen?
Linda:
Ja, ist es.
Wolli:
Also paß auf. Ich bin kein Fan von W. S.
Linda:
Ich auch nicht.
Wolli:
Du kannst alles drucken, was ich sage. Ich kenn den Mann. Ich bin nicht sein bester Freund. Ich kenn ihn.
Das ist empörend, was man da macht.
Linda:
Weil er auf sich aufmerksam machen will.
Wolli:
Ja, seine Eitelkeit. Aber das ist ja sein Ding. Er versteuert ja seinen Strom. Er versteuert ja eine riesige Mark. Da laß ihn doch mit einem Cadillac rumfahren und mit drei Karat an den Fingern.
Also ich bin Moralist in diesem Ding. Ich sag, ein Polizeidirektor darf das nicht.
Aber ich bin ja auch ein Mensch und ein Polizeidirektor, der geht auch mal aus.
Ich meine, für den müßte St. Pauli tabu sein. Das ist eben sein Job. Aber der geht auch mal aus. Der sitzt auch mal im Séparée. Der trinkt auch mal einen über den Durst.
Helmut Schmidt kann auch nicht auf dem Kiez herumlaufen und sich im Séparée einen blasen lassen. Obwohl ich das sehr witzig fände. Denn der läßt sich ja auch einen blasen, nur das wird eben dann rübervermittelt. Und so läuft der Polizeidirektor rum und kommt zu W. S. ins King George rein. W. sieht sehr gut aus. W. ist sehr intelligent und sehr charmant im Sprechen und witzig. Sollst du nicht mit einem charmanten und witzigen Menschen einen trinken? Soll der nicht ein bißchen zocken?

Auf einmal gibs ne Aufnahme. Der zockt mit dem Kiezboss. Ich weiß die ganze Geschichte. Ich weiß die Geschichte mit den 200 000 Mark. Die stimmt übrigens. Weißt du, wenn son Polizeiboss mal ein bißchen die Hose runterlassen würde, dann würde er sagen: Ja, logisch hab ich gefickt. Und die Drecksäcke haben dann stickum ne Aufnahme gemacht. Und dann hab ich auch ne Party gemacht. Das hat mit meinem Beruf doch gar nichts zu tun. – Dann ist das nämlich alles weg. Dann ist das auch nicht mehr erpreßbar.
Fichte:
Er hat ja aber auch Polizisten entlassen, die auf Big Crime angesetzt waren.
Das geht ja weiter.
Du würdest sagen, es besteht keine Zusammenarbeit zwischen den Großen auf St. Pauli und der Polizei?
Wolli:
Jein. Jein.
Ein Polizist, der zehn Jahre Dienst macht auf der Davidswache mit der Sittenpolizei, wenn der neu eingesetzt wird, jetzt mach ich mal was. Aber nach einem Jahr hat der festgestellt, daß die Huren gar nicht so mies sind. Und daß es auch ein paar sehr nette Zuhälter gibt. Die sehr witzig zusammen leben.
Ich will nicht den Namen nennen, aber das ist ein sehr wichtiger Kommissar hier.
Linda:
Der mag uns wirklich gern. Der möcht uns gerne besuchen.
Wolli:
Aber der sagt, das kann ich nicht machen. Wenn ich zu euch hinkomm.
Linda:
Dann denkt man wieder, man hat ihn bestochen.
Wolli:
Ich möcht so gerne Ihre Bilder sehen. Aber ich kann leider nicht kommen.
Fichte:
Nun ist die Atmosphäre doch härter geworden, es ist doch auch möglich, daß die Bestechungssummen höher geworden sind.

Wolli:
Es gibt keine Kollaboration. W. S. der Pate. Das ist nicht drinne.
Linda:
Noch nicht.
Wolli:
Jetzt sag ich mal richtig ins Band rein. Ich hab 23 Jahre Leben auf St. Pauli hinter mir. Und Puffs und im Eros und im Palais werden Millionen verdient. Da ist niemals ein Abgesandter gekommen von Wilfried geschweige denn Wilfried selber, der mich abkassieren wollte. Und ich hätte den Tausender mit Sicherheit bezahlt, ehe ich mich mit Wilfried schieß.
Man sagt, W. ist der Super Boss der Spielkasinos. Ich hab drei Monate Spielkasino gemacht da drinne. Da hab ich nie was erfahren, daß W. gesagt hat, da hab ich die Finger zwischen, das ist einfach eine Presseerfindung, weil der Wilfried so schön mafiaartig aussieht.
Fichte:
Wolli, jetzt kommt mein Vortrag. Ich hab mich sehr geweigert, dies Interview zu machen, gestern und heute.
Linda:
Das stimmt.
Fichte:
Du hast gesagt, du willst auf den Punkt reden und nun frag ich auch auf den Punkt.
Linda:
Natürlich.
Fichte:
Linda sagte: Aber.
Die Hans-Albersatmosphäre, aber.
Linda:
Ich weiß nichts darüber. Wirklich.
Man hat das Gefühl, es geschieht was.
Wolli:
Weiß du, was geschieht? Es geschieht das Chicago der 30er Jahre. Vor zehn Jahren hat einer seinen Puff aufgemacht und ein bißchen verdient und auf einmal kommt ein bißchen Monopolismus rein.

Linda:
Monopolismus. Da tun sich zehn Jungens zusammen und kaufen einen Laden. Und zehn Jungens, die sind ja was und die sagen, dann können wir den nächsten Laden noch kaufen. Das ist aber nicht organisiert. Das ist so gekommen.
Und daß W. jemand ist, wo wir alle Achtung vor haben. Ich kenn W. da war er noch Wirtschafter im Austria und der hat das so geschafft, das Cherie zu kaufen, der ist so groß geworden Wilfried, daß man einfach als Junge Achtung vor hat.
Linda:
Der hat sich durch seine Eitelkeit sein eigenes . .
Wolli:
Grab gegraben wahrscheinlich. Wenn W. in die Ritze kommt, dann sitzt er da und erzählt seine Heldengeschichten wie immer, aber dann ist er nett, dann ist er nett zu Opa und sagt: Hallo Opa, läuft die Dealerei ein bißchen, mein Jung. Willst was trinken? –
Er hat sich ruiniert, durch Brilliantringe anstecken, sehr teure Wagen fahren.
Der W. wär überhaupt nicht aufgefallen, wenn er ich gewesen wäre. Der wollte in den Hamburger Yachtclub rein, hat er wohl nicht geschafft, die teuersten Maßanzüge, dann haben sie geguckt.
Wenn W. ruhig gewesen wäre, dann hätte überhaupt keiner nach geguckt.
Es ist kein organisiertes Verbrechen in St. Pauli. Und wenn es die ganze Presse schreibt. Es gibt in ganz St. Pauli kein straff organisiertes Verbrechen, es gibt keinen Boss, der bestimmt, was ich abliefern muß.
Wenn du, Hubert Fichte, einen schwulen Laden aufmachen willst, an der Ecke, weil du im Lotto gewonnen hast, und der schwule Laden wird der geilste Laden von ganz Deutschland wo Filmschauspieler hinkommen, dann wird keiner kommen, der von dir eine Abstecke haben will.
Fichte:
Aber wenn ich gegenüber von Manfreds Läden einen Pornoshop aufmache, dann wird er kommen und mich bedrohen.

Wolli:
Das ist ganz nornal. Ich versuch dich wegzubolzen. Das ist das ganz Normale, was im Geschäftsleben auf der ganzen Welt ist.
Linda:
Was?
Wolli:
Dann geh ich sogar so weit, daß ich, wenn du morgens aus deinem Laden gehst, auf deine Fresse drauf schlag und sag: Wenn dein Laden morgen noch ist, dann schlag ich die Scheiben ein, du Wichser. Das ist ganz normal, aber kein organisiertes Verbrechen. Organisiertes Verbrechen ist, wenn W. oben sitzt und sagt, der Laden geht weg. Wenn W. regelt, wer hier Läden hat.
Fichte:
Norbert tat doch eine Zeitlang so, als machte er das Gesetz hier auf St. Pauli.
Wolli:
Jaja, N. G. alias Prinz von Homburg, der hat das Gesetz vertreten auf St. Pauli aber auch nur solange, bis er mal im Wintergarten ordentlich auf die Schnauze draufgekriegt hat. Wenn du stark bist, dann kannst du bestimmen. Solange, bis sich mal zehn Leute zusammentun und sagen, das geht nicht. Wenn du so groß und stark bist, wie der Stefan, der kann in meinen Puff kommen und mir eine Braut rausraten, für die ich vielleicht 2000 Mark bezahlt habe. Der kann sagen: Die arbeitet heute bei mir. – Was soll ich gegen Stefan machen. Aber der Stefan macht das einmal hier und einmal dort und dann tun wir uns zusammen. Also so.
Fichte:
Was heißt: Stefan wird der neue König von St. Pauli sein?
Wolli:
Ja. Stefan ist der neue Hanne von St. Pauli. Das heißt: In der ganzen Welt, bei jedem Puff gibt es eine Kneipe und in der Puffkneipe verkehren die Loddls. Und der Boss dieser Loddlkneipe, das ist ein starker, der kann auch aufräumen, wenn mal ein paar Loddls frech werden, dann kann er sie auf die Fresse hauen.
Und solange er sie auf die Fresse hauen kann, und Boss ist, solange ist er da.

Und wenn das auf einmal passiert, daß der Nachwuchs kommt und der 50jährige kriegt von dem 20jährigen auf die Birne, dann ist der 20jährige der Boss.
Und das ist jetzt mit Hanne und Stefan.
Da kommt der starke Junge hin, der Berufsboxer, der kommt aus dem Knast und der kommt hin, der sieht wunderschön aus, der ist so breit und so stark.
Und man testet die Leute ja.
Wenn einer die Fresse aufmacht, einmal hinhauen, umfallen. Blop.
Der trifft genau.
Was willst du denn trinken, Stefan?
Ich will überhaupt nichts trinken.
Die Gläser sind mal runter. Wenn ich die Gläser runterschmeiß, muß ich die Gläser bezahlen. Aber wenn der Junge die Gläser runterschmeißt, dann sind die Gläser auf einmal nicht mehr zu bezahlen.
Fichte:
Was war mit den Lampen?
Linda:
Die Lampen, die er ausgepustet hat.
Wolli:
Da hat er sich entschuldigt. Das ging alles so. Weiß du, das ist das Zentrum der Ritze. Das Zentrum von der Seite, das Zentrum von der andern Seite ist Chicago. Chicago ist ein Laden. Das ist das Zentrum Herbertstraße.
Und wenn ich Boss bin in einem Laden und einer spinnt rum und einer schmeißt meine Lampen aus. Weißt du, was dann passiert, dann krieg ich soviel auf den Schädel drauf und kann nicht wieder in den Laden reinkommen.
Aber wenn ich die Lampen ausklatschen kann und keiner tut mir was und der Boss sagt: Du hast die Lampen ausgeklatscht. Das find ich aber nicht schön. – Und ich sag: Ich bezahl dir deine Scheißlampen, dann hat der Boss gewechselt.
Linda:
Ja.
Wolli:
Hanne hat gesagt. Hanne war tierisch sauer.

Fichte:
Und wie Stefan nackt durch den Hof gegangen ist.
Wolli:
Wie tierisch schön der aussieht.
Der neue Ritzenboss. Und junge Huren stehen nicht auf 50jährige.
Linda:
Ja.
Wolli:
Und mit einmal hat der schöne Junge zehn Frauen am Laufen. Und auf einmal verdient der schöne Junge minimum zwischen 30 und 50 000 Mark jeden Monat. Die plumpsen. Da gibs nen großes Auto. Da gibs n geiles Haus. Da gibs Maßanzüge und da gibs die Kraft. Wo ich hinkomm. Mich pißt keiner an.
Und dann wechselt auf einmal der Boss. Dann schiebt sich das alles rüber. Dann möcht ich auf einmal sein Freund sein. Ich mach Komplimente. Was möchst du denn trinken, Stefan? Schön, daß ich dich seh. Wie geht das denn, mein Junge? Tutschi, tutschi.
Fichte:
Als Stefan reinkam und du sagtest: Hubert, das ist Stefan. Ich hab dir doch so viel von Stefan erzählt. – Das war son Kompliment?
Linda:
Ja.
Wolli:
Ich hab ja ne Narrenkappe hier auf. Ich hab dem Stefan so harte Sachen gesagt. Frag mal den Wolf Wondratschek. Der hat gesagt, das hätt ich mich nicht getraut. Das kann keiner Stefan sagen. – Ich hab so Sachen gesagt: Du trainierst zuviel, Stefan. Inzwischen siehst du nämlich aus, wie son Zementmann.
Wie ne Karrikatur. Du hast son Kreuz und son kleinen Kopf. Das sieht witzig aus. Ich kann dem so Sachen sagen. Ich sag zu Stefan, ich möchte nicht – wo er nackend übern Hof lief – wenn du mal 50 bist, und ein Mensch behandelt dich so, wie du heute Hanne behandelst. Denn Hanne war mal das allerfeinste und ist es noch, das allerfeinste, was Kiez bedeutet. Du bist dreißig

Jahre jünger, zwanzig Jahre jünger und nun behandelst du Hanne abfällig und schmierst seinen Tresen schwarz und wirfst seine Lampen aus. Ich möchte nicht, daß du mal 50 bist – ich lieb dich Stefan – ich find dich richtig schön . .
Fichte:
Was ist das mit dem Schwarzen?
Wolli:
Mit Schuhcrème den Tresen zugeschmiert.
Fichte:
Was ist da der Witz dran? Daß man sich die Ärmel schwarz macht?
Wolli:
Nein. Gar nichts. Du gehst doch nicht in ein Lokal rein und nimmst Schuhcrème und schmierst den Tresen schwarz. Das ist ne Beleidigung für den Wirt.
Einfach so?
Fichte:
Hatte er das nötig?
Linda:
Ja eben.
Fichte:
War das noch Konkurrenz?
Wolli:
Wahrscheinlich doch.
Ich möchte nicht, daß du auch mal 50 bist und so behandelt wirst. Und wer kann das Stefan sagen?
Stefan ist ein Schläger. Guck mal seine Finger an. Stefan spricht nicht. Wenn du mit Stefan. Wenn du mit Stefan Protest hast auf der Straße, bevor du zum Sprechen kommst, haut er dir erst mal auf die Schnauze. Und wenn du unten liegst, dann sagt Stefan: Nun erzähl mir mal, was du von mir willst. Das ist Stefan.
Fichte:
Mit den Füßen rein?
Wolli:
Er knallt dich erst mal weg. Und nun erzähl mir mal, was du von mir willst.
Und ich bin nicht zu Stefan nach Hause gekommen, Stefan besucht mich.

Linda:
Ja, das stimmt.
Wolli:
Stefan ruft mich an.
Fichte:
Uwe Dürkopps Ding – Ulis Ding war doch gewesen, irgendwelche armen Unschuldigen zum Krüppel zu schlagen.
Wolli:
Stefan überhaupt nicht.
Stefan ist von sich selbst überzeugt. Der hat ungefähr zehn Frauen, die für ihn anschaffen. Und wo jede im Schnitt die Nacht dreihundert bringt. Was heißt: 3000 Mark.
Fichte:
Wolli, wir sind beide Ethnologen. Uns interessieren Riten.
Was war nun der erste Beweis.
Wolli:
Der erste Beweis war: Ich bin stärker als Hanne. Das ist der einzige Beweis. Ich bin stärker als Hanne. Am Tresen sitzen. Ein bißchen Muskeln machen. Und irgendwie gibts da manchmal Mißverständnisse auf dem Kiez. Und ihr seid vielleicht geteilter Meinung, der Boss und der Muskelmann, der da sitzt. Und der Boss sagt: Das Glas steht da. – Das sagt der 50jährige Boss und da sagt auf einmal der 20jährige Muskelmann: Das Glas steht da! – Was passiert jetzt? Mach dich mal grade. Steh mal auf! Steh mal auf! Das Glas steht da.
Linda:
Wolli, das war der schlechte Einfluß von Norbert.
Wolli:
Ja.
Das macht er heute nicht mehr. Wenn ich ihn heute drauf anspreche, auf die Hanne-Geschichte. – Ja, ich weiß, ich weiß. Ich hab mich ja auch entschuldigt bei Hanne.
Fichte:
Mit den Lampen oder wegen der Schuhcrème.
Wolli:
Wegen der Lampen und wegen der Schuhcrème. Das war Norberts Einfluß. Norbert ist ein Drecksack.

Du willst Riten haben. Suche jetzt nicht Riten. Es ist absolut unwichtig, was das erste war. Das ist kein Ritus. Ob das Glas das erste war. Tu dich trennen von dem Dings. Ob die Schuhcrème das erste war, das nackt über den Hof Laufen das erste war, das ist absolut unwichtig, austauschbar, das sind zufällige Sachen. Bau nicht auf zufälligen Sachen eine Geschichte auf.
Norbert hat ihn beeinflußt.
Linda:
Ja.
Fichte:
Und dann kamen die Lampen?
Linda:
Ja.
Fichte:
Und dann kam die Schuhcrème?
Wolli:
Ich möchte darüber nichts sprechen.
Es ist absolut zufällig, was geschehen ist.
Was da geschehn ist, das weiß ich auch nicht.
Linda:
Ich hab den Moment gesehn. Ich hab den Moment gesehn. Wo Norbert mich anrief. Da saßen sie da nebenan im Café. Komm vorbei, Linda, machen wir schön zu dritt und so – Ja, ist das überhaupt möglich? Wie stellst du dir das vor?
Wolli:
Das ist ne Frechheit. Zu meiner Frau sagt Norbert . .
Das ist Norbert. Das würde Norbert nicht vortragen.
Linda:
Alleine nicht.
Wolli:
Das war die Zeit mit dem Tresen schwarzschmieren, die Lampen zerschlagen. Dann hat sich Norbert von Stefan getrennt oder Stefan hat sich von Norbert entfernt und heute findet Stefan diese Zeit, das waren drei Monate ungefähr, das findet Stefan heute peinlich und will nicht drauf angesprochen werden. Er hat sich bei Hanne entschuldigt und bei allen. Er hat mir gesagt, das war Scheiße, was ich gemacht habe.

Fichte:
Aber ist jetzt der Machtwechsel vollzogen . .
Linda:
Natürlich ist der Machtwechsel vollzogen.
Wolli:
Der ist jederzeit wiederholbar. Wenn jetzt ein Dortmunder Junge kommt und dem Stefan auf die Fresse haut, dann ist der der Junge und der ist drei Tage der Junge und dann kommt ein Bochumer Junge und wenn der größer und stärker ist . .
Fichte:
Ist der Hanne nun, weil er abgetreten ist in sone mythische Ferne gerückt?
Wolli:
Nein, nein, nein.
Linda:
Doch.
Fichte:
Ist der weg?
Wolli:
Nein, der ist da.
Fichte:
Aber son Ehrengericht . .
Wolli:
Da ist Stefan der Boss.
Linda:
Hanne ist da, aber, aber nicht wenn es um wirkliche Sachen geht . . dann ist er nicht mehr da.
Wolli:
Dann hat er ne Stimme, aber seine Stimme ist nicht entscheidend.
Nur die Kraft.
Wer wem auf die Fresse schlagen kann.
Und das ist nicht organisiert von irgendwo und Hanne ist weg vom Fenster . .
Wenn der schwule Fichte ne Kneipe aufmacht und die Jungs komm rein und wolln nicht bezahlen und du haust den so richtig auf die Birne und sagst, du bezahlst nicht, du bezahlst noch 100

Mark drauf für den Ärger, den ich erduldet habe und dann kommen sie alle hin, die ganzen Loddl-Affen und sagen: Hubert, willst du einen trinken? Tag, Hubert, wie geht es denn. Hubert, hast du gut geschlafen? Hast du gut geschissen?
Du bist der Boss, solange bis der nächste kommt.
Fichte:
Was war nun Hannes Kunst oder Hannes Kraft, daß er sich 20 Jahre gehalten hat?
Wolli:
Hanne ist number one, sehr sympathisch.
Hanne ist number two, kein Schläger. Hanne schlägt keinen Menschen auf die Fresse, ders nicht verdient hat. Wenn einer nicht bezahlen will, dann spricht Hanne bestimmt mit ihm vier Minuten. Und sagt: Das mußt doch einsehen. – Hör mal, Miete bezahlen . .
Und wenn der sagt, ich hab nun überhaupt nichts und ist mause. Dann haut Hanne ihm ne Ohrfeige rein und sagt: Du alter Wichser, geh nicht saufen, wenn du mause bist und schmeißt ihn raus, so ungefähr.
Hanne hat Charme. Hanne kennt sehr viele Leute in Deutschland. Er ist auf dem ganzen Kiez in Deutschland bekannt, in München, Frankfurt. Wenn der begraben wird, ist das Begräbnis von dem Luchting ne Lächerlichkeit.
Der Machtwechsel ist auch heute noch nicht vollzogen.
Jetzt möchte ich dich bitten, dies Stück rauszunehmen.
Weil ich Hanne sehr sehr liebe. Und weil Hanne inzwischen ein alter Herr wird, ein seniler Herr wird, der nur noch sagt, meine Kleene, was willst du denn von mir. Du bist aber schön. – Und Stefan sagt nicht: Meine Kleine. – Der atmet durch und sie gukken.
Ich hab Hanne sehr sehr lieb.
Fichte:
Warum?
Wolli:
Weil er einfach sympathisch und lieb ist. Du hast mit Hanne schon ein paarmal gefickt.
Linda:
Ja.

Wolli:
Du bist nicht geil auf Hanne.
Linda:
Nein.
Wolli:
Aber du würdest dich von Hanne wieder ficken lassen, wenn er gerne ficken möchte? Einfach, weil er lieb ist.
Linda:
Ja, sehr. Der ist nett und menschlich und sympathisch und lustig. Und den würd ich noch als 80jährigen aufnehmen.
Wolli:
Ja, genauso.
Aber der hat nicht eingesehen, daß die Zeit kommt..
Linda:
Doch, doch, der sieht das schon ein. Aber das ist schwer. Der weiß das schon ganz genau.
Wolli:
Stummi ist ja ein Kluger. Ich bin ja auch ein Kluger. Ich hab ja genau meine Zeit gesehen, wo ich abtreten muß.
Der Kiez ist das Pflaster von jungen Leuten, nicht von alten Leuten.
Fichte:
Und das war jetzt oder das war vor fünf Jahren, daß du abtreten mußtest?
Wolli:
Ich mußte nicht abtreten.
Ich denk in meinem Schädel, der Kiez ist das Pflaster von jungen Leuten.
Auf dem Kiez wird verdient von Frauen.
Linda:
Er mußte überhaupt nicht abtreten.
Wolli:
Von jungen Frauen. Und ein 50jähriger Mann, auch wenn er wie vierzig aussieht, der sieht immer noch wie 40 aus, der ist nicht mehr das Ideale für 18jährige Teenies.
Ich bin nicht der ideale Mann, für den die Teenies rausreißen, ich muß raustun.

Mit 25, das war das Ideale, da hab ich bis morgens in der Disco rumgetobt.
Ich hab mir einfach gesagt, jetzt ist deine Zeit, abzutreten. Und das hab ich auch dem Stummi erzählt. Und Stummi hört ja in manchen Sachen auf mich.
Stummi hat ja alle seine Läden verkauft und gesagt: Ich trete ab.
– Ich sag, Stummi, du bist 40, das ist nicht mehr unsre Zeit.
Fichte:
Und der geht auch rüber?
Wolli:
Ja, logisch.
Fichte:
Wolli, mögt Ihr noch?
Wolli:
Ja, sicher.
Ich liebe dich. Ich liebe dich abgöttisch, Linda, wenn du tot bist, dann häng ich mich mitm Strick auf. Du bist meine liebe Linda.
Ich kann es natürlich verstehn, das wird Hanne sehr schwer werden, die zweite Pauke zu spielen. Wenn du so viele Jahre, Macht ist ja süß, einen Protest hast in einer Kneipe: Ich bin ein Freund von Hanne –
Linda:
Und alles ist vorbei.
Wolli:
Du hast keinen Protest mehr. Ich bin ein Freund von Hanne. Dann kommt Hanne mit seinen Jungs – nicht mit seinen organisierten, bezahlten Jungs, sondern mit seinen Freunden, die am Tresen sitzen: Da haben sie dem Wolli auf die Birne gehauen, da gehn wir mal los, das machen wir mal gerade, wer kommt mit? Da kommen sie mit, verstehst du?
Linda:
Mit Domenica die Geschichte.
Wolli:
Und da ist jetzt ein andrer Mann – Stefan.
Fichte:
Was heißt: Das machen wir mal gerade?

Wolli:
Wenn du jetzt in eine Kneipe gehst und du kriegst auf einmal was auf die Fresse und dann gehst du in die Ritze rein und sagst, ich hab da jetzt was auf die Fresse gekriegt. – Weißt du, was die machen? Dann stehn die auf und dann kommen fünf Jungens mit, die da sitzen, wenn Hanne da sitzt und sagen, das wollen wir mal wissen, wer hat dir denn auf die Fresse gehauen? Und der kriegt soviel auf den Schädel, daß er sich nicht mehr wiederfindet.
Du hast dem Wolli auf die Fresse gehauen? Das ist mein Freund.
Heute würde man wahrscheinlich zu Stefan gehen und sagen: Ich bin auf die Fresse geschlagen worden.
Fichte:
Gar nicht mehr zu Hanne?
Wolli:
Man würde noch gehen. Das ist ja noch entschieden, die Sache. Man würde eher zu Stefan gehen, der ist der Freund von Thomas Born. Thomas Born ist der europäische Karatemeister. Du hast gesehen, wie Stefan ist. Der Thomas Born ist noch einen Kopf größer, der paßt nun überhaupt nicht mehr durch die Tür. Weil der nur noch Gewichte stemmt. Und wenn die Leute reinkommen: Unsern kleinen Wolli, unser Maskottchen von St. Pauli hast du auf die Birne gehauen, du Wichser, klatsch, klatsch, klatsch, klatsch, klatsch, klatsch, klatsch, klatsch! Und wenn ich dich noch einmal hinter dem Tresen stehn seh, dann schlag ich dich tot, du bist ab heute entlassen, das kannst du deinem Boss Bescheid sagen, du bist entlassen, du Wichser, sonst komm ich nämlich jeden Tag wieder und hau dir auf die Birne. Unser Maskottchen, unsern süßen Wolli . .
Dann ist er entlassen, dann kann er nicht mehr da stehn.
Das ist aber kein organisiertes Verbrechen, verstehst du?!
Fichte:
Und warum sagt die Linda, daß man jetzt nicht mehr zu Hanne gehen kann?
Linda:
Weil du ihn jetzt belasten würdest.

Wolli:
Der würde sich gerade machen.
Fichte:
Und warum belastest du ihn?
Wolli:
Weil er das nicht mehr ist, Mensch. Es gibt Bessere inzwischen.
Weil er dann zum Beispiel den Kampf wieder aufnehmen würde. Vielleicht mit dem Kellner, der mit Stefan gut kann und dann stehn sich zwei Klötze gegenüber und das will ich nicht.
Linda:
Ich hab Hanne so gerne.
Wolli:
Ich will Hanne nicht auf die Fresse geschlagen sehen.
Und das könnte geschehen.
Hanne ist unser Bruder, weißt du, so lieb. Der kommt uns ja auch drüben besuchen, im Januar.
Fichte:
Was sind nun die anderen Gruppen? Es gibt die Nutellas, es gibt die GmbH. Steckt Stefan da in einer drin?
Wolli:
Du der steckt halb mit drin, in der Nutella, aber einfach dadurch, weil der Thomas Born mit der Nutella kann.
Stärke kommt zu Starken. Liebe kommt zu Lieben. Warum haben wir Bock aufeinander, weil wir irgendwo eine gleiche Wellenlänge haben.
Und ein Mensch, der jeden Tag zwei Stunden mit einem Expander zubringt, da sind auch andre da, Körperbullen, und auf einmal sieht er, das ist ja ein ganz guter, ein ganz heißer und er ist ja auch ein heißer, ein bißchen schwul auch drinne, und auf einmal entdecken die, was hast du denn an Strom. Ja, 20 Mill. Ich 30. Laß und doch einen Laden zusammen machen. Ja, wer macht denn da Krakeel in dem Laden. Und dann kommen die beiden Arm in Arm in die Ritze, Arm in Arm ins Domino – ja, wer macht die denn an? Die räumen doch die Läden aus, wie sie wollen. Und die trainieren ja auch dort ein bißchen und die kommen ja auch nicht mit meinem Flatterpullover und mit meinem Flatterhemd, nein, in der Kälte, da haben die ein T-Shirt

an und ziehn die Jacke aus und setzen sich so hin. Kennst du die Arme? Die lassen die Muskeln spielen. Ja, wer macht die denn an. Die können mit Null-Geld überall hingehen. Die werden pausenlos eingeladen.
Hanne war so gut, den hat keiner weggeknallt vor zehn Jahren, der hat sie alle weggeknallt. Er hielt sie am Kragen fest. Wenn er umfällt, dann tut er sich noch was am Schädel und dann krieg ich was mit der Polizei zu tun. Daß er ihn ausnockte, das weiß ich sowieso. Aber dann muß er ja nicht auf den Kopf fallen, dann kriegt er einen Schädelbruch. Deshalb hat er ihn schon vorher an der Jacke festgehalten.
Hanne wird 50. Hanne hat ja eisgraue Haare. Hanne sieht ja wunderbar aus inzwischen. So ein beeindruckendes Gesicht. Und dann kommt ein 30jähriger, mit geile Löckchen, so wie Hanne mal war.
Aber ich hab noch keinen gesehen, der Stefan die Dinge sagen kann, die ich ihm sagen kann. Und ich hab noch keinmal bei Stefan angerufen. Stefan ruft mich an und Stefan kommt zu mir.
Fichte:
Gibt es andre Gruppen?
Wolli:
Die gibt es. Nutella ist kein organisiertes Verbrechen. Da bin ich ein Loddl. Ich hab einen Freund. Wir wollen zu einem Laden kommen. Was schafft deine Frau an? Jeden Tag 400. Paß auf, laß uns 200 jeden Tag weglegen. Das sind jeden Tag 400, das sind im Monat 12 000. Verstehst du? Dann kommt noch einer, der witzig ist. Auf einmal sind das 5. Dann kommen son paar Loddls an. Du gibst ne Alte zu mir und so. Und auf einmal sind das zehn, auf einmal sind das 20. Auf einmal ist ne Gängsterbande entstanden, aber ne Bildzeitungsgruppe, ne Sterngruppe, aber kein organisiertes Verbrechen. Und der Boss von dem Laden, der kriegt was auf die Fresse in Berlin und jetzt, Stern, Bildzeitung: 20 Hamburger Gängster, mit Maschinenpistolen sind die gekommen. Die fahren alle 20 nach Berlin, kommen auf einmal rein und schlagen einen ganzen Laden zusammen. Und fahren wieder weg und schießen den auch vielleicht tot, zufällig, vielleicht, meistens zufällig. – Das war dann das organisierte Verbrechen.

Ich hab mal nen Puff gehabt. Ich kenn Norbert, ich kenn Opa, ich kenn Stefan, ich geh ins Domino. Ich sag, die haben mir so viel Böses angetan. Ich zahl das Fluggeld, Ihr müßt mir helfen. Als Boss bist du immer gern gesehen. Auf einmal kommen 20 Mann ran.
Ja, da bin ich doch kein organisierter Gängsterboss, das macht die Zeitung draus.
Der organisierte, der in .. den du bezahlst, der ist vielleicht übermorgen überhaupt nicht mehr bei dir. Der sitzt in Bremerhaven und wenn der Boss da Protest hat, denn läuft er da mit.
Organisiertes Verbrechen, das gibt es nicht hier.
Fichte:
Willst du vielleicht auch ein bißchen trinken? Zum Beispiel Wasser?
Wolli:
Du kleine schwule Fichten-Sau, du willst mich immer abhalten vom Trinken und jetzt forderst du mich auf zum Trinken.
Fichte:
Weil du so einen bißchen rauhen Hals hast.
Wolli:
Klingt das so schlecht?
Fichte:
Ne, das klingt wunderbar.
Ich dibber gar nicht so sehr auf dem organisierten Verbrechen rum, weil mich das gar nicht interessiert und warum, das sag ich dir nachher.
Wolli:
Mich interessiert es sehr, das organisierte Verbrechen. Einfach, weil ich gerne Mafia-Filme angucke. Und der Pate ist für mich ein wahnsinniger Film. Und son Typ wie der Pate, der ist was ganz Wahnsinniges. Und wenn sich irgendsowas machen würde, dann wäre ich da ganz geil drauf. Dann wäre ich irgendson Laufjunge vom Paten. Den Paten gibts aber hier nicht.
Fichte:
Und wer war der komische Kerl, von dem sie in Konkret schrieben, der immer auf der heißen Meile längsging und aufs Grab haben sie ihm geschrieben, du hast immer hart gearbeitet.

Wolli:
Der Jo, der Jota. Das war ein sehr netter Mann, der sich sehr höflich immer überall benommen hat. Ich weiß nicht, wo er sein Geld hier gemacht hat. Vielleicht hat er mal einen kleinen Bankeinbruch gemacht. Er hat jedenfalls Geld gehabt. Er war witzig auf dem Kiez. Und wenn er in den Puff gegangen ist, dann hat er 200 Mark bezahlt für die Huren und hat auch rausgetan und war ein netter Junge auf dem Kiez und immer mit dem Mafia Anzug rumgelaufen, Hut auf, ein älterer Herr und das wars dann auch. Das war son Alt-Bandit, wo keiner richtig wußte.
So ungefähr, Wolli Köhler kommt nach Costa Rica und setzt sich einen schwarzen Hut auf und läuft mit dem Nadelstreifenanzug rum, mit der falschen Uhr drum und so ungefähr. Und mit einem Brillant am Finger und guckt immer ernsthaft. Und trinkt nur immer Campari im Gran Hotel und guckt immer ernsthaft. Ernsthaft dumm guckt er in die Luft. Und alle erzählen, das ist ein Mafia-Boss, das ist ein Mafia-Boss, das ist ein Mafia-Boss. – Der lebt von seinem Kleingeld, das seine Alte angeschafft hat, verstehst du. Das war ungefähr der.
Fichte:
Was war das Vorbildliche?
Wolli:
Was schreibt man nicht auf die Gräber drauf. Er war doch gut. Überall gut ausgegeben.
Wenn du sagtest, ich kann ein Kilo Koks aus Peru bekommen für 100 000, ich hab aber nur 70 000, das können wir für 200 000 verkaufen, dann hat er die 30 000 zugegeben.
Einfach, weil das der einzige war, der Bares hatte.
Fichte:
Wasser und son bißchen Korn.
Wolli:
O, ja. Zweiglein säuft auch.
Fichte:
Ich muß ja irgendwas zu mir nehmen, sonst werde ich schwach.
Wolli:
Stell dir mal vor, ich komm jetzt nach Costa Rica. Ich nehm ja immerhin mit, was du nie von mir gedacht hättest.

Ich bring immer 91 000 Dollar mit. Das ist viel Geld. Und dann zieh ich mir nen schwarzen Anzug an und dann seh ich aus, wie man sich Chicago, 30er Jahre aus der schwarzen Serie vorstellt. Setz mir nen schwarzen Hut auf und sitz im Gran Hotel. Und ich brauch gar nichts zu tun. Innerhalb von vier Wochen hab ich die ganzen Banditen von Costa Rica kennengelernt. Weil sie alle den Mafia-Herren mit dem Nadelstreifenanzug kennenlernen wollen. Mit der großen falschen Uhr, die ja dann nicht falsch ist. Dann krieg ich alles erzählt, was da ist. Da wollen Leute von mir n Kredit haben, die wollen ne Bar aufmachen. Dann kommt auch einer, der sagt, ich kann von Peru Stoff rüberkriegen. Dann muß ich mich mit 30 000 beteiligen, das dauert vier Wochen und dann krieg ich 30 000 Schmalz, das Doppelte. Der Mann ist mir nicht unsympathisch. Seine Idee ist auch nicht ungeil. Ich beteilige mich dran. – Das war der Herr.

Fichte:

Du wolltest auf den Punkt sprechen! – Du sagst alles, was du weißt?

Wolli:

M. Kann ich dir mehr sagen, ich hab mich nie mehr entblößt, als daß ich Freier bei meiner eigenen Frau bin. Mehr kann ich mich nicht entblößen.

Fichte:

Vor drei Jahren hast du mir gesagt: Big Crime will hier rein und das hängt an einer Person.

Wolli:

Da haben wir uns falsch verstanden. Ich hab vor drei Jahren gesagt, Big Crime will hier rein, mit anderen Worten, die Mafia will hier rein und das hängt an einer Person, ob sie reinkommt oder nicht.

Fichte:

Das hängt an W. S. und W. wird entscheiden, ob das hier stattfindet oder nicht.

Wolli:

Ich mein, W. hat noch eine Macht hier. Wenn ich hier einen Laden hab auf St. Pauli und W. will nicht, daß ich den Laden hier hab, dann hab ich den Laden nicht. Dann hab ich in meinem Laden jeden Tag Schlägereien, so daß niemals ein Gast mehr reinkommt.

Fichte:

Also, wenn W. nicht wollte, daß die Mafia hier reinkommt, dann konnte er es verhindern.

Wolli:

Das weiß ich nicht. Jetzt kommen wir wieder auf Stefan und Hanne. Wenn W. stärker ist, als der Mann von der Mafia, wenn er schneller die Pistole zieht, wenn er ihm schneller auf die Fresse haut, dann kann er es verhindern.

Am Ende stehn sich zwei Leute gegenüber und nackend gegenüber, ohne Pistole, zwei Leute, die sich auskeilen ihr Ding, die sichs richtig auskeilen mit de Fäuste, nicht mit der Pistole, nein, nein. Die können Pistolenloddl losschicken. Am Ende stehn sich zwei Leute gegenüber, die sich das auskeilen. Nackt, körperlich, mit de Fäuste, wie im Ring. Vielleicht nicht in Amerika, das weiß ich nicht, ich will nicht mal von Deutschland sprechen, aber in St. Pauli stehen sich zwei nackte Leute mit der Badehose im Ring gegenüber.

Fichte:

Nun mal die geile Interviewfrage und daß man sie auch beantworten kann: Würdest du sagen, daß in den letzten Jahren die Verbindungen von Amerikas Unterwelt zu Deutschland und zu St. Pauli enger geworden sind?

Wolli:

Die ist nicht enger geworden, die hat es niemals gegeben. Die hat es niemals gegeben. Die war nicht eng, die war nicht lose, die war niemals da. Es ist kein einziger Ami drinne in dem Kiez auf St. Pauli. Vielleicht hat die Mafia mal was versucht. Aber ich mein auch, daß die Mafia es auch nicht versucht hat.

Hast du wieder eingeschaltet?

Fichte:

Ja.

Wolli:

Das ist ja viele Jahre her. Da ist man ja heute so am aufwühlen. Da hat der Stern auch die Mafia-Geschichte erzählt. Es war

keine Mafia-Geschichte. Es war ein italienisches Lokal, was ein Speiselokal war, und der Boss von dem Lokal, der hat mit einem Jungen gemacht, der nicht mehr wert ist als ich, so ungefähr. Ich mein, größenmäßig. Heinzi Bostelmann, der hat einen Puff gehabt.. Da hat ein Ithaker seine Frau angemacht. Man sagt. Ich weiß es nicht, und hat der Frau irgendwelche Tropfen ins Glas gemacht. Am Ende jedenfalls, er hat die Alte gefickt und der ist ne alte Sau gewesen und da hat er alle Jungens, die er kannte, Bescheid gesagt und hat gesagt: Der Ithaker hat meine Frau gefickt, alle die er kannte, alle Loddls, der hat n Puff gehabt und da warn 20 Mann da. Und da haben sie die Kneipe von dem Ithaker zusammengeschlagen und weggeschleift. Der Ithaker war nicht da. Und haben gesagt: Wenn ihr noch einmal hierhinkommt, dann stechen wir euch ab. Wir schießen dich tot, wenn du nur einmal guten Tag sagst auf dem Kiez. Wenn ich dich einmal wieder seh, wirst du totgeschlagen. Und da ist der flitzen gegangen. Und das war keine Mafia. Das war überhaupt gar nichts. Das war so ne Geschichte.
Wenn du mir jetzt sagst, der Uwe Nettelbeck, der hat mich rausgedrängt aus n Ding und ich haß den Nettelbeck so, der muß was auf die Fresse kriegen. Wo kommst du hin – na, zu mir vielleicht. Und da geh ich mit Opa los. Der mag dich auch gerne und dann kommt noch der Norbert oder so. Auf einmal hast du zehn Mann zusammen, da kommt Hanne mit, Stefan mit und dann haun se dem Uwe Nettelbeck mal auf die Fresse. Dann fahrn wir alle nach Lüneburg und wenn er aufmacht, dann schubsen wir seine alte Fotze weg im Rollstuhl und dann haun wir ihm mal richtig auf die Fresse drauf und haun sein ganzen Laden zusammen und dann war das ein Mafiaverbrechen?
Ich hab noch keinen Siziliano und keinen Americano gesehen, der hier die Fresse aufmacht.
Das ist ja das Wunderbare auf St. Pauli. Sie haben es ja versucht..
Die Wiener haben ja versucht, uns zu erobern.
Da haben sich hier einfach ein paar Leute zusammengetan, Hermann Schor und so weiter:

Das geht nicht, Ihr Wiener Drecksäcke, wir loddln unsre Frauen selber.
Die Neger haben das versucht, ganz frech, amerikamäßig, an die Fotzen ran gegangen:
Ab heute lieferst du für mich ab. –
Da warn im »Sahara« zwei Tote, weißt du, der ganze Krach. Das war nichts Organisiertes. Da haben sich auf einmal die alten Loddls zusammengetan: Die alten Negerfotzen, die spinnen hier rum, die blödeln im »Sahara« rum. Wenn wir tanzen gehn wollen, dann haun die uns auf die Fresse. Die tun deine Alte an Arsch fassen. Die alten Kohlensäcke, die spinnen wohl. Ich benehm mich ja auch anständig, wenn ich nach Kenia komm. Die solln sich auch anständig hier benehmen. – Und das wars dann aber auch. Das war nicht Organisiertes. Das war organisiert von nachmittags um drei bis abends um sechs. Da hab ich zwanzig dreißig Jungs zusammengehabt: Jetzt haun wir mal die Bombos auf die Fresse. Was die da rumspinnen.
Fichte:
Jetzt sind es Jugoslawen und Türken?
Wolli:
Spielt sich nichts mehr ab.
Und das ist das Gute. St. Pauli ist der geilste Kiez.
Ist ein Kiez in Braunschweig, aber da sitzen dann 20 Jungs und das ist dann der Kiez, da gehen vielleicht 40 Frauen anschaffen, also 20 Jungs, die Jungs sind. In St. Pauli sind das 200. Und deshalb ist der Kiez auf St. Pauli der geilste Kiez, den es überhaupt gegeben hat. Da ist ein Zusammenhalt.
Fichte:
Ich möcht das Ganze mal umdrehen. Sag mir mal, was ist eigentlich kein Organisiertes Internationales Verbrechen auf St. Pauli? Hier läuft durch der Internationale Rauschgifthandel.
Wolli:
Nein. Auch du bist Zeuge. Das ist ein Hafen. Da kannst du so ein bißchen Gras kaufen. In einer Hafenstadt wird man immer mehr Rauschgift handeln, als in München. Weil der kleine Kräuselkopf aus Kenia da ein Kilo Gras eingepackt

hat. Der Bombo läuft dann mit seinem Kilo rum und fragt, ob er ein Kilo verkaufen kann. Und da macht man 10-Gramm-Packs und dann haben kleine Dealers wie Opa was zu dealen.
Organisiertes Verbrechen, das gibts in Paris, das bißchen, was ich mitgekriegt habe. Also, wenn ich in Paris meine Alte an die Mauer stellen will, dann ist auf einmal jemand da, der sagt: Das ist meine Mauer. Da hab ich am Tag 20 Mark Anrecht. Das ist meine Mauer. – Das gibts hier nicht. Ich kann sie an jede Mauer hinstellen.
Wenn du deine Leonore an die Mauer stellen willst und du stellst sie jetzt in Hof..
Linda:
Ja.
Wolli:
Gehst in irgendeinen Puff hin und sagst: Ich bin der Fichte, guten Tag. Ich hab ne Frau an der Mauer stehn. – Ja, schön. Ich hab noch ein Zimmer frei. – Dann steht sie an der Mauer und dann labert sie keiner an. – Und wenn dich einer anlabert, dann sagst du: Laber mich nicht an. Laß mir mein Frieden. – Und dann stehst du an der Mauer.
Und dann schafft die Leonore zwei Jahre an, stimmts?
Linda:
Nein, das stimmt überhaupt nicht.
Wolli:
Nein?
Linda:
Das stimmt überhaupt nicht. Ich muß mich selbst behaupten, dort wo ich bin.
Wolli:
Wo ist organisiertes Verbrechen.
Linda:
Das hat damit nichts zu tun und da hat keiner was mit zu tun.
Wolli:
Mit den Mädchen unter sich.
Linda:
Natürlich.

Wolli:
Aber kommt da ein Boss, der sagt: Daß du hier stehn darfst, mußt du abliefern?
Der sagt, ich bin der Hofbeschützer.
Linda:
Ach, Wolli, son Unsinn, hör doch auf mit solcher Scheiße.
Was meintest du?
Fichte:
Wolli meinte, ob du bezahlen mußt, wenn du an einem Platz im Hof stehst?
Linda:
Ne, ja, doch, bißchen schon.
Eine Frau die neu kommt, die muß kämpfen dafür, daß sie einen Platz kriegt.
Fichte:
Und auch dafür bezahlen.
Linda:
Ne, bezahlen nicht. Aber kämpfen.
Fichte:
Und du mußt um deinen Platz kämpfen, wenn ne Neue kommt.
Linda:
Ja.
Wolli:
Das ist aber ein Schweine-Interview.
Ohne jede Konzeption. Das ist nur ein Psychogramm von dem Wolli. Wir machen ein Psychogramm von St. Pauli. Und das kriegen wir nicht hin.
Linda:
Als alte Frau muß ich kämpfen, daß ich meinen Platz behalte. Und als neue Frau mußt du kämpfen, daß du irgendwo .. irgendwo ..
Wolli:
Einen Platz kriegst. Das ist doch normal. Wie überhaupt im Leben.
Hast du eingeschaltet?
Fichte:
Ja.

Wolli:
Ich Wolfgang Köhler lebe 23 Jahre auf St. Pauli und ich sag dir, es gibt kein organisiertes Verbrechen auf St. Pauli.
Mich interessiert ja nur, ich will meine Fotze an die Mauer stellen. Ich sag: Du mein kleiner Spatz, du gehst anschaffen. Dann geh ich zum Puff hin und sag: Du, habt Ihr ein Zimmer frei, kann meine Alte arbeiten?
Ja, wir haben ein Zimmer frei. Im Puff sind immer Zimmer frei. Du kannst ackern.
Und jetzt kommt auf einmal eine fremde Hand drin und greift etwas von dem Strom, die sie nicht kennt, die ich nicht kenn, das ist organisiertes Verbrechen.
Zehn Mark am Tag von 2000 Huren, die laufen, das ist ja ein schönes Geld.
Fichte:
Das gibt es auch nicht bei den Wichsfilmen?
Wolli:
Das gibt es in keinem Spielkasino hier. Das gibt es in keinem Puff, in keinem Pornoshop. Das gibt es nicht und ich kann das sagen, denn ich hab 23 Jahre Leben hier. Ich bin ein Kleiner. Stummi ist größer als ich, der hat Millionensachen laufen, der hat für 700 000 Mark umgebaut nen Turm. Stummi hat für 200 00 Mark einen der schönsten Puffs, die es überhaupt gibt in der Waterloostraße gemacht.. Da ist niemals eine fremde Hand gekommen, von irgendwo her, auch nicht von W. S., mein Freund.
Lieber W. ich hab bei dir als Kellner gearbeitet und dann hab ich einen Stripteaseladen gemacht, der nicht lief, dann hab ich alles kaputtgemacht und ein Spielkasino draus gemacht.. Da bist du drei Mal reingekommen und hast mich angelacht und da saßen sie alle drumherum. Der Tisch war voll besetzt. Hast du mich einmal gefragt um einen Pfennig, W.? Oder hast du Geld ausgegeben für uns? Hast du gesagt: Mal ne Runde für uns? Das hast du getan. Und du hast mich nie um einen Pfennig Abstecke gefragt. Also, bitte, Presse. Laß die Scheiße sein.
Fichte:
Du sagtest neulich, das ist auch schon fünf Jahre her..

Linda:
Neulich!
Wolli:
Der Hubert ist auch nicht so schwul, wie er tut. Der sieht auch nach der Fotze. Ekelt dich auch nicht an?
Fichte:
.. daß sich die Puffs, daß sich die Prostitution sehr verändert hätten.
Wolli:
Ja.
Fichte:
Du sagtest, das sind schon KZ-artige Zustände.
Wolli:
Ja.
Früher, da war man ein Junge und hat angeschafft und da wollte man auch nicht mehr sein, als ein Junge, ein Loddl und hat unter Loddls gelebt. Und heute versuchen die Jungen inzwischen die Söhne von Bankdirektoren zu werden. Und wie sich alles monopolisiert, so monopolisiert sich auch inzwischen der Kiez. Das ist ja auch einer der Gründe, daß ich weggehe. So ist das Eros-Center und das Palais, das sind vielleicht 30 Puffs, die gehören nicht mehr dreißig Leuten, die gehören vielleicht drei Leuten, die alles haben wollen. Da hat einer einen Puff, den wollen sie haben und der will nicht verkaufen. Dann schlagen sie ihm solange auf die Birne drauf und machen soviel Protest in seinem Laden, daß der ihn verkaufen muß. Das ist aber kein Internationales Verbrechen.
Fichte:
Nee, nee, nee.
Wolli:
Da kommt dann mit mal ein Stefan, der da drinnen sitzt und sagt: Bei mir geht gar nichts. – Dann geht gar nichts.
Fichte:
Und wie wirkt sich das KZ-artige nun auf die Mädchen aus?
Wolli:
Sehr, sehr furchtbar.
Linda:
Sehr einfach, da mußt du ..

Wolli:
Sprich du, meine kleine Hure, sprich du.
Linda:
Du mußt eben sehen, daß du Miete bezahlst.
Wolli:
Wieviel, sag richtig.
Linda:
190. Und bei jedem Gast jede halbe Stunde mußt du zwei Getränke machen und wenn er länger bleibt, dann mußt du gleich eine Flasche Champagner bringen für 160, 180.
Wolli:
Und wenn du nun einen Gast hast, der möchte dich zum Essen einladen, was mußt du dann bezahlen?
Linda:
Noch mal eine Flasche Champagner.
Fichte:
Und an wen mußt du das bezahlen.
Wolli:
An den Boss . .
Fichte:
des Mädchenwohnheims.
Linda:
Ja.
Wolli:
Und nun erzähl mal das Hohe Lied von Wolli, wie er aus Indien wiedergekommen ist. Die Mädchen hatten alle Mietschulden. Ich verkauf den Laden, da hab ich zwei Jahre mit gedroht. Gedroht. Ihr werdet von mir träumen. – Ich war der einzige Puff, den es auf St. Pauli gibt, wo keine Zwangsgetränke waren. Weißt du, was bei mir war? Wenn eine Frau krank war, dann, ein Tag krank, das geht nicht, einen Tag freimachen, du hast bei mir solange Urlaub, wie du willst. Aber Urlaub geht von einer Woche los. Und wenn du krank bist, dann bring mir den Krankenschein vom Arzt, dann ist die Miete null. Null. Gestrichen. Dann hast du nichts zu bezahlen.
Fichte:
Du hast dann aber den Turm mit einem anderen Mädchen belegt?

Wolli:
Das wär aber schön. Die Mädchen sind selten. Du hast zehn Türme, aber nur acht Mädchen. Du hast immer leere Türme.
Da träum sie von. Wenn ich mal in meinen Laden geh und einen trink: O, Wolli, was haben wir für eine Scheiße gemacht. Wie schön war das. Wolli, Wolli, mach mal wieder einen Puff. Ihr habt mich zwei Jahre lang betrogen. Ihr habt sechstausend Mark Mietschulden gehabt. Und mich angeschissen. Ich hab euch zwei Jahre lang gedroht, ich verkauf den Laden, und ich hab euch genau erzählt, was dann passiert. Und das ist passiert. – Bin ich ein Heiliger, wenn ich da oben hochkomm? – Bei dir war Menschlichkeit.
Linda:
Das ist ja normal.
Wolli:
Das ist nicht normal, das ist unnormal. Das ganze Palais d'Amour hat Zwangsgefängnis gemacht. Wenn du jetzt krank bist, mußt du jeden Tag Miete bezahlen. Du hast vier Wochen Urlaub im Jahr. Und weißt du was auf dem Kiez passiert innerhalb der nächsten zwei Jahre? Das mein ich nicht symbolisch, das mein ich wörtlich: Da sitzt bei jedem Puff eine Stempeluhr. Und da stempeln sie ihre Stempelkarten ab, daß sie zur Zeit gekommen sind und zur Zeit gegangen sind. Bei mir hat ne Hure arbeiten können, wie sie wollte. Die hat nachmittags um vier angefangen. Die hat einen Freier gegriffen mit sechshundert, ist vielleicht um sechs weggegangen, hatte die Miete bezahlt.
Ich bin doch auch ein freiheitlicher Mensch. Ich will ja auch frei leben. Weißt du, der Kiez ist ja ein bißchen Freibeuterei. Man will ja frei leben. Es gibt drei Kinder in einer Familie und eines von den drei Kindern eines Lehrers wird plötzlich eine Hure. Einer von den drei Söhnen wird plötzlich ein Loddl, weil die Freiheit wollen und die Freiheit will ich nicht eingeengt haben in einem Stempelpuff. Die Freiheit muß ich auch den anderen Leuten zugestehen. Ich sag mir immer: Was du nicht magst, daß dir man tu . .
Linda:
. . das füg auch keinem andern zu.

Wolli:
Ich behandel jeden Mensch, wie ich behandelt werden möchte. Das siehst du an dem kleinen Inder. Ich benehm mich auch nicht so. – Wenn mir jemand sagt, du nervst mich, du nervst mich grauenhaft, dann steh ich nicht pausenlos vor der Tür und klingel.
Und wenn ich denn son Klingler bin, dann muß ich auch wie ein Klingler behandelt werden. Weißt du, was ich gemacht hab? Wenn da ne Braut gestanden hat, acht Stunden und hat nur einen Freier gehabt für 40 Mark, dann waren 80 Mark Miete – und die hat richtig gestanden da unten, dann laß ich sie doch die 40 Mark mit nach Hause nehmen und streich die Miete.
Fichte:
Und wie ist es heute?
Wolli:
Es ist heute verschieden. Aber die Regel ist so: Wenn die drei Tage nicht einen einzigen Freier hat, dann sind in den drei Tagen 240 Mark aufgeschrieben. Dann wird nicht mehr gestrichen. Aber es gibt auch heute noch Witzige.
Es ist wie ein KZ. Wenn ich heute wieder einen Puff machen würde, dann würde ich mich gegen den ganzen Kiez stellen. Vielleicht passiert das noch mal, dann wär das der einzige Puff in ganz Hamburg, wo es keine Zwangsgetränke gibt, wo es keine geregelte Arbeitszeit gibt. Ich will mein Zimmer bezahlt haben von dir. Du kannst arbeiten, wie du willst..
Linda:
Da gehen wir dran mause.
Wolli:
Ich hab kein KZ.
Der Hubert Fichte, der hier grad sitzt, der hat mir mal erzählt, ich hab ein KZ. Ich vergeß ja die Worte nicht. Das hast du mir mal wörtlich gesagt, du hast ein KZ.
Du, die träumen von meinem KZ. Weißt du, wo die Weihnachtsfeier in meinem Puff war? Die war bei mir zu Hause. Da hat es gebratene Gans gegeben. Da haben die Fotzen hier gesessen. Mit dem Christbaum und den Schallplatten drauf und dem Videorecorder.

Heute gibt es gar keine Weihnachtsfeier mehr. Ein Umschlag. Prozent. Wieviel hat die gearbeitet? Da gibts einen Umschlag. 500 Mark, 600 Mark, das war die Weihnachtsfeier.
Und dann vielleicht son paar Schnittchen für 30 Mark rübergeholt, sone Schweineplatte.
Und wenn eine bei mir keine Verwandte hatte und weggelaufen ist von ihrer Familie, die hat ihr ganzes Weihnachten bis Neujahr in meinem Turm verlebt, die hab ich nicht gefickt. Da hab ich nicht gesagt: Ich bin der Boss. Ich kann dich jetzt auch ficken.
Unmenschlich ist St. Pauli geworden. Genau wie die neuen Filme unmenschlich werden.
Zombie-Filme, Zombie-St. Pauli.
Fichte:
Was geschieht jetzt, wenn ein Mädchen da rauswill. Du sagtest, die kommen da gar nicht mehr los. Diese Monopolisierung ..
Wolli:
Wunderschön. Da möchte ich ja gerne mal sprechen drüber.
Ich denk zum Beispiel an Peggy, eine, die oben ist im Puff, die hat 10 000 Mark fast Mietschulden.
Linda:
Wie soll die das ..
Wolli:
Wenn die Frau jetzt sagt: Du ich hör auf mit anschaffen. Ich schaffs nicht mehr. Ich verdien nichts. Ich hör auf. Wenn ich im Lotto gewinn, dann geb ich euch die 10 000 Mark. Weißt du, was dann passiert?
Linda:
Die stehn vor ihrer Türe. Vor ihrer Haustüre.
Wolli:
Kein Mensch steht vor ihrer Haustüre. Dann geht sie weg und dann lassen sie sie in Frieden.
Linda:
Ah, ja?!
Wolli:
Kein Mensch steht vor ihrer Türe. Die stehn vor ihrer Türe, wenn sie nicht arbeitet, weil sie denken, daß sie heimlich anschafft.

Linda:
Ja, was denkst du denn?
Wolli:
Die lassen sie laufen. Die streichen die 10 000.
Linda:
Denkst du.
Wolli:
Wer steht vor ihrer Tür?
Linda:
Karl.
Wolli:
Ja, weil sie drei Tage nicht gekommen ist. Weil sie drei Tage nicht angerufen hatte.
Fichte:
Wie ist es wirklich?
Linda:
Die halten sie solange in ihren Augen, wenn sie ein bißchen Geld überbringt, dann..
Fichte:
Du hast doch selbst gesagt, es sei ein KZ geworden und die Mädchen kämen nirgends mehr auf einen grünen Zweig.
Linda:
Nein. Die kommen jeden Tag. Die kommen vorbei.
Wolli:
Eine Frau, die jetzt im Palais ackert, die kann nie wieder auf einem anderen Kiez ankommen. Aber wenn die nun in eine andre Stadt gehen will und wenn sie keine Mietschulden hat.. Die kennen sich ja, die Jungs untereinander. Das ist normal, Literaten kennen sich, du kennst Günter Grass und weißt, wo der wohnt und so kennen sich Loddls. Und dann latscht mir mal eine weg und dann sagt mir einer: Die hab ich in Braunschweig gesehn, beim Braunschweiger Wolfgang, den hab ich sofort am Telefon. Du ist die Biggy bei dir? Die ist bei mir ausgezogen mit 500 Mark Mietschulden ist die flitzen gegangen, da mußt du grade machen und auf den Block schreiben, sonst kann ich hier keinen Strom mehr machen. Dann macht er das entweder gerade und schreibt ihr das auf den Block oder so..

Das ist doch kein organisiertes Verbrechen. Das ist doch normal.
Fichte:
Früher waren es 30 Puffs im Palais, heute sind es drei. Haben die Bosse von den dreien nun auch einen Puff in Frankfurt und in Braunschweig?
Wolli:
May be. May be. May be.
Wenn du Geld hast und in Wolfsburg sind die Fotzen ..
Linda:
Was heißt: May be.
Wolli:
Laß uns mal. In Wolfsburg, da sind die Volkswagenwerke. Da können wir ne Kneipe machen und einen Puff machen. Die Jungs fahren ja auch rum überall. Da können wir einen Puff machen, mit zehn Zimmern. Auf einmal haben die Jungs einen Puff in Wolfsburg.
Und auf einmal, da haben die Jungs in Hamburg zwei Puffs, einen Puff in Wolfsburg. Die laufen alle gut. Und jetzt fährt er nach Braunschweig oder nach dem Allgäu. Da gibts keinen Puff. Da kaufen wir uns ne Kneipe und da machen wir einen Puff raus. Da packen wir Zimmer drinne. Die haben vielleicht sogar einen Puff in Belgien. Der eine hat Urlaub in Belgien gemacht. In Ostende da laufen die Freier rum wie die Geisteskranken und es ist kein Puff hier. Ich hab eine Kneipe entdeckt, wo wir einen Puff machen können. Wollen wir das machen, das kost 100 Mill. Wir tun uns zusammen. – Auf einmal ist es schon ein Internationaler Zuhälterring.
Fichte:
Du wolltest reden. Du sagtest damals, wenn die Mädchen hier Schulden machen, daß sie dann schwer wieder rauskommen.
Linda:
Ja.
Wolli:
Wenn du bei deinem Krämer einkaufen gehst und Schulden machst.

Linda:
Du kannst natürlich so bös sein wie die Waltraut, die einfach abgehauen ist . .
Wolli:
Von der kriegte ich drei Mill. Hab ich die gesucht?
Fichte:
Es geht ja nicht um dich. Es geht um die neuen Zustände.
Linda:
Wenn du abgebrüht genug bist, kannst du immer wieder abhauen.
Fichte:
Wie kriegt ein Mädchen so hohe Schulden?
Wolli:
Die Miete kostet 80 Mark. Die Wirtschafterin kriegt 10 Mark. Und du hast keinen Freier. Neulich hab ich oben in meinem Puff gesessen und die Renate hat gesagt: Weißt du, die Nacht war grausam. Sechs Getränke. Und in dem Laden sind 10 Frauen. 6 Getränke. Das heißt, jede Frau muß zwei Getränke machen. Da haben drei Frauen einen Gast gehabt. Da haben drei Frauen einen Gast gehabt. Die haben sich um acht an die Mauer gestellt. Mit dem durchsichtigen Badeanzug, wie sie heute stehen. Zehn Frauen die ganze Nacht. Und drei haben einen Gast gehabt.
Fichte:
Ist das Weihnachtszeit . .
Wolli:
November ist immer schlecht. Die Krise. Es kommt alles zusammen. Die keinen Gast haben, da wird die Miete aufgeschrieben. Aber du mußt ja auch 10 000 Mark bezahlen als Boss.
Fichte:
Die mit den 10 000 Mark ist die nun besonders häßlich oder hat die besonders viel Pech?
Wolli:
Sie hat, was sie verdient. Du bist geil. Du bist ein Freier und du gehst unten hin und sie zupft dich am Ärmel. Die zupft nämlich so, die Biggy. Kommst du mal mit? Und die sieht schön aus. Was willst du denn haben? 30 Mark. Jetzt gehst du hoch. Gibst ihr 30

Mark. Du bist ja ein netter Freier. Du gibst ihr gleich 50. – Ja. Aber zwei Getränke müssen wir haben. 66. So nun will ich losmachen. Zieh dich mal aus. Ja, wenn ich mich ausziehn soll, dann mußt du ein bißchen was raustun. Ja, ich hab ja eben rausgetan. Gut, ich geb dir noch mal 50 Mark. – Dann zieht sie sich die Hosen runter und dann setzt sie sich neben dich hin und dann faßt sie deinen Schwanz aber. Aber so. Sie krallt sich rein, daß er dir nicht steht. Sie quält deinen Schwanz. – Jetzt sitzen wir aber schon 10 Minuten hier. Und Zeit ist Geld, du weißt ja, mein Schatz.

Du mußt noch was raustun. Jetzt bist du schon 300 Mark los. Deine Hose ist noch nicht runter. Du hast noch keinen Titt gesehen. Jetzt zeig mir mal deine Titten inzwischen. Also von nakkend haben wir nicht gesprochen. Da mußt du noch mal 50 raustun. – Na, ich will das nicht an den 50 scheitern lassen. – Da geht der Pullover hoch. Hast du nun genug? Der steht ja überhaupt nicht. Was ist das fürn Schwanz. Was bist du fürn Mensch. – O du alte Drecksau. Das Kleid hat einen Tausender gekostet und jetzt hast du ein Loch hineingebrannt, o, was bist du für eine Drecksau. So ist das Leben, egal. –

Und dann gehst du raus und du bist am Ende 500 Mark losgeworden. Nicht gefickt. Da hast nichts gehabt. Du hast keinen Arsch gesehen. Nichts hast du gehabt. Nada. Nada. Sülze war. Und das sind dann die Frauen, die sagen, das Geschäft ist schlecht. Ich hab keinen Stammfreier. Ja, wie willst du einen Stammfreier haben. Als Boss bin ich bei ihr auf den Turm gegangen und hab 300 rausgetan bei der Fotze. Und einen Boss behandelt man nett und da hab ich gesehen, was das fürn Teufel ist.

Die macht die Beine so, daß er nicht reingeht. Du must da rum. Ja, wenn du keinen hoch kriegst, da kann ich ja nicht für.

Und das sind die Frauen, die 10 000 Mietschulden haben. Die auf den Schädel geschlagen werden müßten, richtig auf die Birne kriegen müßten, weil das Betrügerinnen sind. Und die prahlen damit im Salon. Du glaubst es nicht, Hubert. – Der Freier, der macht, was ich will. Wenn der sich draufsetzen will, der macht, was ich will. – Du bist ein Dienstleistungsgewerbe. Du hast zu machen, was er will. Um acht gehn die auf den Turm

und um fünf nach acht gehen die wieder runter. Er wie son Schafskopf. – Bei mir dauert kein Turm länger als 5 Minuten! – Die Biggy hat drei Jahre schon bei mir geackert. Da hat sie mir erzählt: Bei mir hat noch niemals ein Mann den Schwanz reingesteckt. – Also ich werde nur angeschissen, nur belogen, nur betrogen, nur bestohlen. – Und da hab ich ja Ordnung gemacht. In meinem Puff war Ordnung.
Da fällt die Alarmklappe. Ich rein. Der macht Protest. Der hat mir einen Hunderter gegeben, der kriegt überhaupt keinen hoch. – Son Negerlein. Son Kleiner. Der Schwanz der war nicht so. Der war nach oben gerichtet. Der kriegt keinen hoch. – Guck mal seinen Schwanz an, da lach ich. – I give your 100 Mark back. Excuse me that you get this lousy girl. – Und die schreib ich dir mal auf den Block drauf. There are some nice girls here. Germany is a nice country. We are not this way. Would you like to drink something? – Und dann hat sich das rumgesprochen und auf einmal hab ich nie mehr Protest gekriegt.
Wenn du sagst, der Hafenarbeiter, der ist häßlich, ja, der geht arbeiten. Der hat harte Hände, guck dir mal die Hände an. – Der schleppt mit seinen Händen den ganzen Tag Säcke. Oder er macht Mauersteine auf. Weißt du, was für den 50 Mark sind? Da hat der acht Stunden für gearbeitet. – Und da gibts nichts dafür, für seinen ganzen Tag Arbeit? So gehts nicht. – Und so hab ich meinen Puff gemacht. Und hab ich schöne Frauen drinnegehabt und witzige Frauen und es gab überhaupt keinen Protest mehr.
Wenn der Freier auf mich eingelabert hat: Bitte, sprechen Sie nicht. Ich verdien von den Frauen mein Geld. Darum lassen Sie bitte zuerst die Frau sprechen. – Und wenn der immer unterbrochen hat: Bitte, schweigen Sie. – Und jetzt sprechen Sie. Und wenn dann die Frau reingelabert hat: Bitte, halt die Schnauze. – Und da hab ich genau gewußt, was passiert ist. – Was haben Sie bezahlt? – 50 Mark. – Da haben Sie Ihre 50 Mark wieder. Ich lad Sie zu einem Drink ein im Salon.
Linda:
Ja.
Wolli:
Bitte entschuldigen Sie, daß das passiert ist.

Linda:
Und jetzt guck mal Renate an.
Wolli:
Ja.
Fichte:
Was macht Renate?
Linda:
Renate ist so eine feige blöde Sau.
Wolli:
Was ist hier passiert? Klatsch. Das Negerlein kriegt eine Schwalbe, daß es in die Ecke plumpst. Klatsch, noch eine Schwalbe: Mach daß du rauskommst.
Linda:
Die kann den Freier fragen, aber auch die Frau. Renate fragt die Frau überhaupt nicht. Weil sie schon zittert vor Angst und denkt, der Freier der macht da irgendwas.
Wolli:
Das ist auch Scheiße. Wenn ich einen Freieridioten sehe. Das sehe ich auch gleich, was son Idiot ist. – Paß mal auf, so gehts nicht, du Wichser. Mach mal einen Satz. –
Und wenn er dann noch was sagt, dann hau ich ihm den Aschbecher auf den Schädel. Und hau ihm eine rein und tret ihm in die Eier rein. Irgendwas. Aber dann war das berechtigt.
Ich seh den Mann. Ich seh sein Gesicht. Ich seh die Art, wie er spricht. Dann weiß ich genau, was passiert ist. – Bei mir wird nicht beschissen. Ihr seid Dienstleistungsgewerbe. Und wir sind ein anständiger Beruf. Wir sind ein anständiger Beruf. Daß eine Hure heute keine Steuer bezahlt, das ist ja unanständig vom Staat.
Das ist ein anständiger Beruf, den wir tun.
Ich bin ein anständiger Loddl. Und tu mal so den Beruf behandeln.
Fichte:
Linda ist glaub ich müde.
Linda:
Ja, seit zehn auf.

Fichte:
Wolli, hast du noch Lust?
Wolli:
Ich hab pausenlos Lust, mein Liebling. Ach, Linda, meine schöne Fotze. Guck mal, die sieht aus wie eine Kinderfotze. So richtige lange Lippen.
Linda:
Was machen wir denn damit?
Wolli:
Ich hab so eine Angst. Ich hab so eine Angst, in dein Gesicht zu sehen, wenn der Jung das sagt.
Linda:
Ich geh gleich ins Bett, aber darum verlaß ich dich doch nicht.
Wolli:
Je älter du wirst, je schöner siehst du aus. Du kriegst so Falten um die Augen. Lach mal! Aber wir warten beide auf unseren Vergewaltiger. Vielleicht finden wir ja den, der uns vergewaltigt, in Costa Rica.
Fichte:
Stimmt das, Linda? Hättest du Bock, vergewaltigt zu werden?
Linda:
Ja. Weißt du, mir ist so schlecht geworden. Da hat der Alfred einen geblasen. Da war mir ganz schlecht.
Wolli:
Na, was?
Fichte:
Aber was ist denn da dabei?
Linda:
Nein.
Wolli:
Das ist doch normal. Sie will mich als den Kerl sehen. Ich bin der Kerl, der sie macht.
Linda:
Und dann würgt er da rum.
Wolli:
Bin ich überhaut kein Kerl mehr und hau meiner Alten nicht auf

die Birne und bestimm nicht?! Sondern ich bin ein Mann, der einem andern Mann einen bläst? Dann bin ich doch gar nicht mehr der Macho.

Linda:

Und dann noch dem.

Wolli:

Ich muß doch der Macho sein.

Fichte:

Du findest den Alfred nicht geil?

Linda:

Ach . .

Fichte:

Den find ich geil.

Wolli:

Der ist doch geil.

Fichte:

Warum findst du den nicht geil?

Wolli:

Weil er höflich ist.

Linda:

Ja, vielleicht.

Wolli:

Weil er höflich ist. Und nett.

Linda:

Weil er zu höflich ist, ja.

Wolli:

Weil er höflich ist und nicht sagt: Du alte Sau, ich will dich fikken.

Weißt du, was ein Loddl ist? Dann bist du gut gekleidet und sehr kräftig und sehr sehr frech. Und sehr arrogant zu allen Leuten, die rumlaufen.

Und du bist richtig arrogant auch zu deiner Frau und jetzt siehst du deinen Loddl, der kniet sich nieder und bläst einen anderen Mann. Bin ich denn mit einem Schwulen zusammen? Das ist ja gar nicht der Held, der Clint Eastwood, der John Wayne, der freche arrogante, der bläst nen Mann, der alte Schwanzlutscher. Das kann doch nicht mein Mann sein. Das ist doch kein richtiger Loddl.

Linda:
Hm.
Wolli:
Si, si Señor.
Fichte:
Hast du Bock auf Schwule?
Linda:
Ja.
Wolli:
Aber der eigne Kerl muß nicht sein.
Fichte:
Nicht im Bett.
Linda:
Nicht im Bett.
Wolli:
Wenn mich ein Schwuler anmacht, dann muß mein Kerl ihn wegschubsen und am besten eins auf die Schnauze hauen. Und wenn mich ne Frau anmacht, dann muß ich sagen: Du alte Tille und arrogant gucken. – Da darf ich nicht höflich sein und sagen: Was möchten Sie denn trinken. – Da muß ich sagen: Na, du kleine Sau, was möchts denn trinken. – Dann bin ich ein Loddl. Dann bin ich ein geiler Junge. So benimmt sich ja auch ein Junge. – Und wenn ich einen Schwulen finde, der witzig ist, der will ja auch spritzen. – Dann bist du kein Loddl mehr. Dann bist du weg vom Fenster.
Fichte:
Aber die Loddl blasen sich doch neuerdings alle einen.
Linda:
Ich wollte gerade sagen . .
Wolli:
Dann bist du weg vom Fenster.
Linda:
Und ich war doch so nahe dran und er schmatzt an dem Schwanz rum. O.
Wolli:
Dann bist du weg vom Fenster. Deine Alte kann vier Wochen nicht mehr spritzen auf dich. Du bist ein Schwanzlutscher.

Weißt du, was ein Schwanzlutscher ist. Das ist das Letzte, was gibt. Ein Schwanzlutscher ist die letzte Wanze, dies gibt auf dem Kiez. Das letzte Stück Scheiße, das rumläuft. Ein Stück Scheiße ist das. Ich hab einen heißen Kerl, der sie alle auf die Birne haut, der arrogant ist, der ne Rollex um Arm hat, Ringe hat so. Bloß wenn ich dasitze, einen Tausender rauszieht und die Braut wegschubst, daß sie vom Hocker fällt. Und sagt: Du alte Fotze, mus mich nicht an. Das ist aber ein geiler Junge. Das ist aber ein geiler Junge.
Aber das bin ich nicht.
Das bin ich aber nicht, Hubert.
Ich bin nicht so.
Wenn ich geil bin, dann blas ich dir einen, weil, wenn der witzig ist, du das ist Unisex, Sex in der Welt.
Das sind alles Gründe, ich will weg von hier. Ich kann den Vortrag nicht mehr ab.
Ich kann den Macho-Vortrag nicht mehr ab. Für mich ist ne Frau nicht ne Scheiße.
Für mich ist ne Frau was Wunderbares, was wunderbare Beine hat, ne wunderbare Pflaume, wunderbare Titten. Ich will sie als Mensch behandelt. Da kann ich nicht sagen: Du dumme alte Fotze. Und so mit der Hand wegschubsen. Das mach ich nicht mehr. Das mag ich nicht mehr machen. Darum bin ich kein guter Loddl mehr.
Fichte:
Wolli, warum führst du so gerne jemanden vor.
Linda:
Ja.
Wolli:
Ich führ überhaupt niemanden vor.
Linda:
Natürlich machst du das.
Wolli:
Nein.
Ich führ nie jemanden vor.
Linda:
Natürlich.

Wolli:
Das ist eben das Eigenartige, daß ihr mich überhaupt nicht versteht. Ich lüge niemals. Ich führe niemals einen Menschen vor. Ich beleidige niemals bewußt einen Menschen.
Linda:
Du führst einen so vor, daß es schon schlimm ist.
Wolli:
Ich mein das so. Wenn ich jemanden vorführ, wie den Inder, dann mein ich das so ..
Vorführn heißt lügen.
Fichte:
Wann fühlst du dich vorgeführt, Linda?
Linda:
Ich werde verrückt. Gestern zum Beispiel .. du zerstörst alles. Du machst alles kaputt. O.K. Das könnte passieren, daß wir normal son bißchen rummachen können. Aber er steht da: Was ist das! Mach!
Wolli:
Das hast du in der Küche so lieb gesagt: Der Alfred ist so witzig. Der steht auf blasen. Mach doch den Alfred mal ein bißchen ..
Warum denn?
Wenn du so willst, bin ich ein Verführer. Das geht eine Stunde. Das geht zwei Stunden: Sag ich: Scheiße, was Ihr da vorträgt. Du sitzt in der Ecke. Du bist geil auf die Linda. Nun spinnt man nicht rum. Nun setzt euch zusammen in die Ecke. Und dann schubs ich sie auch in die Ecke rein. Und da mach ich ihm auch die Hose auf und sag: Das ist sein Schwanz. Nun blas mal. Endlich geht das mal los. Denn wenn ich das nicht vortrag, dann ist das morgen früh um sechs noch nicht passiert. Das ist vielleicht ne Art von Vorführn. Aber ich hab dich doch höflich angemacht dabei in der Küche: Bitte, mach den Alfred ein bißchen an, ein bißchen zärtlich und so. –
Und das kann ich nicht ab und dann reiß ich euch die Klamotten runter und am Ende hast du einen Schwanz im Maul und dann fickt ihr auch zusammen.
Aber mir wäre das ja sehr viel lieber, wenn das nett ginge. Aber ich will das und was ich will, das mach ich.

Linda:
Aber was hab ich . .
Wolli:
Und wenn ich euch zusammenkeil.
Linda:
Ja, ja . .
Wolli:
Und wenn ich euch zusammen Schwalben geb, daß ihr zusammen fickt.
Ich will euch ficken sehn.
Linda:
Ja.
Fichte:
Ja, Wolli, das ist es ja.
Den ersten großen Streit haben wir gehabt wegen der Socken oder der Handschuh . .
Wolli:
Der Socken . .
Und dann sind wir die Treppe runtergegangen und dann hast du gesagt: Du bist nicht mein Zuhälter.
Fichte:
Das war es auch.
Wolli:
Ich weiß alles.
Linda:
Er ist nicht anders.
Fichte:
Und das versteh ich nicht. Das ist doch blanke Menschenverachtung.
Linda:
Nein.
Wolli:
Nein, nein. Ich tu keinem Menschen etwas an, das ich nicht in der gleichen Weise angetan haben möchte.
Fichte:
Das ist doch was andres. Warum soll ein andrer erdulden, was du erdulden willst?

Wolli:
Ich denk nämlich so.
Der Alfred ist witzig. Der ist sympathisch. Der hilft mir. Hast du ihm Geld gegeben?
Linda:
Geld?
Wolli:
Wegen der Aufnahmen. Der ist mit der Taxe hergefahren.
Ich geb dem auf jeden Fall zweihundert, weil der mit seinem ganzen Gerät gekommen ist, um die Schallplatten auf die Bänder zu schneiden.
Linda:
Was hab ich denn damit zu tun.
Wolli:
Ich bin ja schlafen gegangen. Er war noch da. Ich bin ja weggelaufen.
Der Alfred ist ein witziger Junge, der da sitzt, der Bock hat auf die Linda, der gern mal losmachen möchte. Und die Linda ist eine Frau, ich kann ihre Freier nicht zählen und wenn der Alfred ein Buckliger wär, häßlich wie der Glöckner von Notre Dame und gibt dir 200 Mark, dann würd sie ihm die Hose ausziehn und ihm ein blasen.
Und der Alfred hat uns den ganzen Tag die Schallplatten aufgenommen.
Daß der Mann nicht 200 Mark auf den Tisch legt, deshalb geht der Mann ungespritzt aus der Wohnung.
Linda:
Das denkst du?!
Wolli:
Diese Unmenschlichkeit kannst du nicht vortragen.
Fichte:
Aber du kannst doch nicht über andre Menschen verfügen.
Linda:
Doch, das kann er.
Wolli:
Du hast mir mal gesagt, ich bin ein Loddl von Geblüt.

Fichte:
Jetzt bist du ganz sauer?
Linda:
Ich werd auch langsam immer saurer.
Fichte:
Soll ich lieber aufhören?
Wolli:
Hubert, du sagst, ich kann nicht über andre Menschen verfügen. Ich bin ich und ich bin so gelagert, daß ich einfach über andre Menschen verfüge. Das ist eben meine Mentalität.
Linda:
Das ist es eben.
Wolli:
Und wer da keinen Bock drauf hat, der soll mir vom Leib bleiben.
Ich empfinde das gar nicht, daß ich über andre Menschen verfüge. Ich empfinde das wirklich nicht. Ich verlang von anderen Menschen nichts, was ich nicht von mir selbst verlang. Linda ist mit mir zusammen, wenn es ihr nicht paßt, soll sie weglaufen.
Fichte:
Gibts nicht so was wie Einsicht?
Wolli:
Bitte?
Einsicht?
Linda:
Einsicht?
Einsicht. Was ist das denn?
Wolli:
Bei mir nicht.
Ich bin zum Beispiel voll für die Emanzität. Daß eine Frau gleichberechtigt ist mit dem Mann.
Fichte:
Du verfügst über Männer genauso wie über Frauen.
Wolli:
Da bin ich hundertprozentig für. Aber das macht halt vor meiner Tür. Warum das so ist, das weiß ich nicht. Das ist vielleicht ein

Manko von mir. Aber ich bestimm, was sie macht. Ich bestimm, was wir fressen. Ich bestimm, wenn wir in Urlaub fahrn. Und wenn ich sag, das Kleid gefällt mir nicht, dann hat sie das Kleid niemals mehr anzuziehn. Und wenn sie das trotzdem anzieht, dann machn Satz.
Da hau ab.
Und wenn ich ne Laune hab, weil mir die Handfläche juckt und ich will ihr auf die Fresse haun, weil mir die Handfläche juckt, dann interessiert mich nicht ihr Schmerz in deiner Bakke. Mich interessiert, das Jucken in meiner Handfläche wegzumachen und dann klatsch ich ihr eine Schwalbe rein. Und dann sag ich einfach: Mir hat die Handfläche gejuckt, wenn es dir nicht gefällt, dann geh weg. Es ist sehr schlecht, aber es ist so.
Fichte:
Und was soll dann das ganze Gelaber mit Gandhi und so?
Linda:
Ja, das möcht ich auch .. Ja.
Wolli:
Mein Wunschtraum ist kein Swimmingpool. Mein Wunschtraum ist eine Höhle am Himalaja zu haben. Mit einem Lappen um den Bauch und einer Bettelschale vor mir, um glücklich zu sein. Das ist mein Wunschtraum und das schaff ich irgendwann mal.
Fichte:
Und wir möchten bitte auch alle mit einem Lappen um den Bauch ..
Linda:
Ja.
Wolli:
Und so werde ich einmal glücklich, weil ich die Käuflichkeit der Menschen kenn. Weil ich kenn, was sie für Wanzen sind. Und weil ich auch meine Käuflichkeit kenn. Aber ich hab eine kleine Ecke in mir, daß ich eben nicht käuflich bin. Und ich bin einer der ganz wenigen, die nicht käuflich sind. Und der eine bin ich. Und wenn ich den einen seh, der auch nicht käuflich ist, wenn der Inder sich gerade macht und sagt: Wie behandelst du mich, dann ist er mein wunderbarer Freund.

Fichte:
Wenn einer sich gerade macht, dann muß er dich schon sehr verletzen oder dir doch nachgeben.
Linda:
Genau. Natürlich.
Wolli:
Dann lieb ich ihn, wenn er sich gerade macht.
Macht die Frau sich gerade? Überhaupt nicht. Die hat doch auch einen Charakter. Ich zügel sie.
Fichte:
Ich habe mich gerade gemacht. Ich wollte dies Interview nicht machen.
Wolli:
Das war doch nun eine kleine Tillenhaftigkeit, das Interview nicht zu machen.
Linda:
O!
Wolli:
Weil du dir eingebildet hast, ich bin betrunken und ich kann kein Interview machen.
Fichte:
Deine Tillenhaftigkeit war, daß du mich gestern hier hast vorgeführt und abblitzen lassen.
Wolli:
Da war ich bereit zum Interview, genauso gut wie heute.
Fichte:
Da saß der Alfred rum und ihr wolltet blasen.
Wolli:
Da wären wir in die Bibliothek gegangen und das wäre das gleiche Interview gewesen.
Fichte:
Du kennst mich doch, du weißt, daß ich sehr ..
Wolli:
verläßlich bin, aber auch sehr tuckenhaft verläßlich bin. Du wolltest heute das Interview nicht machen. Du hast den Hüftschwung gemacht. Da hast du hier gestanden. Das heißt Klartext: Mit dir besoffenem Idioten mach ich kein Interview.

Fichte:
Natürlich ist das der Klartext.
Wolli:
Und ist das ein besoffenes Interview?
Fichte:
Im Augenblick fängst du an zu predigen.
Du, ich will das von dir wissen. Es ist sehr schwierig, von dir nicht vorgeführt zu werden.
Wolli:
Ich führ nie jemanden vor.
Linda:
Haha!
Fichte:
Du hast gestern den Inder vorgeführt, indem du in seinem Beisein über ihn geredet hast.
Das war damals wie mit den Socken mit dir.
Wolli:
Das mit den Socken, das war was.. das war so was verkappt Schwules in meiner Idee. Du mit deinen geilen Hosen und ich seh dich mit mal mit den grauen Socken. Ich kann dir das wörtlich wiederholen, das Gespräch. Ich weiß alle Gespräche mit dir.
Fichte:
Das ist so, wie du über Lindas Muschi redest oder über die langen Hände des Inders.
Das ist ekelhaft.
Linda:
Das interessiert ihn nicht.
Wolli:
Mich interessiert nur ein Mensch auf der Welt.
Linda:
Das hat er nie begriffen.
Fichte:
Und dann, daß du dich selbst zerstörst und..
Linda:
Andre mit zerstören möchtest.
Fichte:
Das sowieso. Ne, daß du dann noch so eine Figine dabei hast

und so ein bißchen Ufa dazumachst. Ich bin, der sich selbst zerstört.
Oder: Du bist schon halb besoffen und dann spielst du noch mal so richtig drauf: Ich bin der ganz existentiell Besoffene, der sich von seiner Frau mit der Brauseflasche auf den Schädel haun läßt.
Wolli:
Jetzt liebe ich dich . .
Weiter:
So liebe ich dich! Jetzt bist du ein Mann.
Fichte:
Ja, geil.
Wolli:
Ich liebe dich nicht, wenn du mir sagst: Mein lieber Wolli.
Ich liebe dich, wenn du mir eine Flasche über die Schnauze haust an der Tür. Und du sagst: Du alte Wanze! – Dann liebe ich dich. So will ich behandelt werden.
Fichte:
Alte Wanze hab ich nie zu dir gesagt.
Wolli:
Du kannst mich niemals so schlecht behandeln, wie ich über mich selbst denke.
Wie ich mich selbst ankotze, so schlecht kann mich kein Mensch auf der Welt behandeln. Und jeder Mensch, der mich gut findet, der ist für mich ein bißchen weich in der Birne. Mein Schädel . . Ich guck in den Spiegel und ich kotz mich an. Damals hab ich mich nicht so angekotzt, da war ich der Schöne Wolfgang. Der alles aufreißt, was er will. Was bin ich heute? Die alten Fettwänste, diese verkommene Drecksau . .
Linda:
Ach, Wolli, nun komm . .
Wolli:
In meinem verdreckten Haschischschädel . .
Linda:
Ja.
Wolli:
In meinem Suffschädel . .

Linda:
Ja.
Wolli:
Das ist eine Beleidigung, wenn mich einer gut findet.
Fichte:
Diese Verblödung – ist das nun altersmäßig oder ist das der Hasch?
Wolli:
Das ist hier nicht mein Monopoli.
Ich bin eine Treppe hochgelaufen, keine Wendeltreppe, und ich hab Handschuh angehabt, die sind bis dahin runtergeklappt.
Ich hab an einer Mayaplatte gesessen ich weiß nicht in welchem südamerikanischen Land. Die ungefähr so groß war, wie der Tisch. Und da hab ich gesessen und gesprochen. Und wenn ich den Menschen wiederseh, dann weiß ich, mit dir hab ich gesprochen. Und das Schloß gibts wahrscheinlich noch. Und wenn ich die Treppe seh, dann sag ich, da ist das Schlafzimmer, da ist das Wohnzimmer. Das weiß ich. Solange leb ich schon. Solange leb ich schon. Aber das, wo ich jetzt bin, das ist nicht mein Monopoli. Ich hab ein Monopoli in meinem Kopf. Mein Monopoli ist: Du gibst mir zwei Pfund Bohnen und da geb ich dir ein Pfund Zucker für oder so. So behandelt man uns. Und weil ich in die Welt reingeworfen worden bin, was nicht mein Monopoli ist, so muß ich da irgendwie mit klarkommen. Und da kann ich nur Hammer oder Amboß sein.
Und daß da mit einmal was passiert ist, das sagst du mir nicht zum ersten Mal – das hat Stefan mir auch gesagt. Der hat mir gesagt: Du führst die Leute vor. – Du hast mich vorgeführt, sagt Stefan. Mich hat noch nie so einer vorgeführt, wie du mich vorführst. Ich würd dir auf den Schädel schlagen, wenn du nicht so witzig wärst.
Ich tu das, was mir gerade in den Sinn kommt. Ich führe keinen Menschen wissentlich vor. Und wenn ihr euch alle vorgeführt vorkommt, weißt du woran das liegt? Weil ich länger gelebt hab, weil ich vielleicht zehntausend Jahre gelebt hab, wo ihr nur eintausend Jahr gelebt habt.
Linda:
Hm!

Fichte:
Kann auch sein.
Wolli:
Und da meint ihr, ich führ euch vor.
Ich hab eine solche Hochachtung vor jedem Menschen, das glaubst du nicht.
Linda:
Nee, das glaub ich auch nicht, Wolli.
Wolli:
Ich war auch mal ein vollgekotzter Wermutpenner.
Aber wenn ich die Menschen seh und da kommt nur Scheiße raus und dummes Zeug.
Und der Inder, der Klops, der steht jeden Tag noch wieder mit Blumen vor der Tür und dann sitz ich mit ihm und dann gibts kein Gespräch, da kommt nur dummes Zeug: Wie lange lebst du in Deutschland? – Zweieinhalb Jahr. – Deutsch kannst du aber nicht sprechen? – Nee. – Englisch kannst du auch nicht richtig sprechen? – Nee. – Was willst du denn hier rumsitzen?
Fichte:
Wolli, du kannst auch nicht richtig Englisch.
Wolli:
Aber so, daß ich mich verständigen kann. Mit dem Klops kann ich mich doch nicht verständigen. Du kannst mal den Schwanz rausholen, ob du einen Steifen hast. Was willst du? Dann klingel bei mir nicht an der Tür. Willst du Strom haben? Da, hast du hundert Mark bis nächste Woche.
Linda:
Der Inder will doch mit mir losmachen, das ist es doch.
Wolli:
Was willst du? Mit mir losmachen? Mit meiner Alten losmachen? Dann mach mal die Schnauze auf. Und sag mal, mit wem willst du ficken. O.K. Dann sag mal, dann kannst du reinstekken. Dann gehts ab. Aber du mußt mal ein bißchen mal was bringen und nicht nur als Abziehbild in der Welt rumsitzen.
Du mußt mal erzählen, was du willst von mir.
Linda:
Hm.

Fichte:
Kannst du nicht verstehen . .
Wolli:
Hubert, hab ich meine Huren behandelt vom allerfeinsten?
Linda:
Das weiß ich nicht.
Wolli:
Ich hab mein Puff nicht mehr. Ist die Biggy zu mir gekommen und heult sich aus. Ich denk noch heute an deinen Puff. Dann ruf ich ihren Mann an. – Das macht kein andrer Loddl.
Fichte:
Laß mich mal einen Takt. Das mit der Verblödung, das ist mir so rausgerutscht . .
Wolli:
Das macht nichts.
Fichte:
Ich mein was andres: Daß sich die Aufmerksamkeit verschiebt, daß sich der Takt verändert . .
Wolli:
Was soll ich mich denn zu dem dummen Schwein höflich benehmen?
Die rumfurzen und rumrülpsen, die nicht fressen können, die ins KB-express gehen. Oder in McDonalds die Schlammdinger da fressen.
Fichte:
Der Inder furzt nicht.
Du führst uns vor.
Wolli:
Ich denke in Costa Rica jetzt eine Woche nach, daß du gesagt hast . .
Ich weiß das ganze Gespräch. Kann ich dir wörtlich wiederholen.
Fichte:
Es hat Momente gegeben, da hab ich gedacht, Wolli führt dich so vor. Wolli ist nicht mehr dein Freund.
Linda:
Ich versteh dich.

Wolli:
Da denk ich eine Woche drüber nach.
Fichte:
Du führst den Inder vor, daß es nicht mehr menschlich ist, es anzusehen.
Linda:
Das ist auch nicht schön.
Wolli:
Das ist ja nicht wahr.
Wenn der jetzt klingelt, dann führ ich ihn noch mehr vor. Dann muß er mir meinen Steifen lecken.
Fichte:
Aber Wolli, wo es ihm doch augenscheinlich keinen Spaß macht.
Wolli:
Mir macht das auch keinen Spaß.
Ich will bis zum Exzeß gehen. Weißt du, mich interessiert der Mensch nicht, wenn es ihm anständig geht. Mich interessiert der Mensch vom KZ, wo es jeden Tag 20 Gramm Brot gibt. Bis zu dem Exzeß will ich gehen.
Linda:
Aber Wolli . .
Wolli:
Weil meine Liebe so groß ist, daß ich bis zu diesem Exzeß gehen will . .
Und ich hab dich niemals vorgeführt, Hubert.
Du bist einer meiner allerliebsten Freunde. Du bist einer der schönsten Menschen, die ich in meinem ganzen Leben gesehen hab und du bist in deinen Worten, in deinem Klang geil, deine Hände sind geil, deine Bewegungen sind geil, dein schwarzer Pullover ist geil, deine Kragen sind geil.
Linda:
Der Exzeß . .
Wolli:
Also, wenn ich Liebe hab, dann bist du Liebe.
Linda:
Er kann mir erzählen, was er will.
Es gibt nichts mehr.

Du willst mich verletzen.
Wolli:
Ach wo.
Linda:
Natürlich willst du das.
Wolli:
Ich hab dich noch nie verletzt im Leben.
Linda:
Ach.
Wolli:
Ich habe dich nicht mehr verletzt, als du mich verletzen könntest. Ich tu dir kein Wort sagen, was du mir nicht auch sagen könntest.
Ich verletze nie einen Menschen, weil der Mensch eine so verletzliche Sache ist. Ich bin so verletzlich. Wenn mir Hubert sagt, ich führ ihn vor, dann denk ich eine Woche darüber im Garten nach. Ich seh mich schon. Und wir sprechen mit dir und du bist nicht da. Ich ruf dich dann an.
Fichte:
Was war mit deinem Vater, als du Autofahren gelernt hast?
Wolli:
Geil!
Das sind die Dinge, weshalb du sagst: Ich führ Leute vor. Ich hab Dinge geschluckt. Aber ich hab Dinge runtergeschluckt. Die sind in den Magen gegangen und die hab ich ausgeschissen. Aber da sind Reste in meinen Därmen noch drinne und das nennst du vorführn.
Das Vorbild in meinem Leben, aus dem Proust-Interview, hast du mich mal gefragt und da hab ich gesagt: Mein Vater. – Ein bißchen gezögert. Yes. Mein Vater. Ich sag auch heute wieder: Mein Vater.
Und alles, was ich da runtergeschluckt habe, das ist meine Sache.
Fichte:
Da willst du nicht drüber reden.
Wolli:
Ich will über alles reden. Das ist ja das, daß du denkst, ich führ

dich vor. Der Takt. Ich hasse diesen Scheiß-Takt. Das ist ein Pöseldorfer Takt: Du willst nicht drüber reden.
Wenn ich mit dir rede, es gibt nichts, worüber ich nicht rede. Ich rede über alles, Hubert, und deshalb denkst du, ich führ Leute vor. Ich sags so, wies mir aus der Schnauze rauskommt.
Fichte:
Was ist in deiner Kindheit geschehen.

(Sehr lange Pause)

Wolli:
Das ist sehr lange her.
Ich weiß nicht, was ich jetzt darüber denke, nach fünfzig Jahren.
In meiner Kindheit ist einiges passiert.
Ich weiß nicht, wie ich das interpretiere nach 50 Jahren – nach 40 Jahren.
Ich sag dir so was Intimes, das darfst du solange meine Eltern noch leben nie aufnehmen.
Ich meine, in meiner Kindheit ist geschehen, daß meine Mutter auf mich stand, das ist eine ganz anständige Frau.
Der einzige Schwanz, den sie gesehen hat, das war der Schwanz von meinem Vater.
Und ich glaub, meine Mutter stand auf mich.
Und ich glaub, da ist irgendwas mal passiert, an was ich mich nicht erinnern kann.
Ich kann mich nur dran erinnern, daß meine Mutter ein bißchen Ähnlichkeit hat mit der Knef, im Gesicht.
Und ich hasse Hildegard Knef.
Und ich hasse jede Frau, die Ähnlichkeit hat mit meiner Mutter.
Und instinktiv hasse ich jeden Mann, der Ähnlichkeit hat mit meinem Vater.
Weil der . .
Ich kenn sein ganzes Leben.
Der ist ganz geil.
Aber ich weiß auch genau, daß er sagen würde: Das ist ja ein Jude.
Er würde das sagen und die Nase hochziehen.

Selbst heute, wo er weise geworden ist:
Das ist ja ein Jude.
Fichte:
Was ist zwischen dir und deinem Vater geschehen?
Wolli:
Ich weiß, zwischen mir und meinem Vater ist eine Sache passiert . .
Linda:
Aber noch schlimmer . .
Wolli:
Wo ich schließlich Sieger war.
Da war ich acht Jahre alt.
Das ging um die Schuhe zuschnürn, die Stiefel zuschnürn.
Mein Vater hat immer so Stiefel getragen, weißt du, und dann Gamaschen drüber, weißt du, wie die SA-Leute rumlaufen.
Logisch, daß man seinem Vater die Schuhe putzen muß.
Und blank putzen muß.
Mein Vater war auch so geil: Das Essen ist auf den Tisch gekommen und die Suppe war zu heiß, da hat er den Teller an die Wand geklatscht und der ist runtergefallen.
Da hat meine Mutter geweint.
Stiefel zuschnürn.
Und da hab ich die Schnürsenkel nicht angezogen.
Dann mußt du sie wieder aufziehn.
Und da hab ich sie nicht aufgezogen.
Irgendwie vergessen.
Und da gabs Protest.
Und ich weiß nicht, wies gekommen ist, da gabs Schwalben.
Da war ich acht Jahre ungefähr alt.
Der hat mich gekeilt.
Hubert, du bist noch nie so gekeilt worden.
Nur um das dumme Ding, um die Schuh.
Aufzuziehn.
Nein.
Nein.
Und dann hab ich aus der Nase rausgeblutet.
Das Blut war auf dem Dings.
Das seh ich noch vor mir.

Als achtjähriger Junge.
Da war das Blut aus der Schnauze rausgelaufen.
Da wurde immer noch drauf gekeilt.
Da hab ich gesagt: Da hast du nun mal gewonnen, Alter. Da hast du gewonnen. Ich schnür sie trotzdem nicht auf. Schlag mich mal tot. Wenn dir das gerne, wohl tut, mich zu prügeln, dann prügel mal weiter. Die Schnürsenkel, die schnür ich dir nämlich überhaupt nicht auf.
Und hab die Stiefel genommen und in die Ecke geworfen.
Nun prügel mich mal, prügel mich mal, prügel mich tot, Alter.
Deine Schnürsenkel schnür ich dir nicht auf.
Du weißt, wie ich meinen Vater liebe.
Ich lieb meinen Vater sehr.
Das hab ich noch niemals einem Menschen erzählt.
Das sind die Erinnnerungen.
Ich hab an der Drehbank gestanden.
Ich wollte gut drehen.
Ich hab mich bemüht, Autoschlosser zu werden.
Ich hab alles, was ich konnte gemacht.
Aber der Ritgerstab ist immer wieder abgebrochen.
Und es gab nur klatsch, klatsch, klatsch, klatsch.
Ich hab an der Drehbank nur so – ausgenockt habe ich an der Drehbank gelegen mit 14 Jahren . .
Ausgenockt an der Drehbank.
Hab ich gelegen.
Verstehst du.
Er ist immer noch . .
Ich hab dir gesagt . .
Mein Vorbild im wirklichen Leben.
Ich kann ihn verstehen, wie er aufgewachsen ist und alles so.
Und irgendwann ist mit meiner Mutter was passiert.
Meine Mutter küßt mich heute noch naß.
Ich will von meiner Mutter nicht naß geküßt werden.
Ich will ihr auf die Backen einen Kuß geben.
So.
Meine Mutter küßt mich noch heute naß und schiebt mir die Zunge in die Schnauze rein.

Das ist mir ekelhaft.
Ekelhaft.
Einfach ekelhaft.
Ist mir das.
Weißt du so.
Da weiß ich, da ist irgendwas passiert, wo ich mich so nicht entsinnen kann.
Irgendwann ist mein Schwanz in ihrer Hand gewesen, ich weiß es nicht wo, aber irgendwann das.
Irgendwann das.
Das nimmst du auf.
Aber das tust du bitte nicht machen, solange meine Eltern leben.
Wenn meine Eltern nicht mehr leben, dann kannst du das aufnehmen, dann steh ich zu meiner ganzen Sache.
Aber . .
Ich liebe meine Eltern sehr.
Das sind alte Leute.
Und ich liebe sie unheimlich sehr.
Und das darf niemals, solange sie leben . .
Das möchte ich niemals haben.
Ich steh zu meinen ganzen Worten.
Ich steh zu meinen ganzen Worten.
Ich steh auch zu dem, was ich jetzt sag.
Ich hab Keile gekriegt, du kannst dir nicht vorstellen.
Ich bin auf die Werkstattoilette, das war son Scheißhaus, wos stinkt, weißt du so, son Holzscheißhaus.
Da hab ich weinend rumgesessen, wos stinkt und gedacht . .
Ich hab ja keine Uhr gehabt damals.
Jetzt sind wieder zehn Minuten vergangen.
Dann bin ich in die Werkstatt reingegangen.
Na, du Trottel, hast du ausgeschissen?!
Das war erstmal da.
Du Dussel, Du Trottel. Du Wichser. Und so.
Aber ich war der einzige Lehrjunge in der Werkstatt . .
Mein Vater, dreißig Jahre ist der Meister, es hat nie einen Lehrjungen gegeben . .
Die haben ja die Lehrjungen gehauen, das war normal.

Weißt du, wenn du Geselle warst und der Lehrjunge hat Scheiße gebaut, dann hast du eine Schwalbe gekriegt. Der erste Geselle, der mich gehauen hat, auf den bin ich . .
Der ist mit dem Hammer auf mich losgegangen.
Der hat mich so weggenockt.
Ich schlag dich tot, du Drecksau.
Den hab ich am Hals gewürgt.
Mein Vater hat mich weggerissen und so.
Son Lehrjungen hab ich noch nie gehabt.
Ich sag: Mich schlägt keiner auf die Fresse.
Und wer mich einmal auf die Fresse schlägt . .
Da war ich 15 oder was.
Da hab ich gesagt: Weißt du, was ihr mal alle zusammen macht? Ich komm mal mit dem Mercedes gefahrn und da liegt ihr unten und tut die Ölwanne säubern.
Und dann geb ich euch zwei Mark Trinkgeld, ihr Wichser.
Wichser, das Wort hab ich nicht gekannt damals.
Aber so ungefähr.
Faß mich einer an, dann schlag ich euch mit dem Hammer tot.
Da wollte kein Geselle mehr mit mir arbeiten.
Weil ich den totgeschlagen hätte mit dem Hammer.
Eine Schwalbe, der alte Drecksack, weil ich eine Ölwanne . .
Da haut er mir auf die Fresse.
Ein Geselle, der mir noch mal auf die Fresse haut im Laden, den schlag ich tot.
Da war ich der wahnsinnige Lehrjunge, mit dem keiner mehr arbeiten wollte.
Der Trottel, der alles falsch gemacht hat.
Der die Schrauben nicht zugedreht, sondern aufgedreht hat.
Nicht aus Bosheit – aus verstörter Dusseligkeit, verstehst du.
Da hat mich keiner mehr angefaßt von den Gesellen.
Und ich war Sieger bei meinem Alten mit acht Jahren.
Und mein Alter, das ist mein Vorbild, das ist ein wunderbarer Mann.
Aber ich vergeß nicht, als ich vier war, daß da ein Blutfleck auf der Erde war, auf dem Linoleum in der Küche, da war ein Blutfleck.

Weil er mich so aufgekeilt hat, weil ich ihm nicht aufgeschnürt hab.
Weggeworfen.
Keil mich doch.
Keil mich doch.
Keil mich doch.
Schlag mich doch tot.
Den Schnürsenkel mach ich dir nicht auf.
Einmal war ich der Sieger.
Ich war der kleine Sieger.
Der kleine Sieger bei meinem Vorbild, bei meinem Idol.
Mein Alter ist mein Idol.
Und das ist ein böser Mann, mein Vater.
Fichte:
Hat er dich oft aufgekeilt?
Wolli:
Pausenlos.
Linda:
Ha, pausenlos.
Wolli:
So geworfen an die Wand, daß du runtergefallen bist, an die Wand geklatscht.
Linda:
Also Wolli, nun übertreib . .
Wolli:
Ja.
Aber er kennts nicht anders.
Der Großvater, der hat ihn nur gekeilt, mein Großvater.
Das war ein ganzer Idiot.
Der hat ihn nur gekeilt.
Er kennts nicht anders.
Heute würde mein Vater niemanden mehr keilen.
Mein Vater ist ein weiser Mann geworden.
Der springt auf den Tisch und sagt den Faust auf.
Der ist heute so . . wunderbar, mein Idol in lebend . .
Ich weiß seine Jugend.
Ich kenn seinen Vater.

Der hat ihn nur gekeilt, von klein auf.
Weißt du, der war so geil in der Schule, der ist 1901 geboren, 1915 ungefähr.
Da hat der Lehrer gesagt:
Mein Großvater, der war so Meister bei der Straßenbauerei irgendwas.
Mein Vater war so gut in der Schule und damals war, Stipendien zu geben, ganz selten.
Der Junge muß auf die Oberschule gehen.
Da hat mein Großvater gesagt: Nein, da schäm ich mich vor meinen Arbeitskollegen. Da denken die nämlich, ich bin ein besserer Mann. Du wirst mal preußischer Unteroffizier – preußischer Feldwebel, hat er immer gesagt.
Das war das Höchste, was es überhaupt gibt.
Und da ist mein Alter Kühe hüten gegangen und er war viel besser als die anderen.
Und die haben dann ihre Oberschulmützen aufgehangen, die runden Mützen so.
Er hat geweint.
Und da hat er in dieser Zeit das Abitur nachgemacht, als Kuhjunge, als Hütekuhjunge.
Aber nicht zu Hause, da hat er nämlich auf die Ohren gekriegt, weil er liest.
Du darfst doch nicht lesen als Arbeiterjunge. Du mußt Holz hacken oder irgendwas.
Das hat er mit der Kerze nachgemacht, das Abitur.
Dann hat er die Meisterprüfung gemacht und zu seinem Alten gesagt: Jetzt leck mich mal am Arsch, was du mit mir machst und so hat der Alte seine Werkstatt aufgebaut.
Linda:
Das find ich auch toll.
Wolli:
Das ist wahnsinnig.
Und mein Alter hat so was vorgetragen.
Der war ein alter Nazi von 1930, ist mein Alter in die SA eingetreten, weil da die Arbeitslosigkeit war, weiß du, was alles so passiert, ist er reingegangen.

Und Italien hat Abessinien überfallen, ja 38.
Da war er sauer und hat sich angelegt.
Und Deutschland war am siegen auf der ganzen Wellenlänge, da war er Hauptmann im Krieg.
Er hat das EK gekriegt im Polenkrieg.
Das ist ein Kämpfer, mein Alter.
Und da hat er gesagt: Da hab ich Sachen gesehen, das ist nicht mein Ding, da ist er als Hauptmann 1940 aus der Partei ausgetreten.
Das ist ein kleines Stück Heldentum, was mein Alter gebracht hat.
Und mein Alter erzählt mir und mein Alter lügt nicht: Ich hab Judentransporte gesehen. Da hab ich denen Brot gegeben. Da hab ich soviel Protest gehabt. – Den Dreckjuden gibst du Brot? – Ich hab Dinger gesehen, die gehn nicht.
Mein Alter kann nichts für seine Erziehung.
Seine Erziehung war, Kinder schlägt man.
Er hat es gut gemeint.
Linda:
Ich liebe ihn. Er ist irre. Ich verehre ihn.
Fichte:
Kommt man aus dem Teufelskreis nicht raus?
Wolli:
Ja, logisch.
Du kommst auch aus dem Teufelskreis nicht raus.
Warum liebst du Leonore?
Weil du aus dem Teufelskreis mit deiner Mutter nicht rauskommst.
Aus dem Benn-Gedicht, was in deinem Buch steht.
Das ist ein Teufelskreis.
Aber ich verehre meinen Alten.
Ich liebe ihn wahnsinnig, weil ich seine Erziehung weiß.
Er konnte nicht anders denken.
Wenn mein Alter heute noch mal dreißig wär, und ich würde geboren, er würde mich nicht einmal schlagen.
Er würde kein Kind mehr schlagen, mein Alter.
Linda:
Nein.
Wolli:
Niemals.

Der ist so weise geworden.
Und reif geworden.
Durch viele Scheiße ist der durchgetrampelt.
Mit 82 ist er noch geil.
Wenn er eine Braut sieht: Hat die schöne Beine.
Und der kriegt auch noch einen Steifen.
Fichte:
Linda, nun erklär du mir mal, warum du nur einen Abgang hast bei einem, der dich schlecht behandelt.
Wolli:
Nein, nein. Da hast du was falsch verstanden.
Linda:
Nein.
Fichte:
Du hast doch gesagt, du stehst darauf, daß dich einer von hinten über der Klobrille . .
Wolli:
Aber einer, der sehr höflich ist, der sehr lieb ist zu ihr.
Der sie sehr achtet als Mensch.
Nur in diesem Moment – nicht die ganze Zeit.
Die Linda macht sich so grade, die haut mir auf die Fresse, wenn ich ihr war Böses sage.
Guck mal, mein blaues Auge.
Nun erzähl doch mal von deinem Gürtel.
Er bohrt nun in unseren Eingeweiden rum, nun laß ihn mal.
Linda:
Ich weiß das nicht genau.
Wolli:
Der Gürtel.
Linda:
Ich bin sowieso ein Mensch, der . .
Ich bin mit mir alleine zufrieden.
Ich brauch nicht unbedingt jemanden, verstehst du.
Wolli:
Mit Linda kannst du leben, wenn du 80 bist, wenn du niemals einen Schwanz hochkriegst.
Das ist eine wunderbare Frau.

Erzähl mal deine ersten Sachen!
Linda:
Wenn ich geil bin, dann bin ich eben geil.
Das mach ich alleine.
Wolli:
Wie geht das mit dem Gürtel?
Wer hat dich auf den Gürtel gebracht?
Linda:
Das kam durch die Schule.
Das kam einfach so, weil ich das gesehn habe.
Eine Freundin von mir die . .
Eine Freundin von mir, die . . hatte . .
Die war früh entwickelt, die hatte einen großen Busen.
Da waren sie alle geil drauf. Und da waren sie alle am hinterherrennen.
Und ich war auch geil . .
Wolli:
Wie?
Linda:
Natürlich bin ich auch geil.
Wolli:
Ich will das ein bißchen genau wissen.
Warst du geil auf die Frau, auf die Titten . .
Linda:
Nein.
Ich war geil, aber ich kann das nicht sagen: Hallo, ich bin geil.
Das kann ich nicht.
Das geht überhaupt nicht.
Also hab ich immer zugeguckt, wie das bei den anderen passiert ist.
Zum Beispiel bei der Angelika, O! Angelika.
Und da war ich dann immer die Frau, die aufgepaßt hat, daß keiner zuguckt, daß die schön losgemacht haben.
Ich hab aufgepaßt, daß keiner kommt, ja?
Ja.
Kannst du dir das vorstellen?

Wolli:
Und was hast du dann gemacht?
Den Gürtel will ich hören. Den Gürtel will ich hören.
Linda:
Das kam erst später.
Dann hab ich mich selbst.
Wolli:
Dann kamen deine Eltern . .
Linda:
Nein.
Wolli:
Hast du deinen Bruder gehaßt?
Linda:
Nein, überhaupt nicht.
Ich hab mich selbst geknechtet.
Ich mich selbst.
Wolli:
Die kleinen Fotzen, mußt dir mal vorstellen, was die da vortragen, in den Einfamilienhäusern in Iserbrook.
Erzähl mal vom Gürtel!
Linda:
Ich hab mich gefesselt.
Und hab mich selber tot gemacht, praktisch.
Fichte:
Aufgehängt?
Linda:
Ja.
Praktisch.
Wolli:
Mit dem Gürtel an die Türklinke gebunden.
Und den Gürtel sich so eng um den Bauch geschnallt, daß sie fast erstickt ist und am Gürtel rumgerannt ist im Zimmer.
Und dabei abgedrückt.
Erzähl mal.
Linda:
Ja.
Bei meinen Großeltern.

Daß die mit mal aufgestanden sind, weil da mit einmal ein bißchen Lärm war.
Ich hab solche Sachen gemacht.
Wolli:
Weil die kleine Iserbrooker Fotze einen Gürtel an die Türklinke schnallt, sich noch einen andern Gürtel so fest umschnallt, daß sie fast erstickt und am Gürtel rumrast.
Linda:
Ja.
Wolli:
Soviel Krach, daß die Großeltern aufwachen.
Linda:
Das war mit meiner Freundin . .
Ich hab auf sie immer aufgepaßt.
Und sie war so frühentwickelt.
Und ich wollte das gerne.
Und sie hatte das alles.
Wolli:
Wir waren schon zwei Jahre zusammen, richtig geil zusammen, da wach ich auf einmal auf, weil neben mir sowas grunzt und stöhnt, nicht.
Da seh ich die Linda, so hab ich sie noch nie gesehn, zusammengefesselt, du kannst es nicht glauben, mit Riemen, mit Gürteln, mit so einem Gummischwanz in der Fotze, mit so einem Gummischwanz im Arsch drinne.
Zusammengefesselt, zusammengebunden, du kannst es dir nicht vorstellen.
Zusammengebunden, so kann sich ein Mensch gar nicht zusammenbinden.
Also alles, was es an Gürtel und Stricken und Riemen in der Wohnung gibt.
Linda:
Das war wegen dieser Frau.
Das hatte damit zu tun, daß ich denke, ich . .
Und die Männer mögen sie.
Und mich nicht.
Ich war noch klein und Gott, hm . .

Mich mochten sie nicht, verstehst du.
Das.
Das.
Und weil ich diese Frau kannte, und wirklich etwas aufpassen mußte, weil das wirklich ganz schlimm war, von allen Seiten.
Ich wollte sie nicht schützen, weil ich sehen wollte, wie geht das überhaupt.
Und die war glücklich mit mir, daß ich da war.
Klar.
Fichte:
Willst du etwas Wasser zu dem Whisky haben.
Wolli:
Sei nicht so höflich, Fichte.
Du bist eine so verkommene Sau, du bist noch nicht mal abgebrüht.
Linda:
Und dann später noch eine Freundin von mir, die Annelie . .
Wolli:
Das hab ich noch nie jemandem gesagt, daß ich das Gefühl hab, daß meine Mutter meinen Schwanz in der Hand hatte.
Und die Linda hat noch nie, außer zu mir, solche Sachen erzählt, was du rausziehst.
Ich weiß nicht, ob du mein guter Freund bist oder ob du so ein geiler Interviewer bist.
Wahrscheinlich beides.
Das Interview ist so geil.
Und mein lieber Freund auch noch.
Aber sag mir nicht, ich führ dich vor.
Fichte:
Das ist doch nun die Frage:
Kommt man nicht doch raus?
Linda:
Kommt man raus?
Wolli:
Du bringst Dinge aus den Leuten raus, die sie niemals erzählen würden, die sie niemals erzählt haben.
Linda:
Ja.

Fichte:
Ich mach ein Interview.
Wolli:
Erzähl mir nicht, was du machst.
Da kriegst du Dinger raus, die kein Mensch rauskriegt.
Ich schwör dir, wenn du Fidel Castro interviewst, dann erzählt dir Fidel Castro, wie der gewichst hat.
Das kriegst du hin.
Da sitzt er so sanft dabei und dann lacht er mit seinen teuren Hosen und seinem schönen Pullover und auf einmal kommt alles raus, was du eigentlich nicht erzählen willst eigentlich.
Linda:
Doch, doch, das wollt ich schon immer gerne erzählen, eigentlich.
Wolli:
Wenn das Gängster gibt in der Schriftstellerei . .
Linda:
Aber das hab ich dir auch schon erzählt, Wolli.
Wolli:
Ich will das eigentlich auch nicht drin haben.
Fichte:
Hast du Linda das schon einmal erzählt, mit den Eltern und so?
Wolli:
Hab ich dir das erzählt, Linda?
Linda:
Ja.
Wolli:
Mit meinem Vater. Da war ich betrunken.
Wenn ich jetzt nicht getrunken hätte.
Das ist ja das geile, ein bißchen Koks, ein bißchen Saufen, dann kommen Dinger.
Die ich niemals . .
Fichte:
Du wußtest aber vorher ganz genau, daß das Interview so laufen würde.
Wolli:
Ich hab es gehofft.

Son Interview möcht ich nämlich haben . .
Aber nüchtern würde ich dir nie diese Sachen erzählen, von meinem Vater . .
Und von meiner Mutter.
Das ist mir heute noch peinlich.
Meine Mutter hat mir so einen wunderbaren Brief geschrieben.
Mein Wolfgang, mein großer Junge, groß unterstrichen.
Wie viele Erinnerungen, die wir haben . .
Kennst du den Brief von Schoeps?
Ich will nicht dein Leben beeinflussen.
Du sollst dein Leben leben.
Linda:
Das kann deine Mutter nicht.
Wolli:
Ich soll mein Leben leben und immer wieder hinkommen.
Angeschirrt sein.
Linda:
Und darin bist du deiner Mutter so wahnsinnig ähnlich.
Du bist deiner Mutter ähnlicher als deinem Vater.
Wolli:
Ja, selbstverständlich.
Ich hasse alles an mir, was meiner Mutter ähnlich ist.
Linda:
Hab ich ursprünglich auch.
Wolli:
Ich liebe alles, was meinem Vater ähnlich ist.
Mit meinem Vater kann ich dealen, mit seinem Faschismus, mit seinem Stiefelknallen.
Aber mit dem Terror der Liebe, die über meine Mutter kommt, kann ich nicht dealen.
Da ist ein Terror.
Linda:
Der ist so da.
Fichte:
Und da kommst du jetzt raus?
Wolli:
Nein.

Du kommst ja auch nicht raus.
Linda:
Ich komm da raus jedenfalls.
Bei mir ist das mit meinem Vater.
Wolli:
Mit ihrem Vater ist das:
Wenn ihr Vater da sitzt, dann möcht er gerne ficken. Er faßt ihr nicht an Arsch. Aber wir beide wissen, er möchte gerne ficken.
Und wenn ich besoffen bin, etwas mehr als jetzt..
Ich steh auf Inzest.
Ihren Bruder hat sie schon geblasen, mit seinem kleinen Schwanz, ich hab ja auch ein bißchen mitgeblasen.
Ihr Vater guckt sie nur mit Freieraugen an.
Laß mich eine Flasche mit ihrem Vater trinken und ihr Vater fickt mir hier mit ihr was auf der Couch vor zusammen.
Drum ekelt mich alles an, was mich an meine Mutter erinnert.
Und meine Mutter ist nur Liebe.
Das hab ich ja in dem einen Brief geschrieben.
Aber triefende Liebe.
Ölliebe.
Ich werde mit triefendem Sesamöl übergossen.
Linda:
Ja, das wirst du.
Wolli:
Warum hab ich weiche Härchen.
Weil ich ich bin.
Weißt du meine liebe Mutti, ich bin Wolfgang Köhler.
Ich bin ein Mann.
Jetzt sag ich das schon wieder.
Nimm mich mal wie ich bin.
Und speichel mich nicht voll mit deiner Spucke.
Linda:
Das mußt du nicht sagen.
Wolli:
Schick mir mal deine Gedichte.
Da bettelt sie ja pausenlos drum, das sind dumme Gedichte, das

sind Schweinegedichte, wo ich mich heute drum schäm, wenn ich die les. Die schick ich dir nicht.
Aber die sind mindestens Goethe, wenn nicht mehr.
Ich hab ihr den Heinzelmann geschickt, sie hat es versteckt.
Ich hab ihr Wolli Indienfahrer nach Hause gebracht.
Meine Mutter weiß jeden Brief von Thomas Mann, die sammelt Thomas Mann, die Tagebücher, die ist schon ein kleiner Thomas Mann. Die spricht auch schon fast wie Thomas Mann.
Original.
Ich hab ein Buch.
Da ist ein Buch gekommen von Wolli Indienfahrer.
Das steht nicht im Bücherschrank.
Das darf meine Mutter nicht lesen.
Das hat mein Vater ihr weggenommen.
Das darf meine Mutter nicht lesen.
Das ist nicht unser Sohn.
Das ist versteckt.
Das darf mein Bruder nicht lesen, das darf meine Schwägerin nicht lesen.
Mit meiner Schwägerin, da bin ich so geil zusammen, die könnt ich sofort ficken, weil mein Bruder ein Pudel im Bett ist.
Aber das tu ich nicht, weil mein Bruder ein lieber Junge ist.
Und dann hab ich das mal erzählt meinem Alten, was das Buch Wolli Indienfahrer meint.
So hab ich das nun überhaupt nicht gelesen.
Und meine Mutter erzählt, wie sie mich lieb hat.
Und dann hast du dich nicht gerade gemacht, was dein Sohn sagt? Da hast du nicht gesucht?
Da hätte ich in jeder Ecke gesucht, was mein Sohn sagt.
Und dann hab ich meinem Vater gesagt, was ein Entwicklungsroman ist.
Was sich in der Sprache verändert hat.
Linda:
Ich hab dich so gerne, Hubert.
Ich geh auf alles ein, was du gerne möchtest.
Wolli:
Natürlich.

Linda:
Ja, natürlich.
Wolli:
Ich bin und du hängst an mir.
Und jedes Interesse, das ich hab, das kannst du teilen oder nicht teilen.
Wir sind zwei Sterne, die zusammengeknallt sind.
Aber es muß immer drin sein: Alles, was ich mach, ist richtig.
Und wenn ich auch kein Recht hab, wenn ich falsche Sachen mach: Ich hab immer recht.
Meine Sachen sind immer richtig gegen meine Frau.
Mein Leid kann ich alleine tragen.
Und wenn ich dir auf die Fresse hauen will, weil es in meiner Hand juckt und es ist einfach geil, wenn ich ne Backe klatsche, dann ist das richtig.
Nur dann bin ich dein Mann.
Nur dann bist du glücklich.
Nur dann bist du reich und lebst gut.
Und dann bist du glücklich mit mir zusammen.
Nur dann.
Und das ist richtig, wenn du dann im Bett liegst, mit dicken Bakken.
Ein wunderschöner Wolli hat seine göttlichen Hände verschwendet auf meinen Schweineschädel.
Wenn du so tief denkst, dann liebst du mich.
Und so soll eine Frau denken zum Mann.
Und nie anders und nie anders und nie anders.
Linda:
Das kommt noch so weit.
Wolli:
Ich kann mich selbst kränken.
Kein Mensch kann mich mehr kränken als ich selbst.
Ich muß keine Kränkungen haben von so einer dusseligen kleinen Blankeneser Haushaltsfotze.
Was du mich kränken kannst, da ist so viel weniger als was ich mich kränken kann.
Wenn du mich kränken kannst, dann kränk mich richtig.

Du kannst mich gar nicht kränken.
Du kannst mich übern Kopf streichen.
Du bist ja dein freier Mensch.
Wenn du dazu keine Lust mehr hast, dann mach dein eigenes Ding.
Jedenfalls solange du mit mir zusammenlebst, solange kann es hier Schwalben geben.
Und wenn ich sag: Leg dich auf die Erde hin und mach das Maul auf, ich will reinpissen und wenn dann ein Tropfen vorbeigeht, dann gibts ne Schwalbe, dann geht kein Tropfen vorbei.
Ich mach alles was du willst.
Ich mach alles, was du willst.
Nun küß mal ein bißchen.

Es endete sehr dramatisch.
Wolli schon im Nachthemd.
Immer noch vollgepängt.
Linda nur Reizunterwäsche an.
Der endlose Wolli-Abschied.
Erst noch in die Bibliothek – die Hälfte schon in Kisten.
Dann im Treppenhaus des kleinbürgerlichen Etagenhauses am Rande von St. Pauli.
Immer noch ein Zungenkuß des Normalen in den Schwulen rein.
Linda in Reizunterwäsche oben weinend. 5. Stock.
Jäcki, ich liebe dich.
Wolli im Pyjama, vollgepängt hinter Jäcki her. Dritter Stock.
Jäcki, du bist mein Einzigster.
Linda im 4. Stock.
Jäcki du bist mein Bruder.
Wolli, zweiter Stock.
Jäcki, ich liebe dich.
Linda:
Jäcki, ich liebe dich.
Wolli Erdgeschoß.
Mein Jäcki.
Costa Rica, dachte Jäcki.
Zungenkuß.
Minutenlicht.
Tür zu.

VI

Lustverlust
Ansichten eines alten Manns
1972–1982

1972

Ja, also ich bin über den Hauptbahnhof gegangen, habe geguckt und geguckt, habe auch etwas gesehen, was mich interessierte; aber meine innere Angst und gewisse Hemmungen unbekannten.. vor dem Unbekannten und vor einer gewissen Gefahr, haben mich also doch davon abgehalten, eben auf diesen Typ zuzusteuern, der mich interessierte. Und alle übrigen, die waren entweder bekannt für – obwohl harmlos. Ich wäre also ohne weiteres zu meinem Ziel gekommen, gegen dreißig Mark oder so, aber sie waren für mich schon nicht mehr interessant, weil sie nicht mehr neu sind. Und das ist eben leider Gottes gerade bei mir das Handicap, die Unmöglichkeit, sich an eine bestimmte Person zu binden, zu fixieren, und das hat mich auch mein ganzes Leben verfolgt. Als ich jung war, war die Möglichkeit, einen festen Freund zu finden noch viel wahrscheinlicher, als es eben jetzt mit sechzig Jahren der Fall ist. Und den Idealismus, einen festen Freund zu finden, habe ich längst aufgegeben.
Und dann bin ich vom Hauptbahnhof nach St. Pauli gefahren und bin in die Sexmesse gegangen und dann gleich hindurch zu den Filmen, die mich außerordentlich angeregt haben, und anschließend bin ich dann durch alle möglichen Lokale gezogen und ohne jeden Erfolg. Dort etwas getrunken, dort jemanden eingeladen, dort getestet und nicht das gefunden, was ich mir vorstellte als Partner. Dann bin ich um zwei mit der Taxe nach Hause gefahren.

Ein sehr kräftiger, breitschultriger, dunkler Typ, mit Koteletten, recht gut aussehend, figürlich schon vielleicht nicht mehr ganz jung. Aber mein Bekannter, der dabei war, der sagte: Um Gottes willen, mach dich nur nicht an den ran, also der sieht ja ausgesprochen asozial aus! – Na, ja, und dann bin ich immer sehr leicht beeinflußbar und ich habe es also nicht getan. Nachher hab ich es bereut. Ich dachte, vielleicht wäre es doch ganz nett geworden und es wäre vielleicht gar nicht gefährlich gewesen. Seltsamerweise, nachdem der Paragraph entschärft worden ist, ist in den Lokalen viel weniger los als damals, als alle diese Lokale ständig durch Polizeikontrollen überwacht wurden.

In Parks trau ich mich eigentlich nicht hinein. Das wäre ja denn auch nur nachts und das tu ich nicht. Und Lokale, da bevorzuge ich also »Flamingo« und »Lorelei«, »Laubfrosch« und »Exquisit«. »Exquisit« ist bei weitem das beste, das sauberste und allerdings auch das teuerste.
Ich meine, es gibt auch andre Wochenenden, an denen ich auf Anhieb großen Erfolg habe. Ich meine nicht »Erfolg« im Sinne von Persönlichkeit und Geld, sondern »Erfolg« im Sinne des Partners, des netten . . und . . Partners.
Vierzehn Tage vorher zum Beispiel habe ich jemanden im »Flamingo« kennengelernt, der absolut kein Geld haben wollte, mit dem war der Abend wundervoll in jeder Weise. Seelisch gesehen eine Befriedigung, körperlich eine Befriedigung und es hat mich nichts gekostet. Obwohl ich also immer unter dem Druck stand, irgend etwas stimmt da nicht, denn wenn in meinem Alter sich mir jemand nähert und noch dazu mich anspricht und nachher sagt: Nein, ich will nur etwas erleben. Ich habe Pech mit meiner Freundin oder Verlobten gehabt. Das kostet kein Geld! – Und dann bin ich also sehr ängstlich und denke also, da steckt etwas besonders Geheimnisvolles hinter – und so war es . . es war nicht so. Aber zuletzt, als wir denn uns angezogen hatten und das Zimmer verlassen wollten, da schlug mir der junge Mann, so 25, sehr gut angezogen, kurzes, blondes Haar, mit der Hand gegen die Brust aus Spaß und auch aus Zärtlichkeit und ich riß meine beiden Hände, Arme hoch, um mein Gesicht zu schützen.

Wenn man mit einem öfter zusammen ist und ihm Vertrauen schon entgegenbringt, dann ist der Geschlechtsverkehr natürlich bedeutend angenehmer, nur das Überwältigende fehlt natürlich bei den späteren Malen, weil einem der Körper dann schon bekannt ist.

Ich werde sechzig Jahre alt in diesem Jahr.
Ich bin Angestellter in einer Versicherungsgesellschaft und habe keine Angehörigen zu versorgen und kann also gut leben, ohne mir also Extravaganzen leisten zu können.
Ich verdiene Brutto 1900 Mark.
Für Miete bezahle ich 170 rund.
Die Arbeit ist nicht allzu schwierig – sie ist Routinesache.
Sie ist aber auch nicht so, daß sie mir Freunde bringt.
Ich tue auch nicht allzuviel, um mich zu kaschieren.
Die Möglichkeit besteht ja vielleicht doch, daß man also glaubt, ich habe Erlebnisse mit Frauen vielleicht.
Immerhin war ich verheiratet und habe also auch aus meiner Ehe im Laufe der Jahre meinen Kollegen Einzelheiten erzählt, aber so ganz sicher bin ich nicht, ob sie mich nun für völlig hs halten.
Aber wir sprechen öfter über andre in der Firma und es fällt also nie ein böses Wort, sondern eben nur von intoleranten Menschen, insbesondere also älteren Frauen, die sich also bis zu Äußerungen versteigen: Sowas hätte man.. Sowas hätte Hitler schnell noch vergasen sollen!
Eine Führungsposition werde ich in meinem Alter nicht mehr erreichen, auch nicht auf Grund meiner Leistungen. Ich bin da mit Ende 40 hineingeschleudert worden und so ist das alles mehr bruchstückhaft geblieben und so wie ich jetzt dort bin, so werde ich wohl auch die letzten Tage meines Arbeitslebens erleben, ohne weitere Verbesserungen oder wesentliche Gehaltserhöhungen. Nein, das liegt alles nicht mehr drin, aber ich bin froh, daß ich überhaupt eine Tätigkeit hab und daß ich in all den Jahren die Firma nicht gewechselt habe.
Es ist manchmal eine ziemliche Streßsituation, der ich nicht mehr so gewachsen bin wie vor Jahren und die mich also

manchmal ziemlich nervös macht und mir Magenbeschwerden verursacht.
Manchmal aber ist es weniger hektisch.
Das Entscheidend-Unangenehme ist die Arbeit im Großraum.
Der Krach.
Die optische Ablenkung, die also einen täglich.. die einen täglich Nerven.. die einen täglich Nerven kostet.
Weniger die Arbeit.
Aber das Drum und Dran.
Das Gerede.
Das Klappern der Maschinen.
Und das war ja alles früher, als wir noch nicht in einem Großraum waren.. fiel weg, war nicht vorhanden und machte die Arbeit.. war nicht vorhanden und machte die Arbeit wesentlich leichter.
Ich glaube auch nicht, daß ich unbeliebt bin. Ich bemühe mich ein guter Kollege zu sein und ich glaube, ich bin da im wesentlichen ganz beliebt.
Wenn ich also morgens Magenschmerzen habe und mir schlecht ist, dann feiere ich mal ein oder zwei Tage krank.

Ferien, ja, meist in südlichen Ländern.
Ich versuche ein Mittelding zu schaffen zwischen Kultur und Sex.
Nordafrika ist also für homoerotisch veranlagte Menschen ein.. praktisch man kann sagen, ein Paradies, denn dort spielt das Alter keine Rolle.
Ja, erstens habe ich keine Hemmungen dort.
Zweitens keine Kontaktschwierigkeiten und finanziell gesehen ist ein Abenteuer dort.. fällt überhaupt nicht ins Gewicht und ich habe auch schon erlebt, daß ein junger Student ganz böse reagiert hat, als ich ihm Geld angeboten habe.
Nun, sagen wir mal, ich habe einen Menschen, einen Typ erspäht, der mir liegt in einem normalen Lokal und versuche nun und unter dem Alkoholgenuß vielleicht etwas leichtsinnig ge-

worden.. entdecke mich ihm und was ich gern möchte, dann kann ich also damit rechnen, daß ich geschlagen werde oder daß er zum Schein darauf eingeht und mich hinterher beraubt oder schlägt oder so etwas und von diesen Gedanken gehe ich in Tunesien beispielsweise überhaupt nicht aus.
Und es ist auch schon gewesen, daß ich also sozusagen für die ganzen Urlaubswochen einen Spezi hatte, mit dem ich mich täglich traf.
Lediglich in Italien ist es mir früher mal passiert, daß ich gewürgt worden bin und daß man mich berauben wollte.
Nein, ich kann nicht sagen, daß ich sonst Opfer irgendeines Angriffs geworden bin.

Ich habe eine Einzimmerwohnung, Bad und bin also sehr zufrieden.
Ich hätte gern eine Zweizimmerwohnung, aber das würde ja dann auch die laufenden monatlichen, festen Kosten erhöhen.
Nein, ich bin nicht besonders eingerichtet.
Ich bin einfach eingerichtet.
Aber ich finde es gemütlich und sauber.
Ich würde auf eine komfortable Einrichtung und eine Zweizimmerwohnung bewußt sparen, wenn ich heute, sagen wir mal, 35 oder 40 Jahre alt wäre.
Es sind keine besonders ausgewählten Stücke.
Es ist praktisch Dutzendware.
Ich habe keine großen Kontakte zur Nachbarschaft – also schon gar keinen persönlichen Verkehr.
Ich grüße.
Ich werde gegrüßt.
Ich gehe, wenn mal irgendwas Besonderes ist, was alle Mieter betrifft, zu meinen Nachbarn und bespreche das mit ihnen.
Das kommt aber nur selten vor.
Räucherlachs auf Toast, Kaviar oder ein gutes Wiener Schnitzel oder gute Fische, Kochfische, Forellen und so weiter.
Das ist sozusagen erblich.
Meine Mutter hatte diesen Wunsch auch immer, gut zu essen.

Ich habe zwar nicht besonders viele Kleiderstücke und auch nicht besonders wertvolle, aber meines Erachtens kleidsame und saubere Kleidung und lege großen Wert darauf, korrekt gekleidet zu sein, was also nicht gleichbedeutend ist mit Krawatte und dunklem Anzug.
Am liebsten trinke ich Bier.
Zu Feiertagen Champagner oder eine gute Flasche Wein.
Ich habe früher sehr viel gelesen.
Ich war ein ausgesprochener Bücherwurm.
Aber jetzt.. ich muß sagen, das ist der unheilvolle Einfluß des Sex, der einen aushöhlt.
Dazu bringe ich nicht mehr die Konzentration auf.
Abgesehen vom sexuellen Bereich ist auch der Arbeitstag doch so schwer, nervlich gesehen, daß ich abends nicht mehr dazu komme, bewußt und konzentriert Bücher zu lesen und schon gar nicht nach einem bestimmten Bildungsplan.
An die Stelle des Buches ist – vielleicht leider – der Fernseher getreten und ich sehe nun zwar nicht hemmungslos alles und jedes, aber doch fast jeden Abend etwas, also bis halb zehn oder zehn, nicht immer, aber doch fast immer.

Ich würde gern ins Theater gehen, wenn ich einen Freund hätte, der mitkäme.
Allein kann ich mich selten aufraffen.
Aber es ist ein ausgesprochener Minderwertigkeitskomplex bei mir, daß ich nicht öfter ins Theater gehe.
Ich bin auch jedesmal, wenn ich gewesen bin und das richtige Stück gesehen hab, tagelang noch begeistert und halte mich daran fest.
Eine Großvaterseele sucht eben keine Großvaterseele.
Und ein Freund müßte also wesentlich jünger sein als ich und das ist wohl nur ein großer Zufall, denn es gibt wenig homoerotisch veranlagte Menschen, die ein ausgesprochenes Faible haben für ältere Menschen.
Es brauchte gar kein Freund zu sein, der auch körperlich für einen da ist.

Das ist gar nicht so sehr ausschlaggebend.
Obwohl das natürlich das Ideale wäre.
Ja, also einer der nettesten, das ist der Eddie.
Der hat nun alles hingeschmissen, der geht nun nur noch anschaffen, hat keine Wohnung mehr.
Und das tut mir so leid, dem kann ich ja nun auch nicht helfen, der ist ja auch selbst schuld daran.
Aber so anständig und immer sauber, obwohl er sich doch nur auf den Bahnhöfen wäscht und rasiert.
Ich bin ein paar Mal mit ihm zusammengewesen und dann sagt er, ob er nicht mal bei mir über Nacht bleiben könnte, und da sag ich:
Nee, weißt du, das mag ich nicht. Da kann ich die ganze Nacht nicht schlafen, wenn da ein Fremder ist.
Ich habe vorigen Sonnabend im »Exquisit« einen kennengelernt, der stand direkt auf alt.
War verheiratet.
Im letzten Moment glaubte ich noch, als er sich vor die Tür stellte: Jetzt lauf ich in eine Falle! –
Aber da hat er mich denn nur hergenommen und gesagt: Wenn du jetzt deine Pelzmütze aufhast, dann siehst du doch nicht aus wie ein alter Mann. Hab doch keine Komplexe!
Und hat mich noch mal richtig abgeküßt.
Ich dachte, er macht einen Witz.
Aber es ist wahr und dabei geht er sonst in'n Puff.
Er wollte sich nicht verabreden.
Das sind Einzelerscheinungen, sagt er.
Der kleine Ali hat mir sogar Datteln geschickt.
Die sind im Lande ganz nett.
Aber wenn sie dann kommen, hat man sie wochenlang auf dem Hals und sie gehen dann mit einem gar nicht mehr ins Bett, weil sie Mädchen haben.
Aber man muß sie durchfüttern.
Die Zeiten, in denen ich auf Annoncen geschrieben habe, die sind längst vorbei, denn die Resultate waren so katastrophal.
Ich habe sehr viel Negatives, sehr viel Schreckliches in meinem Leben durchmachen müssen und alle diese Erlebnisse, die ma-

chen einen doch ein bißchen furchtsam und wenn man solche Entschlüsse fassen sollte und müßte, die vielleicht das Leben entscheidend ändern können, daß man also für einen Zweiten sorgen müßte und sich dessen Sorgen aufladen müßte, das läßt mich dann resignieren.
Dann sag ich mir, lieber problemlos mehr oder weniger dahinvegetieren, als mich in dem Alter noch mit Sorgen oder Problemen beladen.
Wer weiß, welche gesundheitlichen Probleme noch auf mich zukommen und zu denen ich meine Kraft brauche.
Und die Lokale, in denen fast nur alte Menschen verkehren, die gibt es ja auch und die hab ich ja auch besucht.
Ja, da packt einen das Grausen vor diesen uralten Männern so, daß man sich also schüttelt.
Also ich habe fast flehentlich um die Telefonnummer gebeten und um einen neuen Treffpunkt und in beiden Fällen wurde mir gesagt: Nein, das ist hier nur ein Ausnahmefall. Wenn man sich mal wiedertrifft und die Situation ähnlich gelagert ist wie heute abend, dann gern. Aber völlig unverbindlich.
Die heutige Gesellschaft ist derart altersfeindlich und empfindet eine derartige Verachtung für das Alter.
Das merkt man ja nicht nur auf dem Sektor der Homoerotik.
Das merkt man ja in jedem Verkehrsmittel.
Die Jugend fühlt sich derart selbstsicher und wenn man sagt:
Du wirst eines Tages ja auch mal alt sein! – Dann kriegt man die patzige Antwort: Heute bin ich's aber noch nicht.
Ich glaube, viel schlimmer kann es gar nicht kommen.
Valium.
Wenig.
Aber fast regelmäßig eine.
Ich werde ein Frührentner sein.
Ich will Bücher lesen, systematisch.
Da ich sie nicht mehr anschaffen will und das Geld dafür ausgeben will, weil ich es in dem Alter für überflüssig halte, werde ich mir also eine Leihbibliothek aussuchen und mir Bücher, insbesonders archäologische Werke, auch geschichtliche Romane, gute, ausleihen und lesen.

Dann werde ich viel spazieren gehen und werde versuchen, wenigstens einmal in der Woche schwimmen zu gehen und mich körperlich, also so weit das möglich ist, fit zu halten.
Wovor ich mich fürchte, ist, daß ich also herumgeistern könnte.
Ich sehe viele solcher Typen auf Toiletten, in Parks, weil man ja denn viel Zeit hat.
Das will ich versuchen, auf jeden Fall zu vermeiden oder mindestens zu beschränken.
Aber nicht, daß ich bewußt dorthin fahre oder beispielsweise Nächte im Stadtpark verbringe oder so etwas.
Wenn ich aber eine Krankheit bekomme, die mich so belastet, daß ich bettlägrig bin, dann möchte ich also so schnell wie möglich sterben.
Aber ich glaube, auch hier hätte ich nicht den Mut, mich mit einem Schlafmittel aus der Welt zu schaffen.
Ich fürchte es manchmal, aber dann lasse ich die Überlegung sprechen und sage mir: Es ist das Natürlichste von der Welt, genauso natürlich wie die Geburt, und warum soll man sich davor fürchten.
Irgendwelche Erwartungen für die Zeit nach dem Tode hege ich nicht.
Ich bin also absolut ungläubig.
Ich glaube nicht an ein Weiterleben nach dem Tode, weder an die Auferstehung des Fleisches noch an ein Weiterexistieren der Seele.
Und ich sage mir mit – ich weiß nicht, wer es gesagt hat – Epikur, glaube ich: Solange wir da sind, ist der Tod nicht da; wenn der Tod da ist, sind wir nicht da. –
Das ist eine kleine Täuschung.
Hab meine Flasche russischen Sekt getrunken.
Kaviar und Lachs.
Und meine Kerzen angebrannt und sehe noch ein bißchen in die Röhre.
Der Libanese war also so brutal.
Also ich habe gebrüllt.
Ich hatte gerade noch Zeit, mich einzucremen.

Er war ja auch ziemlich unverschämt.
Also nicht gewalttätig.
Er wollte handeln noch und noch.
Er wohnt ja hier wohl schwarz und hat keine Aufenthaltserlaubnis.
In diesem Zimmerchen.
Es ist ja katastrophal, wie er da lebt.
Schmerzen in der Stirn.
Seitlich Neuralgien.
Fieber hab ich nicht.
Bei dem Türken war ich noch nicht.
Das Wochenende hat mich so 150 Mark gekostet.
Es wird ja alles teurer.
Aber ich will Freitag nächster Woche hin, wenn es Gehalt gegeben hat, in das Wohnheim fahren.
Dieser Kaufmann aus Hannover, der plant eine Reise nach Martinique. Der sagt, das soll ganz sagenhaft dort sein, die Neger dort und die Einheimischen.
Emil fliegt wieder nach Bangkok. Da sind alles solche Siamkatzen.
Mein andrer Bekannter ist aus Thailand zurückgekommen. Das sei zauberhaft dort. Die Jungen streichen dem alten Mann unablässig über den Bauch und sind ganz begeistert über die Speckfalten. Ob die wohl an Buddha dabei denken?
Neulich war ich mit einem Mörder zusammen.
Das hab ich aber erst hinterher erfahren. Richtiger Schlägertyp, war aber ganz sanft im Bett. Ganz prima. Kein Reinfall. Ist gefürchtet überall – nur in Zuhälterkreisen.
Die Freier, wenn sie bezahlen . . wird er wohl anständig . . sein.
Ich war in der Sauna Speckstraße und dann anschließend . .
Bin um 12 nach Hause gekommen.
Aber erlebt hab ich nichts.
Für die Sauna an der Alster bin ich ja zu alt.
Da kommen also auch hauptsächlich etwas begüterte Selbachtypen.
Alte Menschen wie ich werden da gar nicht erst reingelassen.
Immer weniger los in den Lokalen.

Ich bin schon einen Sonnabend nachts bis halb vier herumgezogen, ohne was zu finden.
Der Syph ist wohl ganz weg.
Ich muß mir morgen gerade wieder telefonisch das Ergebnis abholen.
Also Lues latens – keine Neuinfektion.
Jetzt soll es schon einen Klub geben, wo die Mitgliedskarte 1000 Mark kostet.
Sowas kann sich dann ein Angestellter wie ich überhaupt nicht mehr erlauben und die bildhübschen Burschen sind dann auch für unsereinen vom Hauptbahnhof weg und gar nicht mehr zu erreichen.
Und in den Bars für den Mittelstand ist, seit der Paragraph aufgehoben ist, ja kaum noch was Akzeptables zu finden.
Also in Tunesien laufen die Jungen hinter den älteren Herren her und rufen: Neckermann machts möglich! oder: Hummelhummelsexuell.
Da geh ich nun im Frühjahr in Urlaub und habe mir heute eine Reise gebucht nach Lugano.
Erst einmal hab ich keine Lust nach Tunesien oder so. Ich habe die Fickerei nach drei Tagen randvoll und rundherum satt und diese Burschen, die einen immer nach Hosen und Hemden fragen.
Und Griechenland ist mir zu gefährlich. Da gibt es zwar keinen Paragraphen, aber die machen es dann über ungriechisches Verhalten und sperren die Ausländer ein oder weisen sie aus.
Also diese autoritären Länder, das ist nichts für mich.

Quintessenz im Sinne von »Sinn« oder »Summe« . .
Ach, wie schwer ist das . . ach!
Ja, insoweit als man ja immer das Bedürfnis hat, sich auszusprechen.

1982

Ich komme eben aus El Oumnia zurück.
Also zunächst mal – El Oumnia ist nicht das Land.
Es ist ein modernes Seebad in Nordafrika, das sich nicht von anderen in der Welt unterscheidet, weder was die Menschen betrifft, noch was die Landschaft betrifft.
Die Gebäude sind Betonklötze.
Schön ist die Weite des Strandes, die Weite des Meeres – die herrlichen Spaziergänge, die man am Strand unternehmen kann bis zum Fluß.
Die männliche Bevölkerung, die junge Bevölkerung, ist durch den Tourismus verdorben und kommerzialisiert, wobei ich also nicht sagen will, daß das Kommerzialisieren gleichbedeutend ist mit Kriminalität.
Du könntest ebenso auf Gran Canaria sein oder in Spanien sein.
Es ist also nichts Besonderes.
Aber es ist ein sexuelles Erlebnis, insofern als man dort junge Menschen trifft, die, sexuell zweigleisig, durchaus bereit sind und es nicht nur des Geldes wegen tun, sondern auch aus natürlich angeborenem Sexinstinkt, der sie ständig zu Handlungen treibt. Und zwar so, daß diese jungen Leute, anders als bei uns, ständig den Eindruck machen, geladen zu sein, voll geladen zu sein und potent zu sein.
Und das ist ein Nervenkitzel und deswegen bin ich ja auch hingefahren.
Die ersten Tage hat man den Eindruck, wenigstens ich, daß die jungen Leute allesamt mordshäßlich sind.
Es ist ganz selten, daß man mal ein schönes Gesicht sieht.
Figuren schon.
Nur allmählich gewöhnt man sich daran, daß sie für unser Schönheitsempfinden . .
Also anders sind und dann fällt es einem mit der Zeit nicht mehr auf.
Ja.
Weiter.
Oder?

Zunächst mal das kahle Frühstück, so um neun Uhr.
Dann Strandspaziergang mit meinem Freund Klaus, so halbwegs bis zum Fluß runter.
Dann ging man in die Dünen und da war dann mehr oder weniger sexuelles Treiben.
Man wurde also angesprochen.
Zunächst hatte ich etwas Bedenken und guckte immer auf meine Tasche und dachte, die wär nun in den nächsten Minuten weg, aber da passierte gar nichts, da dachte auch kein junger Bursche daran, die einem wegzunehmen, man war ja auch nicht allein.
Dann ging es um die Zigarette.
Und dann ging es um die Hauptsache und dann verschwand man in die Büsche und das ging dann in wenigen Minuten, man kann schon sagen in wenigen Sekunden über die Bühne.
Es wurde auch geküßt.
Sie küßten auch.
Und dann kam das Kommerzielle und es wurde auch, wie in jedem Souk.. es wurde gehandelt.
20, 30, meist nicht über 30, auch für 10 schon mal, wenn man sagte: Also, ich hab alles ausgegeben. – O.K., auch für 10.
In meinem Alter habe ich es nicht darauf angelegt, es ohne Geld zu machen.
Außerdem taten mir die Burschen leid, denn sie haben ja nichts und ich hatte ja Geld.
Warum sollte ich ihnen nichts geben.
Ich habe es auch nicht auf die andre Tour versucht, mit Einladungen zum Essen oder zum Kaffeetrinken.
Es war mir geistig viel zu anstrengend.
Mein Französisch ist weniger als mittelmäßig und diese Gespräche mit den jungen Burschen laufen ja immer auf derselben Rille.
Wie viele Brüder?
Wie viele Schwestern?
Leben die Eltern noch?
Was machst du?
Was arbeitest du?
Und dann ist Pause.

Das ist mir auf die Dauer zu langweilig.
Überhaupt, wenn das Sexuelle gelaufen ist, dann hatten Klaus und ich immer das Empfinden: Also, jetzt mal abservieren!
Früher war es schon anders.
Da hatte ich dann Briefwechsel im Anschluß an die Reise, über Jahre hinweg.
Ich schickte auch Pakete, Blue Jeans, hatte vorher Maß genommen, mit einem Bindfaden.
Also diese individuellen Vorstellungen sind völlig verkümmert, so weite Pläne hab ich gar nicht mehr. Ich habe nur noch Pläne von heut auf morgen.
Wenn meine Typen kamen, dann war es mir egal, ob ich einen oder drei, wie man so sagt, vernaschte.
Abends habe ich also gar nichts unternommen.
Ich habe wohl Leute kennengelernt, die in die Wälder gehen.
Dazu habe ich mich nicht hinreißen lassen, das war mir zu gefährlich, obwohl es vielleicht gar nicht gefährlich war.
Am Strand gab es verlassene Duschen.
Polizei hab ich nicht gesehen . .
Es gab zwei Leute, die sich als Wächter ausgaben. Nach außen hin sehr höflich. Aber wenn sie kein Geld bekamen, dann spielten sie verrückt.
Also der eine, der die Duschen zu bewachen hatte, der überschritt wohl seine Funktionen. Sobald er einen da sah in dem Bereich, kam er sofort freudestrahlend auf einen zu und wollte Geld und wenn man ihm das dann gab: Tout libre! Tout libre! Alles frei! Fickificki!

Ausgesprochene Homobars in unserem Sinne gab es wohl nicht, wenn man von der Amigobar absieht, die im Guide als solche klassifiziert ist.
Es verkehrten dort internationale Homos.
Ein einschlägiges Hotel ist in der Umgebung.
Dort sind meist ältere Homos aus aller Welt, die sich von den Kasernen und aus den umliegenden Dörfern ihre Burschen holen.

Da soll also des Nachts reger Betrieb herrschen.
Aber dort zu wohnen, hätte ich keine Lust, da käme ich nicht zu meiner Ruhe und zu meinem Schlaf des Nachts.
Das wäre wohl ein zu hektisches Leben für mein Alter.
Dann lernte ich die Holländer kennen.
Ein älterer Herr und ein jüngerer und die haben also mit mehreren deutschen Tunten immer Treffs in der Amigobar arrangiert, in der Abendstunde und haben sich dort wie Tunten, wenn sie sich in Massen zusammenfinden, fürchterlich aufgeführt, haben sich Vorwürfe gemacht, Eifersucht, Geiz, alles Mögliche kam da zum Ausbruch und Ausdruck und das war sehr unschön.
Also eine sogenannte normale Gesellschaft muß entsetzt gewesen sein.
Und dieser jüngere Holländer war unersättlich.
Er war also 14 Tage da und wollte jede Minute ausnutzen und ging ohne Uhr, ohne Geld und ohne Zigaretten in sogenannter Arbeitskleidung nachts in die Wälder und fand auch immer welche, also zwischen drei und zehn Mal.
Ohne Geld.
Es ist allerdings auch schon manchmal schief ausgegangen, daß er ein blaues Auge geschlagen bekommen hat oder Prellungen davongetragen hat, weil er nicht zahlen wollte.
Und das tat er aus Prinzip nicht.
Er sagte: Die wollen ja was von mir, die wollen ja ihr Vergnügen.
Das ist natürlich unlogisch, denn sein Vergnügen war es ja auch.
Die Touristen benahmen sich sehr auffällig.
Das beobachtet man ja überall.
In Las Palmas.
In Mykonos.
Also internationale Tunten, insbesonders nordische, holländische, aber auch deutsche.
Es ist ein lautes Kreischen.
Die Unterhaltung besteht aus lautem Kreischen.
Jeder will der erste sein.
Dann kommt Schwanzneid dazu.

Dann die Vorwürfe ständig: Ihr zahlt zuviel! Ihr zahlt zuviel! Ihr verderbt die ganze Gegend hier!
Und dann werden auch die Abenteuer erzählt und auch sehr häufig übertrieben.
Und dann sind ja viele Homos extrem geizig und bei Sexerlebnissen ist es ja geradezu ein Wettbewerb, sowenig wie möglich zu zahlen.
Damit brüsten sich die meisten.
Also Freundespaare im sexuell ausübenden Sinne habe ich nicht getroffen.
Wohl Freundespaare, die aus gleichen Gründen gereist waren wie mein Freund Klaus und ich.
Die sich nur so zusammengeschlossen haben, um nicht allein zu reisen.
Die benahmen sich nicht anders als Einzelreisende.
Die suchten auch soviel wie möglich Abenteuer zu erleben.
Freundschaften, die auch sexuell intakt sind, habe ich in El Oumnia nicht erlebt, weder Weihnachten noch im März.
Es gab ein altes deutsches Liebespaar.
Die fingen immer an zu kabbeln.
Oder andre kritisch zu beurteilen.
Sie waren etwas mimosenhaft, im übrigen aber ansprechbar, also nicht so, wie ich es auch schon gefunden habe, gerade bei deutschen Tunten, daß sie überhaupt keine Auskunft gaben, daß sie reserviert an einem Tisch saßen, daß sie reserviert an einem Tisch saßen.
Sie wollten auch gar nicht zu erkennen geben, daß sie Deutsche sind.
Also die hier, das alte deutsche Liebespaar, dieser Jean Marais, wie ich ihn nannte, und sein älterer Freund, die waren zugänglich, aber sie waren auch scharf in der Kritik und verurteilten einerseits das laute Getue, meistens wurden die Stimmen dann immer lauter, je mehr sich einer durchsetzen wollte, das verurteilten sie, taten es aber dann am nächsten Tag genauso oder noch schlimmer.
Einige Deutsche haben sich in El Oumnia fest angesiedelt.
Andre hat man dann auch wieder ausgewiesen.

Weihnachten habe ich in dem einschlägigen Hotel außerhalb einen alten Deutschen kennengelernt. Er hatte außerordentlichen Mut.
Er hatte schon einen Schlaganfall gehabt.
Er wohnte monatelang dort und hatte sehr gute Beziehungen zu den jungen Burschen aus den Dörfern und aus den Kasernen, die ihn also besuchten, er war Mitte siebzig, für sehr wenig Geld und der schilderte also die Situation in diesem Hotel.
Es waren sehr viele ältere und alte Herren da und zwar Dauergäste oder zumindest Wiederkehrer, die dort ihre Rente verzehren. Vor allem Deutsche.
Klaus bedauerte, daß es heute eine gewisse erotische Stimmung der Hitlerjugend, der Nazizeit nicht mehr gebe.
Und ich stimme ihm zu.
Das erotisch geprägte Kameradschaftsverhältnis zwischen dem älteren Führer, also nicht alten Führer, sondern dem älteren Jungen und dem geführten Jungen.
Verbunden mit Lagerleben, Sport und kurzen Höschen.
Ultrakurzen Höschen, die es ja heute leider .. die heute leider .. die heute leider fast ganz aus der Mode entschwunden sind, mit Ausnahme von Strandhosen, aber in den Straßen werden ja heute von der Jugend Jeans getragen und nicht mehr die kurzen Hosen und das war ja das äußere Erscheinungsbild in der Nazizeit beim Jungvolk und bei der Hitlerjugend, die kurzen Hosen, die also nicht kurz genug sein konnten.
Auch mit dem Haarschnitt.
Es gab damals ja nur diese Streichholzlänge, kurzgeschnittenes Haar, im Gegensatz zur heutigen Jugend, die zum Teil ja ziemlich langes Haar trägt.
Auf Schloß Elmau begegnete mir einmal der Leipziger Schriftsteller Erich Ebermeyer und sein Freund Dolf mit dem Gruß:
Ein fesches Heil Hitler, meine Herren!
Also vieles in der Nazizeit entsprach dem Homoideal.
Die Jugend war straff geführt.
Und zumindest im äußeren Erscheinungsbild erotisierend.
Und von der Tendenz der Abwertung der Homosexuellen war ja zunächst nicht allzuviel zu bemerken.

Ich war in der SA und habe überhaupt keine Ahnung gehabt, daß man in dem Fall, daß man da auffallen würde, in ein Konzentrationslager kommen könnte.
Ich wußte, es ist strafbar.
Ich wußte, man muß vorsichtig sein.
Aber das habe ich erst später erfahren, daß Leute meines Schlages mit Rosa Winkel im KZ herumlaufen würden und eventuell in der Gaskammer enden könnten.
Davon hatte ich keine blasse Ahnung.

Meine frühesten Erinnerungen stehen alle im Zusammenhang mit der Liebe.
Die mir meine Eltern und meine Verwandten entgegengebracht haben.
In der Schulzeit, so ungefähr zur Zeit des Konfirmandenunterrichts und ausgerichtet auf.. in gleichgeschlechtlicher Hinsicht, ohne es zu praktizieren.
Aber ein hübscher Schulkamerad konnte mich derart packen, daß ich mich also nicht traute, vor der Turnstunde mich auszuziehen – also 1926 etwa – weil ich einen Ständer hatte.
Und das wurde auch häufig belacht.
Das war schon zu einer Dauererscheinung geworden.
Ich erinnere mich an ein Vorkommnis mit 14 Jahren, als ich Komplexe bekam wegen Onanierens und der Pfarrer im Konfirmationsunterricht uns schwere Strafen androhte, wenn wir so etwas täten, Rückenmarksschwindsucht und Gedächtnisverlust und ich erinnere mich ganz deutlich an eine Nacht, als ich es vor Selbstquälerei und Selbstvorwürfen nicht mehr aushielt und dann klingelte.
Ich hatte eine Klingelleitung von meinem Zimmer zum Schlafzimmer meiner Eltern. Meine Eltern kamen herbeigestürzt. Da sagte ich, Mutter möchte rausgehen und ich wollte mit Vater allein bleiben und da hab ich ihm dann alles gebeichtet und da hat mir mein Vater die ganze Angst genommen, indem er sagte: »Mein Junge, das ist ganz natürlich in dem Alter. Sieh nur zu, daß du's nicht zu häufig tust. Aber schädlich ist das nicht.«
Das war mit einem Schulfreund, einem bildhübschen, kräftigen,

blonden Jungen, dem ich Nachhilfeunterricht in Deutsch gab und mit dem ich mich küßte. Wir haben uns sehr gern gehabt. Wir sind sogar untergehakt spazierengegangen und haben uns auch ab und zu einen Kuß gegeben. Aber weiter sind wir nicht gegangen.

Ich kann nicht sagen, daß ich darunter gelitten habe, daß ich so bin.

Also ich erinnere mich noch sehr gut an einen Urlaub, einen Ferienaufenthalt in Oberbayern, da war ich siebzehn oder achtzehn und da lernte ich einen Jungen von vierzehn kennen, der also auf diesem Gebiet schon als Pfadfinderjunge viel weiter war als ich, was die Praktiken betraf, und da haben wir es also am Bach und im Boot und im Bett und überall getrieben, ohne große Hemmungen zu haben. Andrerseits, wenn Ältere was von mir wollten, was im gleichen Urlaub der Fall war, dann rannte ich also voller Angst davon.

Später war ich nicht allzusehr aktiv und ich war auch sehr vorsichtig im allgemeinen und wenn irgendwelches großes Risiko . . zu entdecken war oder möglich war, dann habe ich das lieber unterlassen.

Ich habe mich da also nicht an Leute, die sich nicht dekuvrierten, herangewagt.

Bei der SA – und ich war ja zunächst im Stahlhelm, da kann ich keinen einzigen Fall nennen.

Der Fall Röhm wurde nicht diskutiert.

Aber über die Neigungen Röhms war ich unterrichtet und wußte auch über seinen Adjutanten Graf Spreti Bescheid. Aber die Affaire Röhm in ihrem Umfang und in ihrer politischen Bedeutung, die habe ich damals nicht übersehen, als der Mord passierte in Bad Wiessee.

Da war ich schon bei der SA.

Ich wußte, daß es strafbar war und das ist es immer gewesen.

Von Jugend auf mußte ich ein Doppelleben führen und mich vorsehen, um nicht aufzufallen, vom Elternhaus aus, über die Schule, bis in die Nazizeit hinein und ins Studentenleben!

Ich habe unter den Studenten und unter den Mitgliedern des Stahlhelm überhaupt keine sexuellen Beziehungen gehabt.

Ich habe immer nur außerhalb, in den Parks, auf den Klappen oder durch Zufall in den Lokalen kennengelernt –
Ich weiß jetzt nicht mehr, wie ich den Satz angefangen habe.
Also diese Beziehungen habe ich nur dort erworben.
Parks, Saunas, Klappen funktionierten nach 33 auch.
Ganz besonders in Berlin, während der Kriegsjahre in der Verdunkelungszeit.
Ich habe da viele Parties mitgemacht in Berlin, mit Ausländern in Atelierwohnungen.
Es gab ja auch Lokale, die waren nicht verboten.
Und ich erinnere mich, ich kann jetzt nicht sagen, ob das nach 45 war oder in den Hitlerjahren, an eine Sauna in Berlin, wo es so zuging, wie jetzt hier in gewissen Saunen, hier in Hamburg.
Aber vielleicht war ich auch auf Grund meiner Jugend weniger vorsichtig als im Alter und ich erinnere mich also, daß ich ziemlich hemmungslos, auch in der Nazizeit, in meine möblierten Zimmer junge Burschen mitgenommen habe.
Ich hatte ja kein Geld, um in eine Absteige zu gehen, damals.
Natürlich, es waren Prozesse, es wurde debattiert und polemisiert gegen die »Rosa Bubis« und sie wurden als zweitklassig behandelt und auch in keiner Weise toleriert.
Aber ich war ständig in solchen Lokalen und ich erinnere mich auch nie, in eine Razzia gekommen zu sein.
Das änderte sich dann einige Zeit nach der Machtübernahme und ich weiß, daß ich dann sehr vorsichtig war mit festen Bindungen, also auch zu Parties nur ab und zu mal ging, weil es sich herumgesprochen hatte, daß in diesen Kreisen sehr viele Zuträger zu finden sind, auch in Lokalen, Zuträger, die das an die Gestapo oder an die Polizei weitertrugen.
Allzuviele Gedanken machte man sich eigentlich nicht, weil, wie gesagt, davon wußte ich nichts, daß man mit KZ rechnen muß, wohl mit Bestrafung, aber mit KZ, das wußte ich nicht.
Ich habe mal mit einem Hitlerjungen, mit zwei Hitlerjungenführern ein Erlebnis gehabt und das eine ging schief aus.. schlecht aus und bestimmte den beruflichen Werdegang entscheidend.
Das war so:
Als Referendar bei der Staatsanwaltschaft lernte ich in Kiel, ich

glaube, es war ein Bannführer .. kennen und fuhr mit ihn .. mit ihm an den Strand, an den Ostseestrand zum Baden und nahm ihn dann anschließend in mein möbiestes .. ihn in mein möbliertes Zimmer.
Ich hatte also, vielleicht auch unter dem Einfluß des Alkohols, das weiß ich nicht mehr genau, und gab also meine negative Einstellung zum Nazismus preis und verunglimpfte also Baldur von Schirach, den damaligen Reichsjugendführer und außerdem küßte ich den Jungen auf den Mund.
Sonst ist nichts passiert.
Er wehrte ab.
Und der Bannführer erzählte das seinem Vorgesetzten und das wurde ein Verfahren .. es wurden zwei Verfahren gegen mich eingeleitet wegen Paragraph eins, Heimtückegesetz, also Verleumdung des Reichsjugendführers und wegen Paragraph 175 a, Versuch.
Und dann habe ich mir einen Anwalt genommen, daß diese beiden Verfahren wegen Geringfügigkeit eingestellt wurden.
Und diese beiden Verfahren machten es mir unmöglich, den juristischen Vorbereitungsdienst weiterzuführen, allerdings mußte ich meinen Austritt aus der Justiz erklären und habe aus diesem Grunde mein Assessorexamen nicht machen können.
Als ich in der amerikanischen Kriegsgefangenschaft war, da gab es ganze Kompagnien, die es hemmungslos miteinander trieben. Das hing immer vom Leiter einer solchen Gefangenenkompagnie ab. Ich selbst fiel in meiner Kompagnie dadurch auf und kriegte dann allerdings keine Anzeige bei der amerikanischen Verwaltung, aber ich wurde meines Postens enthoben – das war so ein schöner Druckposten in der Inneren Verwaltung.
Ich bin praktisch geheiratet worden von einer Studienkollegin, die drei Jahre älter war und mich liebte.
Erektionen hatte ich ohne weiteres und es war auch nicht so, daß es mir Ekel brachte.
Das nicht, nur ..
Die Ehe würde wahrscheinlich noch bestehen, wenn diese Frau toleranter wäre.
Ich habe es ihr vor der Ehe gesagt und habe sie auch gewarnt.

Das stachelte sie aber noch mehr an und auf, mich zu heiraten, um mich zu heilen.
Und sie hat mich auch, auf ihre Kosten, zu einem Psychiater gebracht, zu einem Psychotherapeuten in Berlin.
Nach sieben Sitzungen habe ich es als lächerlich empfunden und bin nicht mehr hingegangen. Ich hab ihm mal gesagt: Wenn Sie mich heilen würden, was ich für unmöglich halte, deshalb würde ich doch nicht zu meiner Frau zurückkehren.
Sie ließ mich beobachten und zeigte mich bei der Polizei in West-Berlin an wegen eines Verhältnisses mit einem jungen Studenten.
Und als ich das erfahren hatte, habe ich sofort die Scheidung eingereicht und das ging dann auch sehr schnell.
Die Polizei damals war so tolerant und hat sich phantastisch benommen:
Sie brauchen auch nicht zu sagen, wer Ihr Partner war; aber können Sie uns versichern, daß er über 21 war? – Sag ich: Ja, das war er. – Dann geht uns das Ganze nichts mehr an. Verzichten Sie auf eine schriftliche Mitteilung der Einstellung? – Sag ich: Ja. – Dann ging ich also.

Was mir am widerlichsten in der Nazizeit war, das war die Knebelung des Geistes. Ich weiß noch, daß ich mich unheimlich aufgeregt habe, als man Thomas Mann die Ehrendoktorwürde der Stadt Bonn aberkannte und daß ich mich sehr aufgeregt habe, als die Bücherverbrennung war, daß ich mich nie mit dem Nationalsozialismus habe arrangieren können, aber ich mußte es als Student ja, ich wurde geradezu vor die Wahl gestellt, entweder in die SS oder die SA oder in den Stahlhelm einzutreten und das war schon 34 in Bonn und daß ich das geringste Übel, den Stahlhelm gewählt hatte, weil da also das Bürgertum vertreten war und der Adel und daß man dann ein halbes Jahr später, ohne uns zu fragen, in die SA überführte.
Und das alles hat den Haß gegen den Nationalsozialismus von Jahr zu Jahr stärker werden lassen, obwohl die größten Schandtaten dem Gros der Bevölkerung nicht bekannt gewesen sind.
Die Judenvergasung war mir bekannt, weil ich eine jüdische

Freundin hatte, eine ältere jüdische Freundin, eine Arzttochter, die Krankenschwester war und die erzählte mir, daß ihre Schwester abgeholt worden ist und daß sie ständig damit rechnete und auch sie wurde dann abgeholt.
Das wußte ich auch durch einen älteren Freund, der Medizinalrat war, der ist kürzlich in Torremolinos gestorben und der selbst zwei Verfahren gegen sich laufen hatte wegen 175 und der erzählte mir also auch von der Vergasung der Juden.
Die Idee von Arbeitslagern, von Konzentrationslagern war mir abstoßend.
Und trotzdem würde ich heute in einigen Fällen die Idee eines Arbeitslagers bejahen.
Ich würde ein Arbeitslager für geboten ansehen, wenn Leute, Menschen in Deutschland sich vor der Arbeit drücken, bewußt, die soziale Komponente des Staates ausnützen und zum Asozialen und Gewaltverbrecher werden. Ich würde dann befürworten, daß, abgesehen von der Strafe im Gefängnis, im Anschluß daran, der materielle Schaden, den diese .. Menschen, asozialen Menschen angerichtet haben, wieder gutgemacht wird durch Arbeit unter Aufsicht.
Ich glaube nicht, daß die psychische Situation durch ein Arbeitslager gebessert würde.
Der Gedanke der Resozialisierung ist begrüßenswert.
Ich bin nicht darüber orientiert, aber der größte Prozentsatz dürfte rückfällig werden.
Trotzdem sollte man also die Idee der Resozialisierung nicht aufgeben.
Aber in Fällen, die hoffnungslos sind, halte ich es für besser, Menschen, die Schaden angerichtet haben, die Möglichkeit zu geben, diesen Schaden wieder gutzumachen, materiell.
Und ich könnte mir also ..
Arbeitslager ..
Der Begriff Arbeitslager kriegt ..
.. klingt hart und erinnert natürlich sehr an den Nationalsozialismus ..
Aber ich würde es trotzdem begrüßen ..
So eine Einrichtung.

Bin ich eigentlich ein Vertreter der Todesstrafe?
Bin ich nicht.
Nein.
Ich könnte mir also denken, wenn ich also darüber nachdenke, daß es in gewissen Fällen zur Abschreckung, beispielsweise bei Kindesentführung, bei Polizistenmord, bei Flugzeugentführung diskutiert werden könnte.
Aber in keinem Falle bei Indizienprozessen!
Fall Vera Brühne – würde ich also niemals für Todesstrafe plädieren und auch in den meisten anderen Fällen nicht.
Ich spreche als Privatperson und ich glaube auch nicht, daß bei der heutigen allgemeinen Auffassung von Justiz und Strafe, eine Möglichkeit besteht, aus Rücksicht auf die nationalsozialistische Vergangenheit und aus Rücksicht auf die überwiegende Auffassung der Bevölkerung so etwas wie die Einrichtung des Arbeitslagers zu schaffen oder die Wiedereinführung der Todesstrafe.
Die überwiegende Auffassung spricht dagegen.
Um Gottes willen!
Ich trauere nicht der Nazizeit nach.
Das war das Schlimmste, das in der deutschen Geschichte je gewesen ist.
Es ist ja völlig verkehrt, nun zu sagen: Hitler hat uns Straßen gebaut, Hitler hat die Arbeitslosigkeit beseitigt, auf den Straßen lag kein Papier, es war sauber, die Jugend war diszipliniert, es gab keine Kriminalität.
Das ist ja alles ein völlig falsches Bild.
Die Kriminalität wurde ja von oben her geübt.
Sie wurde ja in einem solchen Ausmaß geübt, daß jede Kriminalität, wie sie heute ist, ein Zwergendasein dagegen führt, denn die Kriminalität, die Vergasung, die Vernichtung von Millionen Menschen, sogenannten minderwertigen Volksstämmen, Kriegsgefangenen, Juden, Zigeunern und so weiter, das war ja viel furchtbarer.
Ich nehme ja lieber Straßen voller Müll in Kauf, langhaarige Jugendliche, Haschischraucher und sonstige Elemente, wenn die Führung so ist, wie wir sie heute haben, so demokratisch, mit allen ihren Fehlern.

Die alten Herren in El Oumnia, überhaupt also in Gran Canaria, selbst in Torremolinos kann ich politisch kaum einschätzen.
Meinst du, daß sie Flüchtlinge, Exnazis sind?
Oder daß sie für eine Diktatur sind, weil sie dort leben?
Das hat doch wohl nichts zu sagen.
Sie sind doch wohl aus sexuellen Gründen dort.
Ich glaube nur, daß es einzelne Fälle gibt, ganz wenige, also wie mein verstorbener Freund Fritz, als Homosexueller, der bis zum Tode ein reiner Nazi geblieben ist.
Es gibt natürlich viele Leute ..
Ich würde nicht sagen, das Volk ohne Raum hat im Massentourismus der billigsten Klasse jetzt in Tunesien, auf den Canarischen Inseln, in Spanien, gar in El Oumnia also .. hat im Massentourismus seinen Raum gefunden.
Das betrifft ja Holländer etc. im gleichen Maße.
Das ist Ausdruck eines letzten Sichaufbäumens vor dem .. vor dem Tode und die Idee, vom Leben noch so viel wie irgend möglich zu erraffen.
Wer die Nazizeit erlebt hat und also gezwungen war, auf die Straße zu gehen, zu sammeln fürs Winterhilfswerk und wer in der Wehrmacht gewesen ist und wer Jahre um Jahre diesen Druck hat ertragen müssen, seelisch und auch körperlich sich nicht verhalten konnte, wie er wollte, der ist mit dem Ende des Nationalsozialismus, glaube ich, zum unpolitischen Menschen geworden.
Dieses sexuelle Begehren und die Gier des Sexuellen .. wird noch mal im Alter, weil man weiß, nun ist es bald aus und man kann nun nicht mehr so in der Potenz agieren .. noch mal ganz groß geschrieben.
Es ist dann praktisch die einzige Lebensfreude, neben mehr oder minder geistigen Werten, da ist ja der Einzelne verschieden.
Ja, was ist eigentlich so schön am Ficken?!
Wie soll ich das nun ausdrücken?
Es ist ja der höchste Gipfel der Lebenslust überhaupt.
In sexueller Zweisamkeit zusammenzufinden.

Es kommt auf den Grad der Empfindung an und der Höhepunkt ist eben die Vereinigung.
Der eine empfindet es.. empfindet maskulin, der andre Mann empfindet sich als Frau.
Ich war früher beides.
Nachdem aber die Potenz erheblich nachgelassen hat, mit zunehmendem Alter, mach ich also nur noch praktisch die Beine breit.
Dazu kam eine erhebliche Verformung meines Schwanzes.
Der also in der Größe und in der Form ganz erheblich zurückgegangen ist.
Ich hatte mehrere Ärzte aufgesucht, die mir aber nicht helfen konnten.
Das liegt an den Schwellkörpern.
Das hätte mir also einen erheblichen seelischen Schock gegeben, wenn ich nun also ein aktiver maskuliner Homosexueller gewesen wäre.
Da ich aber überwiegend immer der passive Teil war, hat es mich nicht so beeindruckt.
Aber immerhin fand ich es doch schlimm, daß einem die Natur einen.. in den letzten Jahren des Lebens noch so einen Schabernack spielt.
Damit hatte ich ja nie gerechnet.
Das ist so enorm.
Ich kann es nun nicht so sehr in Zentimetern ausdrücken – aber das ist so wesentlich der Rückgang der Größe bei der Erektion und..
während früher der Schwanz gerade war und 17 einhalb Zentimeter lang, ist er jetzt also krumm, wenn er steht und, ja, ich glaube, vielleicht zehn Zentimeter oder so.
Das Tolle daran ist nicht so sehr mehr mein Gefühl.
Schon gar nicht bei Ausländern, weil da das Seelische, die seelische Bindung völlig fehlt.
Ich habe eine Erektion dann, wenn ich also mit einem Deutschen zusammen bin – wie neulich mit diesem reizenden Burschen, der sich als ein geborener von der Seselwirsch-Bernstein ausgab, obwohl ich mir natürlich also bei dem Akt selbst schon

eingestehen mußte, daß er nichts weiter sei, als ein hochstapelnder gewöhnlicher Stricher, der weiß, daß er auf die Tour etwas mehr bei Freiern rausschindet, die auf den Hochadel abfahren wie ich.
Aber bei den Ausländern ist die Faszination die Jugend in Verbindung mit Potenz . . der also vor Potenz und Geilheit zuckt.
Und die Empfindung:
Es ist diesem Burschen völlig egal, ob sein Partner ein alter Mann ist oder ob er jung ist, Hauptsache er kommt zum Ziele und kann sich ergießen.
Und das ist eigentlich das Faszinierende, den anderen zu beobachten bei dem Erlebnis.
Es ist ja so, was man hier in Deutschland kaum mal antrifft, schon gar nicht bei Strichjungen.
Das Schmerzgefühl in Verbindung mit Lustgefühl.
Das Lustgefühl setzt ja ein, wenn das Schmerzgefühl nachläßt.
Und die Reibung des mehr oder weniger großen Schwanzes, des möglichst großen Schwanzes an der Prostata führt ja dann zur Lustempfindung.
Und was mir dann früher in solchen Fällen häufiger passiert ist, jetzt weniger, ich bekam durch die Reibung, ohne äußere Berührung, einen Erguß.
Und das war natürlich der Höhepunkt.
Aber das habe ich schon lange nicht mehr gehabt.
Für die Frauen, glaube ich, ist die Größe des Gliedes ziemlich egal.
Die Schärfe meiner Empfindungen ist ganz außerordentlich zurückgegangen.
Zu meinem Bedauern auch.
Auf der anderen Seite ist es ja auch eine Entlastung.
Nicht nur eine finanzielle Entlastung, aber auch eine seelische Entlastung, wenn man nicht mehr so süchtig ist.
Ich gehe vielleicht einmal in der Woche in ein Kino und gehe einmal die Woche oder zweimal die Woche in ein Tageslokal, eigentlich weniger, um was zu finden, weil das Zufall wäre, aber um unter Menschen zu sein, daß einem nicht die Decke zu Hause auf den Kopf fällt.

Es ist dann allerdings so, wenn ich im Kino bin und sehe die Filme und habe einen Partner neben mir, der einigermaßen nett aussieht, von dem ich also merke, er ist geil, dann kaptiviert mich das schon.
Und macht mich dann auch geil.
In Grenzen.
Die einzelnen Erlebnisse sind nicht mehr so intensiv wie früher.
Das kann ich nicht sagen.
Sie sind nicht mehr so intensiv.
Das könnte vielleicht sein, wenn ich mich noch einmal verlieben würde.
Aber ich glaube, das kann man in diesem Alter nicht mehr.
Das letzte Mal, das ist ja schon 15 Jahre her.
Da habe ich einen 17jährigen Arztsohn kennengelernt und in den hatte ich mich verliebt, aber echt verliebt und das war eine fantastische kurze Sache – mit schlimmen Folgen.
Der war echt vernarrt in mich, sicher körperlich nicht, aber für ihn war ich so was wie ein zweiter Vater, mit dem er besser reden und diskutieren konnte als mit seinem richtigen Vater. Er hatte alle seine Probleme, die er mit 17 Jahren hatte, er hatte damals noch kein Mädchen – die hat er mit mir besprochen.
Und wie das wohl werden könnte.
Ob man wichsen kann und ob das schlimm ist.
Auf alles konnt ich ihm antworten und das fand er wunderbar und er hat es also auch mit mir getrieben.
Da war ich auch noch . .
Da jubelte ich im Bett, nicht?!
Aber es war ganz kurz nur.
Dann war es auch zu Ende.
Danach hatte ich kein Erlebnis mehr mit Verliebtsein.
Das war reiner Sex nur noch, der noch eminent war.
Daß ich mich also im wesentlichen darauf beschränke, beim Partner zu registrieren, wie er agiert und wie er sinnlich ist und wie er in Verzückung gerät.
Es ist mir gar nicht so wichtig, daß der Partner abspritzt.
Ich beobachte mehr.

Aber in mir selbst bleibt es mehr oder weniger leer oder unerfüllt.
Ich sage mir, das ist ein bezahlter Bursche, ach, Gott, wenn es mir so wenig ausmacht, ob er abspritzt oder nicht, dann kann ich ihm das ja auch ruhig sagen, daß er beim nächsten Partner dann wieder einen hoch bekommt.
So schnell würde er das ja sonst nicht wieder kriegen.
Die Geschmacksnerven haben nicht gelitten und die geistige Beweglichkeit hat nicht gelitten.
Zum mindesten nicht über Gebühr.
Ich bin zum Hypochonder geworden.
Das kann man wohl sagen.
Durch das Alleinsein.
Wenn ein Wehwehchen vorbei ist, meldet sich mit Sicherheit das andre.
Ich gehe sehr häufig zum Arzt.
Ich nehme eine ganze Menge Medikamente.
Insbesondere fast jeden Abend Lexotanil zur Beruhigung, sonst könnte ich über.. sonst könnte ich überhaupt nicht schlafen.
Ab und zu habe ich Herzjagen.
Ein Aufenthalt in einer Herzklinik hat ergeben, daß ich keinen Herzfehler habe.
Es ist also rein vegetativ, dystonisch, hervorgerufen durch das Alleinsein.
Das Alter ruft ja Ängste.. Ängste hervor.
Die Angst vor dem Tode, an den ich täglich denke.
Aber ich habe für kulturelle Erlebnisse der Vergangenheit ein ausgezeichnetes Gedächtnis.
Ich erinnere mich auch heute noch genau an Kirchen, Bilder, Standbilder, die ich mit 19 Jahren in Rom besichtigt habe.
So geht es mir auch, als ich voriges Jahr in Venedig war und alles wiedersah.
Ich brauchte nicht erst im Führer nachzusehen.
Es kann sein, daß mir bei der freien Rede eine deutsche Vokabel fehlt.
Manche Namen sind so geprägt, die weiß ich immer, wenn ich sie brauche.

Sexuelle Erlebnisse vergeß ich schlagartig, wenn sie mich nicht allzusehr gepackt haben.
Manche behalt ich über Jahre hinaus. Ich seh den Burschen genau vor mir, die Größe seines Schwanzes.
So Wald-und-Wiesenstricher.. weiß ich absolut nicht mehr und ich bin manchmal schon zum zweiten Mal reingefallen.
In der Pension war es ein großer Reinfall und dann wußte ich aber:
Aha, du bist schon zum zweiten Mal reingefallen.
Ich liebe die Abwechslung.
Ich suche ständig und das ist mein ganzes Leben über so gewesen, obwohl ich viele feste Freundschaften hatte – Kurzerlebnisse habe ich ständig neue gesucht.
Konzentrieren auf einen Bestimmten, das ist schwierig, sehr schwierig.
Ich habe zwei.
Der eine kommt schon seit zehn Jahren ständig zu mir, ein Soldat.
Und ein andrer, das ist ein anständiger Bursche, aus gutem Hause, Medizinstudent, den hab ich jetzt sogar zu meinem Generalerben eingesetzt.
Klaus hat selbst reich geerbt und sagte, er wollte meine paar Kröten nicht haben, ihm wäre das mit so einer geringfügigen Erbschaft viel zu umständlich.
Und der Stricher, der Medizinstudent, der kann das sicher ganz gut gebrauchen.
Ich werde leicht müde.
Ich werde leicht müde bei Geselligkeiten, in denen mehr als zwei anwesend sind.
Ich werde dann immer ruhiger und sage immer weniger.
Ich habe dann das Gefühl, ach, weißt du, am besten wäre es, du wärest jetzt allein zuhaus und lägst auf der Couch und würdest vor dich hinträumen.
Vergangenheitsbezogene Träume.
Von früheren Reisen.
Von früheren Freunden, die entweder tot sind oder mit denen ich keine Verbindung mehr habe.

Oder dann auch übergehend in Angstgefühle.
Und dann sag ich mir: Jetzt mal raus!
Spazierengehen!
Oder in ein Lokal!
Ein Glas Bier!
Oder Abendbrotessen!
Damit man hier nicht in Angstgefühlen versinkt.
Nein.. die Ängste.. Das ist.. Das geht also.. dahin, daß ich denke:
Ach, du kannst vielleicht ganz allein einen Herzinfarkt kriegen.
Du kommst dann vielleicht nicht mehr zum Telefon.
Kannst nicht mehr schreien.
Keiner hört und sieht dich.
Du liegst dann da hilflos.
Vor allem, wenn man abends allein ist, nicht mehr abgelenkt wird durch eine Fernsehsendung.
Dann tritt das manchmal ein oder sogar ziemlich häufig.

Ich bemühe mich, auf andre nicht penetrant zu wirken und sie nicht zu belästigen und mich zurückzuhalten, um nicht aufzufallen.
Im übrigen mache ich mir keine großen Gedanken, wie ich auf andre wirke.
Also mit Trinkgeldern bin ich immer sehr großzügig.
Wesentlich anders als mein Freund Klaus.
Bei Strichjungen, wenn sie gut waren, gebe ich bis zu 50, auch 60.
Aber wenn sie nichts taugten, versuchte ich es natürlich so gering wie möglich zu halten.
Allerdings auch nicht wieder so gering, daß ich der Bosheit des Partners ausgeliefert war oder dem Haß.
Normal, normal in der Höhe.
Mir ist eigentlich nicht der Gedanke gekommen, daß ich die Menschen in El Oumnia korrumpierte.
Ich habe mir gesagt, es sind arme Schweine, die vom Leben her und von ihrer Staatsform her schlechtgestellt sind.
Das schadet nichts, wenn man da Entwicklungshilfe leistet.

Der Wächter Hassan ergaunerte sich sein Geld durch Erpressung. Ich habe ihm jedesmal etwas gegeben. Er verlangte ja nicht viel. Im Vordergrund stand der Gedanke: Ich will im Urlaub meine Ruhe haben.
Im Hotel wurde ich sicher positiv beurteilt.
In den Dünen, während der Aktivität, bin ich mir sicher, daß die Menschen dort genauso abfällig über mich gedacht haben, wie in Griechenland auch, wo sie also Pulla, Pulla hinter mir hergerufen haben, Hühnchen, Hühnchen oder Huhn, Huhn – ein sehr abfälliges Wort.
Aber das ist ja das Schicksal eines Homos, der sich betätigen will und ja nun nicht bis zum Ende seines Urlaubs Wohlverhalten zeigt, dann erlebt er nämlich nichts.
Wenn er den Arsch hinhält, dann ist er in diesem Moment – das Arsch-Hinhalten ist ja sowieso eine Demutsbewegung – schon für jeden Ausländer abgewertet.
Das wandernde Auge.
Mich für die Psyche dieser Leute zu interessieren, dazu fehlt es mir an Zeit, dazu müßte man monatelang dort leben, man müßte eine Freundschaft haben und auch, es fehlt mir an sprachlichen Kenntnissen.
Da habe ich einmal gesundheitlich Angst, mir etwas .. Hepatitis B zu holen oder eine Geschlechtskrankheit, die kann ich mir auch in 14 Tagen, drei Wochen holen, das weiß ich ganz genau, aber die Gefahr bei längerem Aufenthalt, die ist also größer.
Dann ist mir das kulturelle Leben da zu ärmlich.
Ich hätte keinen Fernseher.
Auf Bücher kann ich mich da gar nicht konzentrieren.
Und dann wäre mir auch dieser ständig wechselnde Verkehr mit Touristen, die nur 14 Tage da sind, zu anstrengend, immer neue Bekanntschaften zu schließen.
Einen ständigen Partner an meiner Seite hätte ich nicht, denn mein Freund Klaus arbeitet noch und ist nur auf die Ferien beschränkt.
Ich glaube nicht, daß ich die »Wonnen der Gewöhnlichkeit« suche, wie Thomas Mann das nennt.
Es ist mir einfach egal, ob ich also im Ausland verachtet werde oder nicht.

Das sind keine gesellschaftlich gleichgestellten Partner, um deren Wertschätzung es mir geht.
Deren Urteil . . ist mir gleichgültig.
Das kommt mit zunehmendem Alter.
Weil man nicht mehr die Möglichkeiten der Auswahl hat, weil man im wesentlichen auf die kommerzielle Sphäre beschränkt ist, weil man nur noch auf das Abenteuer aus ist und nichts andres mehr im Leben erwarten kann, im Alter.
Da sind einem die anderen Werte des Lebens egal und die stehen auch auf einem andren Blatt.
Bei Sexerlebnissen bedarf es einer Wertschätzung, eines Eindringens in die seelische Sphäre des Partners nicht.
Da genügt also das Augenblickserlebnis, mehr oder weniger kräftig, da schadet eher eine seelische Bezugnahme, wenn man nämlich erst den Charakter oder die seelische Minderwertigkeit des Partners kennengelernt hat, interessiert er einen von dem Moment auch körperlich gar nicht mehr.
Man verhält sich doch nicht anders dort als beispielsweise in Europa, wenn du eine Sauna besuchst oder einen Park besuchst. Dann suchst du doch auch nicht Charaktere oder seelische Erlebnisse.
Warum sollte ich nun dort, in einem kurzfristig angelegten Urlaub nach der Mentalität meines zufälligen Sexpartners forschen. Die Mentalität erkennen, setzt voraus, daß man sich um eine Freundschaft bemüht.
Dem steht entgegen die Erfahrung aus früheren Jahren, daß eine solche intimere Beziehung immer mit Bitten endet um Hemden, Hosen, Geld.
Kann ich dich in Hamburg besuchen?
Schickst du mir das Geld für das Flugticket und so weiter und je älter man wird, desto mehr scheut man derartige Unbequemlichkeiten.
Solche Besuche enden kläglich, wenn der Junge dann einen besseren, reicheren Freund kennengelernt hat oder ein Mädchen kennengelernt hat und auf den Geschmack gekommen ist.
Ich glaube nicht, daß der homosexuelle Tourist, so weit er aktiv in Erscheinung tritt, angesehen ist.

Höchstens als Objekt der Ausnutzung.
Man kann in letzter Zeit in El Oumnia sehr kurze, heftige Wutanfälle konstatieren.
Die sind dann meistens ebenso schnell wieder verflogen, wie sie gekommen sind.
Da äußert dann schon mal ein Einheimischer über einen Touristen:
Du bist für mich gar kein Mensch!
Du bist eine Toilette!
Das ist richtig vom Standpunkt des Einheimischen aus.
Aber ich würde ihm entgegnen, wenn mir so etwas einmal widerfahren sollte, was bis jetzt noch nicht der Fall war:
Du verhältst dich ja auch nicht anders.
Du benutzt die Toilette ja auch.
Wir sitzen ja in einem Boot.
Dann müßte er es ja auch ablehnen, Sexualpartner zu sein.

Wenn man alt wird, sollte man weise sein.
Ist Weisheit nun etwas Erstrebenswertes, das man erreichen kann oder ist Weisheit nur ein Mangel an Vitalität, wie Wilhelm Busch das ausdrückt?
Ich glaube Letzteres.
Wenig, wenig meiner Träume sind in Erfüllung gegangen.
Aber wenn ich es mit anderen vergleich, muß ich immer noch zufrieden sein.
Die Eltern haben sich gut verstanden.
Die ganze Familie hat zusammengehalten ohne Zank und Streit.
Ich habe trotz beschränkter Mittel zu Hause großzügig studieren und reisen können.
Ich habe großes Glück im Krieg gehabt, daß ich nicht verwundet worden bin oder einen dauernden Schaden davongetragen habe.
Ich habe mehrere sehr schöne Freundschaften gehabt im Leben und habe sehr viele kulturelle Genüsse auf Reisen und durch Bücher und andre Anregungen gefunden.

Und daß ich beruflich gescheitert bin, so muß ich es ja wohl ausdrücken, obwohl ich ja nicht in der Gosse geendet bin, aber nun nicht gerade die Stellung gefunden habe, die ich durch meine Studien hätte erreichen können, das ist durch das Schicksal meiner Veranlagung geschehen.
Und darauf ist es zurückzuführen, daß ich heute nicht Amtsgerichtsdirektor im Ruhestand bin sondern nur ein pensionierter Sachbearbeiter aus einem .. aus einem Versicherungsunternehmen.
Von Familienleben, Kindern und so weiter ..
Da habe ich wohl nie geträumt.
Aber ich glaubte eben, daß ich es zu einem größeren Ansehen in der bürgerlichen Gesellschaft, zu einem Vermögen, zu einem eigenen Haus, Wagen und so weiter bringen würde.
Das ist nicht in Erfüllung gegangen.
Ich hatte das Ideal, einen Freund auf Lebenszeit zu finden und mit dem .. zusammenzuleben.
Das hat man bis zu einem bestimmten Zeitpunkt, und hofft immer noch, also jetzt nicht mehr, es zu finden.
Aber wenn man dann so alt geworden ist, wie ich jetzt, da ist es dann natürlich ..
Da will man das dann auch nicht mehr.
Eine derartige Umstellung könnte man ja gar nicht verkraften.
Ein schönstes Erlebnis?
Ein Augenblick, als ich am glücklichsten war?
Das war .. der Augenblick .. der .. seelisch am meisten .. der Augenblick, in dem ich seelisch am meisten unbeschwert war, also als ich jung war und Student in Innsbruck war.
Das war eine reine Glückszeit.
Mit Bergtouren, Skilaufen, Kameradschaften, sehr wenig Sex.
Nur Autosex.
Also Selbstbefriedigung.
Kleine Erlebnisse.
Sehr häufig nur angedeutete Erlebnisse.
Das waren dann ja auch einige ausschlaggebende Freundschaften, die mich geprägt haben.

Als ich 19 war mit einem 15jährigen Jungen aus Hannover, mit dem ich jahrelang befreundet war, bis zu seinem Tode im Rußlandfeldzug.
Und mit einem um acht Jahre älteren Arzt, als ich Student in Bonn war, der mich also sehr geprägt hat.
Ein ganz großes Erlebnis war, als ich vor dem David des Michelangelo in Florenz stand.
Ein ganz großes Erlebnis war, als ich Frau Katja Mann in Kilchberg am Zürichsee besuchen durfte.
Das war eine Sternminute oder eine Sternstunde.
Ich schätze an Thomas Mann die feinfühlige Art, das bürgerliche Zeitalter zu schildern, das vergangen ist, das Geschick, mit dem er seinen Lebensweg gemeistert hat, eine Familie zu gründen, viele Kinder zu zeugen, obwohl ihm bewußt war, daß seine eigentliche Richtung doch zum blonden, blauäugigen gewöhnlichen jungen Mann ging und die Art, wie er es trotz seiner Labilität und seiner Kränklichkeit doch mit einer unerhörten Zähigkeit zu einem sensationellen Aufstieg in der bürgerlichen Gesellschaft und zu einem langen Leben von achtzig Jahren gebracht hat.
Aber am meisten schätze ich die Eindringlichkeit seiner Schilderung von Charakteren oder wenn er die ganz zarte Beziehung zwischen dem alternden Mann, den er ja selbst darstellt und dem polnischen Grafensohn in Venedig schildert.
Das ist schon gekonnt und schön.
Oder die Liebe zwischen dem Träumer Tonio Kröger und dem blonden Hans Hansen.
Das ist einmalig schön.
Ohne viel Worte und doch sehr innig.
»Damals lebte sein Herz. Sehnsucht war darin, schwermütiger Neid und eine ganze keusche Seligkeit.«
Ungefähr so drückt er sich aus.

VII

Versus rapportati II

Jäcki geht über den Hauptbahnhof.
Irma kämpft gegen die Pilze in den Objektiven.
Peter Michel Ladiges verwandelt sich in eine Kartoffel.
Wolli Köhler schlägt seinen Alterssitz in Costa Rica auf.
Fritz J. Raddatz trinkt aus einem Glas mit Innenschliff.
Friedensbewegung / Aids / Das Waldsterben / Hitlertagebücher / Nicaragua / Grenada / Afghanistan / Äthiopien / Desinformation.
Oblivion –
Vergessen.
Das Jahrhundertwerk.
Dulu befürchtet, daß die Griechen an ihrer Homosexualität zugrunde gegangen sind.
Orgun haust im Park an der Alster.
Der Obermargarinerat kriegt ein paar in die Fresse.
Heinz Sachs ruft zweimal den Notarzt.
Marlene wird ein Stück Fleisch nach dem anderen aus dem Körper geschnitten.
Hans Eppendorfer erscheint in vierzig Anthologien.
Christoph Bernhard Hubertus von Derschau gewinnt den Marathonlauf in New York.
Felix Rexhausen kommt gar nicht mehr zum Lesen.
Der Schwulenticker nimmt dem besoffenen Freier am hellichten Tag die Armbanduhr weg.
Die Bullen handeln mit psychologischem Training.
Die Toilettenfrau bedient mit Schäferhund.
Oma zetert in den Papierkorb.

Die Tochter aus gutem Hause haut den arbeitslosen Türken an.
Uwe Johnson kann nur mit Stendhal verglichen werden.
Hairy beziehungsweise Mustapha erbt den Bauernhof seines Vaters.
Der Grazer Fixer verpaßt sich einen Goldenen Schuß auf dem Klo III. Klasse.
Der Afghane verliert seinen Charme.
Läuse nehmen zu.
Der Stricher, der keinen hochkriegt, dattelt hinter dem Deutschen Schauspielhaus.
Minna von Barnhelm fällt durch.
Das ist der Neue Mensch.
Der Osterhase begräbt das Kriegsbeil.
Der Sikh telefoniert ins Pandschab.
Marcel Proust wird verfilmt.
Randys Sohn geht ins Kloster.
Die Menschen leben zu lange.
Der Kurde versteckt die Spielzeugpistole im Schließfach.
Auch Wein kippt um bei Gewitter.
Der Stadtteilschreiber schreibt nicht alles, was er weiß, über St. Pauli, denn er will überleben.
Manfred Schönfelder macht nur noch Hieroglyphen.
Auf dem Friedhof will keiner arbeiten.
L'Europe c'est fini.
L'Afrique c'est joli.
Habakuk.
Edmund und Klaus grüßen distanziert mit Syph im Bauch.
Die Zeitungsverkäuferin kriegt kalte Füße.
Der Bauarbeiter kauft sich ein zweites Haus in Samsun.
Der Waisenhauszögling färbt sich die Haare.
Der Mitschnacker krepiert an Schüttellähmung.
Manfred Bissinger geht von Konkret weg und macht Natur.
Jürgen Wiering hat keine Zeit zum Tee.
Der Papst küßt die Erde.
Ali erwartet einen zweiten Sohn.
Hermann Peter Piwitt wehrt sich gegen die Alltagsschreiber.
Es ist zu eng.

Ich empfinde viel intensiver, weil in einem Jahr alles vorbei ist.
Klaus wacht schweißüberströmt auf.
Wolf schlägt sich mit dem Telefonhörer an die Stirn.
Hühner ohne Fremdwasser.
Der Hörfunk soll im Hinblick auf das Kabelfernsehen kaputtgemacht werden.
Beton brennt.
Paß auf Bürschchen, ich bin in der Partei; ich schlag zu!
Ich erinnere mich, daß ich fliegen konnte.
Der Penner läßt sich vor die S-Bahn fallen; die Sanitäter sammeln die Glieder von den Schienen.
Telegramme verschickt man ohne Durchschlag.
Der Minderjährige hat die Privatnummer des Rauschgiftdezernenten in der Tasche.
Das Matjesschild fehlt.

Alle Menschen sind gleich.
Jäcki glaubte, daß der Hauptbahnhof durch Versus rapportati abgebildet werden könnte.

Der Obermargarinerat kriegt ein paar in die Fresse.
Die Toilettenfrau bedient mit Schäferhund.
Minna von Barnhelm fällt durch.
Marcel Proust wird verfilmt.
Der Mitschnacker krepiert an Schüttellähmung.

Der Obermargarinerat kriegt ein paar in die Fresse.
Der Obermargarinerat telefoniert ins Pandschab.
Der Obermargarinerat trinkt aus einem Glas mit Innenschliff.
Der Obermargarinerat zetert in den Papierkorb.
Der Obermargarinerat ist der Neue Mensch.

Der Obermargarinerat gewinnt den Marathonlauf in New York.
Die Toilettenfrau gewinnt den Marathonlauf in New York.
Minna von Barnhelm gewinnt den Marathonlauf in New York.
Marcel Proust gewinnt den Marathonlauf in New York.
Der Mitschnacker gewinnt den Marathonlauf in New York.

Der Obermargarinerat kriegt ein paar in die Fresse.
Die Toilettenfrau befürchtet, daß die Griechen ihrer Homosexualität wegen untergegangen sind.
Minna von Barnhelm verwandelt sich in eine Kartoffel.
Marcel Proust bedient mit Schäferhund.
Der Mitschnacker kann nur mit Stendhal verglichen werden.

VIII

Das Interview mit Dr. Angermeyer wird mit Dr. Fischer gemacht, denn Dr. Angermeyer wie Dr. Fischer Jäcki berichtet ist seit zehn Jahren tot.

Reeperbahn, 7. und 10. September 1985

Hubert Fichte: Herr Dr. Fischer, Sie äußern in Ihrem Buch daß die Schleimhaut eines Mädchens von 16 Jahren, die regelmäßig die Disco besucht eine ganz ungeheuerliche Flora oder Fauna aufweist.
Dr. Johannes Fischer: Die Schleimhaut der jugendlichen Scheide ist von Bakterien, außer denen die da hingehören, nämlich Milchsäure bildende Bakterien, völlig unberührt. Erst durch den Kontakt mit dem Geschlecht findet eine Infektion mehr oder weniger statt.
Das muß sich nicht immer um bösartige Bakterien handeln. Dazu sind die Milchsäurebakterien auch da, um dagegen anzugehen.
Bei dem heute üblichen HWG kommen weder die jungen Patientinnen noch auch die Ärzte überhaupt nach.
Wir haben Mädchen, die in einer Nacht, mehrere, um nicht zu sagen ungezählte Kontakte haben.
Und so wissen die Mädchen gar nicht, von welcher Seite ihnen eine Infektion angetragen worden ist.
An erster Stelle die Gonokokken.
Da haben wir oft dem Unmöglichen nachzukommen und zu erfahren, wer der letze Lieferant gewesen ist oder auch der letzte Empfänger. Und da dieses Wechselspiel, das ich durchaus nicht als uninteressant empfinde, heutzutage die Regel ist, gibt es für uns Ärzte oftmals große Schwierigkeiten.
Wir sind natürlich bemüht, die Kontaktpersonen zu eruieren, um sie einer Behandlung, gleichgültig wo, zuzuführen. Die

Leute kennen voneinander oft nicht einmal die Namen. Und da behördlicherseits heute keine Nachforschungen mehr angestellt werden, da man der Meinung ist, der Mensch wolle gesund werden, was gar nicht stimmt, geht das Ganze aus wie das Hornberger Schießen.

Wir müssen uns darauf beschränken, die Betreffenden zu behandeln, zu kontrollieren. Die Kontrollen werden meistens nicht eingehalten. Wenn die Betreffenden merken, daß es ihnen besser geht, dann haben sie den Arzt und alle guten Vorsätze vergessen – vielleicht haben sie sich inzwischen auch schon wieder neu angesteckt. Es sind Gefahren für die Betreffenden bei Behandlung mit immer gleichen oder ähnlichen Medikamenten vorhanden. Die Medikamente können Allergien hervorrufen, die sich nicht auf Nesselsucht, Urticaria beschränken, sondern die zu Atembeschwerden führen können, zu schweren Schockzuständen, ja, zum Tod.

Wenn wir das den Leuten sagen, nehmen sie es nicht dankbar hin, sondern betrachten es schon als eine gewisse Bevormundung. Die größten Schwierigkeiten haben wir bei den Türken, deren Sprachen wir nicht können, wir müssen telefonisch Dolmetscher hinzurufen. Die Türken sind der Meinung: Ich habe etwas getan, was ich nicht durfte.

Allah hat mich bestraft.

Und nun glauben sie, daß diese Bestrafung bis an ihr Ende weitergehen würde.

Sie kommen noch und noch und noch und wollen Spritzen haben.

Das lehnen wir ab.

Einige sind so hartnäckig und kommen immer wieder.

Schmerz. Schmerz und damit zeigen sie auf ihren Penis und wenn man sich den Penis zeigen läßt, dann fehlt dem überhaupt nichts.

Auch wenn man den Urin kontrollieren läßt – auch bei einem Mehrfach-Urin ergibt sich überhaupt nichts.

Ich habe einigen den Vorschlag gemacht, den ganzen Apparat einfach wegzuschneiden.

Da sind sie im allgemeinen dann sehr schockiert.

Ich schlage ihnen dann entgegenkommenderweise noch eine letzte Spritze vor, die sei so stark, daß sie danach dann monatelang keine Medikamente mehr nehmen dürften.
Damit sind sie dann einverstanden.
Das Mittel, das wir dann spritzen, auch wir sind Scharlatane, ist destilliertes Wasser.
Das brennt.
Und eine gute Spritze muß ja wehtun.
Und mit dieser Aqua dest. Spritze sind wir dann eine ganze Reihe von Patienten mit gutem Grund losgeworden.
Das heißt, wir haben sie in eine Gesundheit hineingebracht, die sie schon längst hatten.
– Das sechzehnjährige Mädchen in der Disco.
– Wenn man eine Reihenuntersuchung machen würde, da braucht man gar nicht in die Disco zu gehen – eine Reihenuntersuchung bei Schülerinnen, und würden die Scheidenflora untersuchen, dann würden wir feststellen, daß sich bei einem hohen Prozentsatz alles das findet, was sich sonst nur bei älteren Frauen fand, die Kinder zur Welt gebracht haben, die einen regelmäßigen Verkehr haben und die vielleicht schon andre Erkrankungen des Unterleibs hinter sich haben.
Zwei Keime, die an sich nur im Darm zu sein haben, Streptokokken, Staphylokokken, Kettenkokken, die sich im Präparat als lange Stäbchen zeigen aneinandergekoppelt.
Pilze, Hefepilze, die Pilze werden in Zukunft noch eine viel größere Rolle spielen.
Wir haben Candida, auch Trichomonaden, die kleine Tierchen sind.
Das sind alles Erscheinungen des häufigen Verkehrs.
– Hat das zugenommen?
– Ich überblicke hier auf der Reeperbahn 25 Jahre.
Ich bin im Beruf die doppelte Zeit.
Ich bin zu Anfang als Chirurg tätig gewesen und habe mich um die Scheidenflora weniger gekümmert.
Aber man kann wohl sagen, daß eine ganz enorme Zunahme dieser Bakterienmasse erfolgt ist – und das ist die Folge des frühzeitigen HWG.

– Wie siedeln sich diese kleinen Lebewesen bei jungen Männern an?
– Natürlich sitzt auch die Penishaut, wenn Sie da einen Abstrich machen, ganz voller Bakterien.
Je nachdem wie sauber der Betreffende nun ist.
Wir kennen Menschen, die meinen, unterhalb der Gürtellinie müsse das Waschen aufhören.
Man kann wohl sagen daß die Menschen in früherer Zeit und ältere Menschen erheblich schmutziger sind als junge Menschen heute.
Die jungen Menschen sind im großen ganzen nicht schmutzig.
Sie waschen sich, sie schämen sich nicht, sich da unten zu waschen und pflegen ihren Körper im allgemeinen besser.
Aber wenn ich Ihnen sage, daß wir alte Menschen mit einer entzündlichen Vorhautverengung gehabt haben, hinter der, als wir sie spalteten, weil es anders nicht zu beheben war, verklumpter Eiter saß.
Und als wir fragten, wie sie es denn da unten hielten, kriegten wir zur Antwort:
Ja, wir haben schon lange keinen Verkehr mehr gehabt.
Das heißt, daß sie das früher bei ihrer Frau gelassen haben.
Und wenn man diesen Dreck als die Regel in gewissen Zeiten, bei bestimmten Menschengruppen ansieht –
– also mittleres Bürgertum und Kleinbürgertum?
– Ja.
– Zuhälter?
– Nein. Die sind sauber. Die gehören ja auch schon den jüngeren Gruppen an. Sie werden kaum einen Zuhälter finden, der 50, 60 Jahre alt ist.
Auch die Damen des horizontalen Gewerbes sind im allgemeinen sauber.
– Türken?
– Die Türken werden rituell beschnitten.
Das ist natürlich ein Sicherheitsfaktor.
Die Beschneidung bei Juden und Mohammedanern und so weiter muß man wohl als eine frühzeitige Hygiene betrachten.

Die Beschneidung schaltete die große Zahl der Phimosen aus, die verkästen Schwänze, damit verbundene Entzündungen und letztlich sogar das Peniscarcinom, das als Spätfolge solcher chronischer Entzündungen zu sehen ist.
Sie wissen, daß zur Bildung eines Carcinoms immer eine lange Anlaufzeit gehört. Von kindlichen Entwicklungen abgesehen, aber das liegt auf einer anderen Ebene.
Ich bin sogar der Meinung, daß ein Großteil von weiblichen gynäkologischen Carcinomen durch Verkehr, durch das Sperma und durch den Dreck des Partners früher hervorgerufen wurde. Heutzutage vielleicht weniger, weil man sauberer ist.
– Sind Carcinome an den Geschlechtsteilen viral?
– Ich neige der Meinung zu, daß die Grundlage des Krebses Viren sind.
Es hat schon Lehrer in der Pathologie gegeben, die haben schon um 1880 herum diese These aufgestellt.
Diese These hat sich in hundert Jahren nicht als Lehrmeinung durchsetzen können.
Aber in den letzten Jahrzehnten kehrt man wieder darauf zurück. Ich habe diesen Gedanken seit meiner Studentenzeit nie ganz fallen lassen.
– Sind die Kleinlebewesen bei den jungen Discobesucherinnen nun meistens schon in Blase, Eierstöcke, Nieren eingedrungen?
– Es kommt, wenn keine Behandlung erfolgt, und der Körper keine entsprechend starke Abwehr hat, immer zu einer Aszension, einem Aufsteigen in höhere Teile.
Die Niere möchte ich ausklammern, da sind die Wege durch die Blase unterbrochen.
Wir haben auch schon früher, als wir von den Mykosen, von Candida, von all diesen Mischinfektionen nichts wußten, als man eigentlich nur den Tripper anschuldigte, den man aber nicht in allen Fällen nachweisen konnte, haben wir immer aufsteigende Infektionen gehabt, davon waren die Prostituierten natürlich besonders betroffen, denn damals war in bürgerlichen Kreisen ein solcher HWG wie er heute Usus ist, nicht üblich; dazu gehören bei der Frau Eierstocksentzündungen, Verklebungen der Eileiter, damit Unfruchtbarkeit beziehungsweise

Bauchhöhlenschwangerschaften, und beim Mann das große Kapitel der Prostatitis, was die Ärzte, die Urologen immer schon beschäftigt hat, Entzündungen, die zu Strikturen geführt haben.
– Was ist das?
– Verengungen in der Harnröhre, ganz übel, weil man sie ein Lebenlang behandeln muß, weil sie immer wieder zusammengehen, aber auch zu Strikturen und entzündlichen Verengungen der Samenstränge.
– Also Impotenz?
– Ja, wenn sie beidseitig sind. Wir haben auch die Ausbildung von sogenannten Spermatocelen.
Das sind kleine pralle Knoten die sich oberhalb des Nebenhodens im Bereiche des Samenstranges ausbilden, als Folgen solcher Verengungen, eine Aufblähung, es gibt Hydrocelen, das ist ein Wasserbruch.
Das ruft einen Spannungsschmerz hervor.
– Sie nennen in Ihrem Buch und in Ihren wissenschaftlichen Abhandlungen sehr hohe Zahlen.
Sie sprechen von 35 Trippern, in einem Fall von 70 Trippern.
– Das sind wohl gar nicht solche Seltenheiten.
Die Seltenheit liegt darin, daß die Betreffenden sich die Mühe gemacht haben, Buch zu führen.
– Und zur Behandlung gekommen sind.
– Zur Behandlung kommen die Männer im allgemeinen eher als die Frauen.
Weil sie es merken.
Während die Frau ja oftmals gar nicht merkt, daß sie überhaupt einen Tripper hat.
Das sind oftmals Zufallsbefunde.
Die Frauen kommen mit Blasenbrennen.
Oftmals gibt das dann erschütternde Szenen.
Eine Patientin war böse auf mich, als ich ihr sagte, sie hätte einen Tripper.
Ich sagte ihr: Ja, meine Teuerste, ich kann ja nichts dafür, von mir haben sie ihn nicht.
Sie fühlte sich in ihrer Ehre gekränkt.

Aber ich finde, unterhalb der Gürtellinie hat das mit Ehre nichts mehr zu tun.
Wichtig ist, daß die Leute wieder gesund werden.
Alles andre ist uns gleichgültig.
Die Götter haben vor die Behandlung die Diagnose gestellt.
Es gibt aber viele Kollegen, Fachkollegen vielleicht weniger, die ihre Diagnose auf Intuition stellen – aber das bezeichne ich nicht als ärztliche Tätigkeit.
– Sind diese Tripperkönige mit 35, 70 Erkrankungen Homosexuelle oder Heterosexuelle.
– Das sind Heterosexuelle.
Das sind Leute, die dauernd bei unkontrollierten Prostituierten sind. Hier unten an der Hafenstraße, am Fischereihafen.
Die Mädchen werden doch sowieso nur einer sehr großzügigen Kontrolle unterzogen.
Wenn die Betreffenden nicht eine Privatklage angehängt kriegen, wegen Körperverletzung, dann passiert überhaupt nichts.
– Kommen viele Patienten oder Patientinnen zu Ihnen mit Analtripper?
– Nein.
Das ist eine Seltenheit.
Nun sind wir Urologen.
Dies Kapitel der Gonorrhoe das ergibt sich bei uns beiläufig mit.
An sich ist das eine Sache von Haut und Geschlechtskrankheiten und wie es damit steht, das kann ich nicht beurteilen.
Aber ganz sicher laufen viel mehr Analtripper herum, als behandelt werden.
Die Leute laufen zum Arzt, ob sie nun sagen: Ich habe Husten oder: Mir brennt der Schwanz oder: Ich habe Jucken im After.
Leider Gottes ist die Therapie ohne Ansehn der Person und ohne Ansehn der Krankheit meist die gleiche.
Eine Gießkannentherapie.
Es gibt ein Penicillin – hoffentlich wenigstens hochdosiert, damit man nicht noch Resistenzen züchtet – es gibt auch Kollegen, die greifen in den Schrank und geben eine Probe und sagen: Nehmen Sie das.
Weit unterdosiert.

Ich meine, es wird viel zu wenig untersucht, es werden viel zu wenig Diagnosen gestellt.
Behandelt Position 252. Das ist die Injektion.
Peng!
Die Gießkannenwirkung läßt also bei einer Halsentzündung den Tripper gleich mit und umgekehrt.
Daraus ergeben sich Dunkelziffern, welche die Statistiken verfälschen.
– Sie sagten Sie praktizierten seit 50 Jahren.
– O nein. Ich bin seit 50 Jahren in medizinischer Tätigkeit.
Ich habe vor 41 das Medizinstudium begonnen und bin in diesem Jahr 44 Jahre Arzt.
– Dr. Angermeyer, Ihr Freund und Kollege, der lange Jahre auf der Reeperbahn, über dem Café Keese, als Facharzt für Haut- und Geschlechtskrankheiten praktizierte, erzählte aus seiner Studienzeit aus Köln von dantesken Zuständen.
Die Prostituierten wurden zur Tripperbehandlung in Käfigen gehalten.
Haben Sie dergleichen auch noch kennengelernt?
– Ja.
Der Kollege Angermeyer war einige Jahre älter als ich, der in seinem Fach eine weite Erfahrung besaß und auch menschlich eine Großzügigkeit hatte, wie man sie von einem Arzt nur wünschen kann.
Er lebt leider nicht mehr.
Ich habe noch erlebt, daß die Leute mit Gonorrhoe oder mit Syph in Ritterburgen gehalten wurden. Ritterburg war die Bezeichnung für eine geschlossene Abteilung in der H + G Klinik, wo die Leute kaserniert wurden, damit sie kein Unheil mehr anrichten konnten.
Und die Behandlung wenn wir erst mal beim Tripper bleiben wollen, die war ja kurisch.
Man hatte kein Mittel, um spezifisch gegen diese Gonokokken vorzugehen.
Man mußte versuchen, die Schleimhaut zu treffen, denn die Gonokokken sitzen ja nur in der Schleimhaut.
Und da erschien damals das Argentum Nitricum, das Silber-

nitrat, was wir heutzutage noch als Höllenstein verwenden, mit diesen Lösungen wurden Spülungen gemacht in der Harnröhre.
Die menschliche Harnröhre ist immerhin, man muß auch innerlich rechnen, ungefähr 20, 25 unter Umständen noch mehr Zentimeter lang.
Wenn Sie in diese Harnröhre Silbernitrat einspritzen, dann können Sie als Senkrechtstarter hochgehen.
Und die Menschen fürchteten sich natürlich schon vor der nächsten Spülung.
Ich bin zum Glück nie in diese Situation gekommen.
Bei der Frau war das natürlich ähnlich.
Die Harnröhre ist bei der Frau nur sehr kurz, dafür werden dann natürlich auch noch Spülungen in der Scheide mit durchgeführt.
– Und der Regenschirm?
– Man bekam damit nicht alle Tripper in den Griff.
Dann hat man die Harnröhre aufbougiert.
Mit dehnbaren Bougies hat man die Harnröhre geradezu aufgerissen, um Wunden zu setzen und hat dann anschließend gespült.
Wir haben in der Urologie eine große Anzahl von Männern gehabt, die hatte Strikturen und die Urologie, soweit sie aus dem Französischen Sektor herauskommt ist eigentlich eine Bougierungsbehandlung gewesen.
Ich habe in meinem Leben noch sehr reichlich alte Männer unter die Hände, wirklich, bekommen, die nicht mehr pinkeln konnten, weil die Harnröhre meanderförmig vernarbt und verengt war, so daß man kaum, und manchmal überhaupt nicht durchkommen konnte.
Es gab Fälle, da mußte man eine Blasenfistel anlegen und mußte den Urin oben ablassen.
Und dann in Ruhe versuchen, ob man was mit der Harnröhre anfangen konnte oder man mußte sie ihrem Schicksal überlassen.
– Das war durch diese regenschirmartig angeordneten Messerchen hervorgerufen worden.

– Man nannte das Tripperstrikturen. Ich sage: Behandlungsstrikturen.
Die Menschen sterben langsam aus.
Sehen Sie, ich bin 70 Jahre und da kommt man denn schon in die Penicillinära hinein.
Wir haben ganz selten heute noch Patienten, wo wir manchmal eine halbe Stunde lang mit einer dünnen, fadenförmigen Bougie versuchen, die Harnröhre zu durchdringen, an den Strikturen vorbeizukommen oder hindurchzukommen.
Dann wird hinten ein andres Bougie aufgeschraubt und unter Führung der Leitsonde wird dann die Harnröhre auch gewaltsam aufgedehnt, bis wir in der Lage sind, den ersten dünnen Katheter einzulegen, dann lassen wir ihn zwei Tage liegen, dann kommt die nächste Stärke, das geht dann ohne Schwierigkeiten, so kann man den Menschen sehr viel Schmerzen ersparen.
Diese Bougierungsbehandlung mußte lebenslänglich durchgeführt werden, weil die Schleimhaut weg war und die Strikturen, Narben sind hart und eng, immer wieder auftraten.
Wir haben noch einige alte Patienten da, die wir so behandeln müssen, aber die Leute wissen dann selbst Bescheid, wann sie wiederkommen müssen.
Das geht dann ohne größere Schwierigkeiten.
Strikturen gibt es natürlich auch heute noch, aber die sind dann unfallbedingt.
Ich will sagen: Es fällt jemand auf ein Eisenrohr und schlägt sich die Harnröhre kaputt.
Die große Masse, die früher die Urologie beschäftigt hatte, aus der heraus die Urologie entstanden ist, das war die Trippernachbehandlung oder die Nachbehandlung der Tripperbehandlung.
– Bougie heißt die Kerze im Französischen.
– Ist ein Stab, ein dehnbarer Stab.
– Der mit Messern versehen ist.
– Nicht mit Messern. Es war mehr ein Aufplatzen, kein Aufschneiden.
Wir haben allerdings auch die Möglichkeit, operativ zu schlitzen. Das wird dann unter Sicht gemacht, mit einem Uretroskop.
Man schlitzt unter strömendem Wasser mit Hochfrequenz.

– Angermeyer sprach von Messern, die regenschirmartig angeordnet waren und mit denen man versuchte, die infizierten Schleimhäute abzuschälen.
– Ja, messerartig. Man kann sich vorstellen, wenn man mit einem messerartigen Gegenstand die Schleimhäute abschält, was dann übrigbleibt. Darunter liegt das rohe Fleisch.
Wenn zwischen zwei Fingern ein Unfall, eine Verbrennung die Haut beseitigt hat, und man verbindet die Finger daß die Wundstellen sich berühren, dann wachsen die beiden Finger zusammen.
Und das geht ganz schnell.
Die beiden Finger sind in wenigen Tagen miteinander verbunden.
Nun können Sie sich vorstellen, was in der Harnröhre geschieht, wenn Sie die Schleimhaut ausschälen.
Die Urologen hatten das Vergnügen, diesen Leuten einen Notausgang zu bauen.
Die Harnröhre war abgeschrieben.
Dann haben wir die Penishaut geschlitzt bis auf die Harnröhre – die Harnröhre verläuft ja auf der unteren Seite, wenn Sie den Penis durchschneiden – und haben dann auch die noch restliche Schleimhaut geschlitzt und haben dann von beiden Seiten die Außenhaut mit den Resten der Schleimhaut verbunden und verheilen lassen, der Mann kriegte erst eine Blasenfistel, damit er ungestört den Urin los wurde, und dann heilte die ganze Geschichte aus. Dann hatte der einen Penis ohne Harnröhre. Oben war ein kleines Loch zu sehen. Und nun wurde unter Verwundung der Außenhaut eine neue Rinne gebildet über der man dann die restliche Außenhaut zusammenzog.
– Der Beginn Ihrer medizinischen Tätigkeit fällt mit dem Beginn des sogenannten 1000jährigen Reiches zusammen.
Wie war die Situation der Tripperbehandlung um das Jahr 1933?
– Das was ich Ihnen erzählt habe geht bis in diese Zeit.
In den 30er Jahren gab es einen deutschen Professor, Prof. Domagk, das war der Erfinder der Sulfonamide, eines der ersten war Albocyd, vorher war noch Tosil gewesen, ein stark gelbrot färben-

des Medikament in Tablettenform. Diese Erfindung war weltbewegend. Wir hatten damals weltweit einen Vorsprung. Das gab damals natürlich den Anlaß, daß diejenigen, die am wenigsten von Medizin verstanden, das in alle Welt hinausposaunten, wie tüchtig die Deutschen sind und so weiter. Als wir 1939 den Krieg begannen und die ersten Verwundeten anfielen, war man auch als Mediziner so von der Wirkung der Sulfonamide überzeugt, daß man glaubte, Wunden schließen zu können, die man Ende des 1. Weltkrieges aus Erfahrung weit offen gelassen hätte. Die Folge waren erste Rückschläge. Die Patienten erlebten, daß die Sulfonamide gegen so starke Infektionen nicht gefeit waren und starben wie die Fliegen. Erfahrungen des Polenfeldzuges. Man machte sofort kehrt, man sah ein, daß auch die Sulfonamidtherapie ihre Grenzen hatte. Man fiel wieder in die Erfahrungen des Ersten Weltkrieges zurück, man ließ derartige Verwundungen offen, man nähte sie nicht. Man ließ dem Eiter den Ablauf. Man steckte Drains hinein. Schläuche. Man zog Schläuche durch. Und gab dazu Sulfonamide. Und diese Erfolge waren gut. Parallel geschah dazu die Behandlung des Trippers. Man hatte gesehen, daß die Wirkung schlagartig war. Zu der vergangenen Zeit in gar keinem Verhältnis stand. Das führte zu einer neuen Überheblichkeit. Unsere politische Führung nahm sich ernsthaft vor, nach dem siegreichen Ende, den Tripper im ganzen Volk auszumerzen, indem man von der mit 96 % angegebenen Wirksamkeit Gebrauch machen wollte. Man wollte Lebensmittelkarten nur ausgeben, wenn man vorweg Alcocid oder Globicid oder ein derartiges Mittel geschluckt hatte.
Im Laufe des Krieges gewöhnten sich die Tripper an die Medikamente. Das hatte seinen Grund erst einmal darin, daß unterdosiert wurde. Wer einen Tripper bekam und sich zur Sanierung meldete, und sich, ohne sich krank zu fühlen, eine Spritze Silbernitrat in die Harnröhre jagen ließ, das machte der Sanitätsgefreite Neumann, wer das machte war frei. Wer das nicht machen ließ, kriegte 3 Tage Bau. Wegen Zersetzung der Wehrkraft usw. usw. Die Folge war natürlich, daß keiner der Soldaten sich gerne sanieren ließ, sich auch nicht gerne einsperren ließ, das hieß, er versuchte auf Umwegen an einige Tabletten heran-

zukommen. Mit der Zeit kamen dann auch Transporte zu Schaden. Tabletten rutschten irgendwo durch. Der Sanitätsgefreite Neumann hatte seine Freunde, denen er zwar keine volle Dosis geben konnte. Er sagte: ein paar sind besser als gar nichts. – Und so wurden die Resistenzen gezüchtet.

– Die reguläre Sulfonamidbehandlung wurde immer abgeschlossen durch eine Nitratätzung?

– Nein. Dann nicht mehr unbedingt. Wenn die Tablettenwirkung da war, dann hat man das nicht gemacht.

Die Argentnitricumätzung das war eine vorbeugende Maßnahme, eine sogenannte Sanierung. Wenn man damals im Puff gewesen war – Discotheken gab es damals noch nicht – und man hatte den Gedanken, es könnte was passiert sein, und es konnte ja immer, dann meldete man sich beim Nachtdienst habenden Sanitätsgefreiten und sagte: Ich war da und da.

Dann sagte der: Komm her! Und jagte einem das rein.

Nun wechselten die Truppen von Narwick nach Afrika und von den Pyrenäen nach Stalingrad und das Drehkreuz war das Großdeutsche Reich und auch da wurden natürlich auf Bahnhöfen rasch Kontakte gepflegt und hinter und neben den Bahnhöfen auch.

Und die Folge war, daß alle Tripperstämme einheitlich gemischt wurden. Da gibt es relativ harmlose und ganz virulente Stämme. Denen Sie auch heute noch schwer begegnen können.

Wir haben solche Drehkreuze auch heutzutage.

Ende des Krieges war von den 96 % Wirksamkeit der Sulfonamide nichts mehr vorhanden. Da lag die Wirksamkeit unter 40 %. Da wäre eine solche Sanierung des Volkes witzlos gewesen. Und es wurde höchste Zeit, daß wir Penicillin kriegten und das kam ja von den sogenannten Feinden, und ja erst einige Jahre nach dem Krieg nach Deutschland. Noch ohne Depotwirkung. Es wurde in immer neuen Dosen gegeben, um den Spiegel über eine gewisse Zahl von Tagen zu halten. Das heißt, die Leute mußten alle paar Stunden eine Injektion bekommen.

– Der Spiegel berichtete von Tripperepidemien in der DDR. Haben Sie davon gehört?

– Ich bin nach dem Kriege in der DDR gewesen. Ich war an der Universität Leipzig Urologe und Chirurg. Wir haben davon ge-

hört. Aber das drang nicht an die Öffentlichkeit, kaum über den engen Kreis der Zuständigen hinaus.
Es waren vor allem die Uranbergwerke im Erzgebirge.
Die Sowjetunion hatte die Quoten festgesetzt. Die Leute mußten die alten Halden aufarbeiten, um die letzten Reste von Pechblende, Uran etc. zu bergen, lebten unter schwierigen Umständen. Die Familien konnten nicht nachgezogen werden, weil keine Unterbringungsmöglichkeiten waren. Die Leute lebten in Baracken. Es war da so eine Art Wildwest. Na und was glauben Sie, was im Wilden Westen los gewesen ist in den Goldgräberstädten.
Die Sowjets haben im Rahmen des kriegsbedingten Austausches die Grundlagen der Penicillinforschung mitbekommen.
Und haben dann in dieser Richtung weitergearbeitet und wir bekamen drüben auch sowjetisches Penicillin, was in der Wirkung etwa dem entsprach, was die Anfangsstufen des westlichen Penicillins gewesen waren. Sehr ungereinigt, hatte eine sehr hohe Allergiequote. Ich selber habe mir da beim Mischen eine Penicillinallergie zugezogen.
– Eine starke Dosierung war 1960 in der Praxis von Dr. Angermeyer etwa 100 000 Einheiten für einen Tripper.
Man dosiert heute etwa 4 Millionen.
Welche sind die Resistenzen. Welches sind die neuen Mittel wie Stanilo etc.
– Sie erkennen schon an der Dosierung, daß die G-Stämme, die verhältnismäßig anfällig waren, längst ausgerottet sind. Überlebt haben Stämme, die sich haben durchmogeln können. Die so widerstandsfähig geworden sind, daß man sie nur noch mit solchen hohen Dosen erwischen kann.
Ich möchte meine Bewunderung ausdrücken, daß das Penicillin, das bei uns in Deutschland doch immerhin 40 Jahre zur Verwendung steht, bei den Westmächten etwas länger immer noch eine Wirkung hat. Die Sulfonamide gibt es heute auch noch, wir verwenden sie in der Urologie, als Mischpräparate, als Einzelpräparate. Aber das sind Weiterentwicklungen, die sich auf bestimmte Keime spezialisiert haben. Aber das G-Penicillin hat sich im wesentlichen nicht gewandelt. Es ist als Depot Penicillin

jetzt so gestaltet, daß sie mit einer Dosis den Spiegel über 1, 2 Tage halten. Das ist eine enorme Leistung. Davon haben wir damals nicht zu träumen gewagt. Es ist erstaunlich aber, daß die Wirkung des Penicillins noch immer in Breite da ist.
Das Stanilo ist eine Neuentwicklung. Wir haben inzwischen auch Tabletten.
Es gibt neue Präparate, gegen die die Tripper keine Resistenz entwickelt haben. Aber wenn wir eines Tages dann an den Punkt kommen, wo auch die Penicilline nicht mehr hinreichen, dann wird es Zeit, daß man wieder etwas andres entwickelt.
– Zum total resistenten Tripper: Gar nichts machen! Fällt von selbst ab!, den haben sie noch nicht kennengelernt.
– Wir haben bis jetzt noch alles in den Griff bekommen. Wenn auch mit beachtlichen Schwierigkeiten manchmal.
– Sind die neuen Präparate grundsätzlich andre?
– Ja, es sind andre.
– Luetische Erkrankungen spielen in Ihrer Praxis keine Rolle.
– Nur als Zufallsbefunde, sonst ist das Sache von H und G. Aber auch die Behandlungen von Syphilis ist heutzutage durch hohe Penicillingaben möglich sobald nicht irgendwelche Allergien in diese Behandlung hineinfunken. Es gibt Kollegen, die beschränken sich heutzutage auf eine einzige Spritze. Obwohl die Wirkung meistens eintritt, wird dieses Präparat von der herstellenden Firma nicht mal zur Behandlung angegeben. Man weiß aber, daß es dagegen hilft. Ich finde es auch sehr elegant, daß man mit einer Spritze eine Syphilis aus der Welt schafft. Aber die Firma hält sich den Rücken frei, wenn nämlich bei einer solchen Behandlung eine Allergie auftritt und es sollte zu einem Todesfall kommen, dann ist die Industrie gedeckt.
– Deutschland war glaube ich auch das erste Land mit einer Syphilisbehandlung durch Salvarsan und Gemanin. Man behandelt seit 25 Jahren mit etwa 24 Millionen Einheiten. Es scheint also keine Resistenz der Syphiliserreger gebildet zu haben, so daß man heute mit 400 Millionen Einheiten behandeln müßte?
– Es gibt Resistenzen. Aber im allgemeinen ist es mit dieser Dosis geschafft.

Daß die Luesreaktionen nicht negativ werden. Wir haben eine Reaktion die kann immer positiv bleiben. Wir bezeichnen das als eine Serumnarbe. Schönheitsfehler. Wenn andere Reaktionen positiv bleiben, dann muß eben eine zweite Kur durchgeführt werden.
– Mit einem anderen Mittel.
– Oder mit einer höheren Dosierung.
– Aber so horrende Steigerungen, von 100 000 Einheiten bei Tripper auf 4 Millionen wenigstens.
– Das hat man bei der Lues nicht.
– Sie spielen oft auf den anaphylaktischen Schock an. Bei der Behandlung ist es eines Ihrer Prinzipien, den Türken, Deutschen zu sagen: Diese Spritze kann tödlich sein. Ganz sicher nicht nur um den Mann zu warnen oder zu schocken, sondern auch, um sich, verständlicherweise abzudecken. Haben Sie je einen solchen Todesfall gehabt?
– Ja, wissen Sie bei einer Tripperbehandlung nicht.
Wir haben, oder ich habe, im Laufe meines medizinischen Lebens anaphylaktische Schocks erlebt, die zum Exitus geführt haben und zwar durch Röntgenkontrastmittel.
– Das ist sicher sehr traumatisch.
– Das kann ich Ihnen sagen. Der Himmel bewahre unsere Praxis davor. Er hat es bis jetzt getan. Aber dieses Damoklesschwert schwebt über Ihnen als Arzt, wenn Sie mehr tun, als Husten behandeln.
Ich komme aus dem Operativen. Da ist man derartige Zwischenfälle leichter gewöhnt. Es ist in einem hiesigen Krankenhaus. Mit dem Chef war ich gut bekannt, wir waren etwa gleichaltrig, ist sogar ein Todesfall eingetreten wegen eines Mittels, das man zur örtlichen Betäubung eingespritzt hat.
– Herzversagen?
– Anaphylaktischer Schock.
Ich habe im Kreise meiner Bekanntschaft vor einem Jahr einen etwa 50jährigen Mann verloren, in einem süddeutschen Krankenhaus, der dorthin kam mit Nierensteinen, es hatte sich ein Stein eingeklemmt, der Mann hatte furchtbare Schmerzen und der Kollege spritzte ihm, ohne zu wissen, daß der Mann gegen

ein bestimmtes Mittel allergisch war, dieses Mittel, eine Viertelstunde später war er tot.
Ein solches Geschehen ist furchtbar. Das werden Sie auch als hartgesottener Chirurg in Ihrem ganzen Leben nicht wieder los und Sie sind gezwungen, das gleiche am nächsten Tag oder sogar am selben Tag wieder zu spritzen. Das ist unser Berufsschicksal.
Wir haben derartige Zwischenfälle bei Narkosen gehabt. Ich entsinne mich noch eines kleinen Kindes. Es war der Sohn eines Kollegen. Der war gestürzt und wir mußten – es war im Krieg, nach den Hamburger Angriffen – in einem Hilfslazarett, ich war damals mit einer fliegenden Bereitschaft im Einsatz, wir machten eine sehr leichte Narkose – bei Kindern macht man die Narkose anders als bei Erwachsenen, damals schon. Und das Kind blieb uns beim vierten, fünften Atemzug weg. Wiederbelebungsversuche, Spritzen, ins Herz. Alles umsonst.
Man sprach damals von einem Thymustod. Bei Kindern ist die Thymusdrüse noch sehr stark entwickelt, das hängt mit dem Wachstum zusammen, man vermutete da einen Zusammenhang.
– Das würde ins Allergische gehören.
– Ja.
– Sie haben einen guten psychologischen und soziologischen Blick. Haben Sie den Eindruck auf Grund Ihrer Klientel, daß die Promiskuität, die zu einem derartigen Anschwellen der Tripperfälle geführt hat, bei männlichen Homosexuellen stärker sei, als bei Heterosexuellen?
– Nein. Das meine ich nicht. Ich bin nicht homosexuell. Ich schicke es voraus, weil man es mir vielleicht auf Grund meiner Einstellung nachsagen könnte. Ich habe mit Homosexuellen sehr viel zu tun gehabt in meinem Leben. Ich schätze sie als Menschen. Ich habe einen sehr guten Freund gehabt der war Rechtsanwalt und Notar, ein sehr feiner ordentlicher und in jeder Hinsicht positiver Mensch. Und ich könnte Ihnen noch viele andre nennen. Die Homosexuellen sind im allgemeinen ausgesprochen sauber, viel sauberer möchte ich sagen, und deshalb habe ich vorausgeschickt, daß ich nicht homosexuell bin, sonst könnte man denken ich spreche pro domo, sie sind im allgemeinen viel sauberer als der Durchschnittsmensch. Ich nehme hier-

von die Strichjungen aus, die ich nur als Randerscheinungen dieser Szene ansehen möchte, wo es manchmal das Gegenteil gibt. Der Homosexuelle ist oft sehr pienzig, er ist sehr genau, sehr gründlich. Ich bin der Meinung daß es sich bei der Homosexualität um eine hormonelle Verschiebung handelt. Ich kann das nicht begründen, aber es ist meine Überzeugung. Wir tragen ja alle männliche und weibliche Hormone in uns. Es gibt fließende Übergänge. Sie haben Frauen, die sprechen sehr tief, Sie haben Männer, die sprechen sehr hoch. Die Kehlkopfentwicklung ist letzten Endes auch hormonell bedingt. Wir haben Frauen mit Bartwuchs, wir haben Männer, die haben kaum einen Bart. Und das ist ja das Verrückte, daß man glaubt, hormonelle Gegebenheiten durch Konzentrationslager verändern zu können.
Ich bin jetzt 70 Jahre alt. Ich bin in meinem ganzen Leben mit keinem Mann (sexuell) zusammengekommen, obwohl ich Soldat war, zur See gefahren bin. Ich persönlich habe nicht das Bedürfnis. Während ich der Frauenwelt weit mehr zugetan bin. Da kann ich nichts dafür. Das ist die Veranlagung, die ich mitbekommen habe. Und so ist es auch bei Homosexuellen. Und diese Menschen achten im allgemeinen sehr darauf, daß sie sich nicht anstecken. Der Homosexuelle ist vielleicht viel mehr darauf bedacht als viele Durchschnittsbürger, die nun mal so mitnehmen, was sie kriegen können. Die Homosexuellen bewegen sich in eigenen Kreisen. Sie haben ihre eigenen Lokale, sie stehen miteinander in Verbindung, es ist ähnlich wie mit Transvestiten, wir haben hier viel mit Transvestiten zu tun gehabt und Sie glauben nicht, wie diese Menschen miteinander in Verbindung stehen. Ich habe einigen Transvestiten dringend helfen müssen, nachts, wenn sie nicht mehr Wasser lassen konnten, auf Grund ihrer Geschlechtsumwandlungsoperation, da hat sich hier im Laufe der Jahre geradezu ein Knäuel von Transvestiten zusammengezogen, die ich operiert habe, die kamen von den Philippinen, die kamen aus den USA, die kamen aus Japan, aus Spanien, aus Thailand, aus Belgien, aus Groß-Britannien, die fanden sich alle bei uns auf der Reeperbahn wieder nur durch den engen Kontakt, den die miteinander haben, weltweit stehen sie in Verbin-

dung. Welcher normale Mensch schreibt nach Japan oder nach Haiti, wer steht mit den Philippinen in Verbindung.
Vergleichen Sie das mal mit Vereinsmitgliedern oder mit Logenmitgliedern oder einer Kirche, die sich in einer Gemeinschaft viel näherstehen.
– Die Fälle von 35, 70 Tripperkrankungen sind bei Heterosexuellen oder bei Homosexuellen Ihrer Meinung nach häufiger.
– Das waren Heterosexuelle. Bei Heterosexuellen sind die häufiger. Ich glaube natürlich, daß bei der Homosexualität die Umwelt und die Erziehung eine beachtliche Rolle mitspielen, daß eine Gruppe von Menschen, die zwischen den Geschlechtern liegen unter gewissen Umständen zu Homosexuellen werden während sie es sonst unter normalen Umständen nie geworden wären.
Diese fließenden Übergänge haben wir bei jedem Lebewesen.
Sie haben das bis ins Pflanzenreich hinein, daß kein Lebewesen dem anderen völlig gleicht.
– Wann sind Sie das erste Mal mit Geschlechtsumwandlungen konfrontiert worden?
– Das war Anfang der 60er Jahre. Hier in Hamburg.
Natürlich haben wir uns als Urologen theoretisch mit solchen Sachen zu befassen gehabt. Ich habe auch Operationen bei Zwittern schon in früheren Jahren durchgeführt, in Leipzig, in meinem Krankenhaus, das ich in der DDR führte. Daß man dem Menschen helfen muß, sich nach der einen oder nach der anderen Seite zu entscheiden. Soweit das möglich ist. Die Zweckumwandlung bei einem Transvestiten, die beginnt Anfang der 60er Jahre, als das Transvestitentum hier, unter dem Druck des Wirtschaftswunders, aus merkantilen Gründen sehr stark in den Vordergrund trat.
– Wo wurden diese ersten Operationen durchgeführt?
– In der Medizin ist in Deutschland alles erlaubt, heißt es salomonisch, was nicht gegen die guten Sitten verstößt. Nun kannst du dir als Arzt selbst dein Maß zumessen.
Es gibt bestimmt Transvestiten aus Überzeugung die aus ihrem Empfinden heraus eine solche Umwandlung anstreben.
Dagegen ist nichts zu sagen.

Aber die stehen in keinem Verhältnis zu den in den 60er Jahren durchgeführten Umwandlungen.
Sie kamen nicht nur aus Fernost und Farwest um sich hier wieder zum Urinieren verhelfen zu lassen.
Es kamen auch erstaunlich viele aus Hamburg.
Das Geschäft blühte damals. Das horizontale Gewerbe blühte und vor allem das Showbusiness.
Sie werden nicht erleben daß eine Frau sich in der Öffentlichkeit gern nackt darstellt.
Das ist nicht einmal bei den Prostituierten der Fall.
Sie sind vielleicht nicht die fleißigsten. In ihrem Gewerbe können sie schneller und leichter Geld verdienen. Man sagt in Hamburg, das staubt nicht.
Aber auch eine Prostituierte würde sich nicht so gerne öffentlich ausziehen, wie ein Transvestit.
Ich hatte einem Transvestiten wieder zum Pinkeln verholfen. Die Harnröhre hatte sich nach der Umwandlung abgestoßen, wie das sehr oft erfolgt, die Harnröhre hatte sich völlig verabschiedet, war nur noch eine kleine Fistel und der Urin trat tropfenweise perlenförmig heraus.
Wir hatten ihr also wieder zum Wasserlassen verholfen und auch so noch einige kleine gewünschte kosmetische Korrekturen mit vorgenommen. Sie pinkelte nämlich nach der Operation noch immer wie ein Mann im hohen Bogen voraus, sie konnte sich gar nicht auf die Toilette setzen. Da haben wir dann die umgebildete Harnröhre so gelegt, daß sie wenigstens auf Toilette wie eine Frau urinieren konnte.
Ich wußte ja nun wirklich wie sie aussah.
Ich hatte es ja nun selber wieder hingebogen.
Und als sie sich verabschiedete und mich umarmte da zog sie wenigstens zehnmal den Rock hoch und den Slip runter, um mir zu demonstrieren, wie schön es geworden war und spreizte die Beine. Ich sagte: Ja, ich habs ja gemacht. Ich weiß wie Sie aussehen. Es ist wunderschön geworden. Ich gratuliere Ihnen.
Aber im nächsten Augenblick hatte sie wieder den Rock hoch und wieder den Slip unten.

Das würde eine Frau nie machen.
– Hat das magische Gründe?
– Unter Umständen ja. Bei den Vorstellungen die hier in der Großen Freiheit existieren, habe ich immer den Eindruck, die schmunzeln im Innern darüber, daß die Leute, die da unten im Parkett sitzen, so staunen und sie bewundern.
Kindersch, ich bin ja gar nicht ich, ich bin im Grunde genommen ein ganz andrer.
– Rimbauds Formel: Je est un autre.
Der Urtraum: Ich kann ein ganz andrer werden.
– Das Gleiche, was man bei einer Maskerade findet, beim Theaterspielen.
– Wann hat man früher die ersten Geschlechtsumwandlungen versucht?
– Wir haben Zwitter geklärt – das war schon vor dem Krieg.
Vor meiner Zeit kann ich das nicht sagen.
Aber auch bei meinen Operationen, vor den 60er Jahren, es waren Kriegsverletzte, durch Unglücksfälle zu Schaden gekommene und eben Zwitter – das waren geringe Zahlen.
Zweckumwandlungen sind mir erst hier nach dem Krieg bekannt geworden.
Die ersten Umwandlungen, die ich dann hier in Behandlung bekommen habe, stammen von einem Kollegen, der in Casablanca arbeitete. Ich möchte annehmen, daß er bahnbrechend eine gewisse Methode entwickelt hat, die dann im Laufe der Zeit, es ist ja ein ziemlich einbringliches Geschäft von verschiedenen anderen Kollegen, erst außerhalb Deutschlands, dann auch in Deutschland nachgemacht, wenn auch nicht verbessert worden ist. Die Methode war gut. Vielleicht etwas abgewandelt, aber nichts grundlegend Neues.
– Ein Araber?
– Nein, soweit ich weiß, ein Franzose, ein Jude.
– Welches war die Methode?
– Wenn man eine Scheide bilden will, wenn man einen Spalt am Damm schafft, der zur Scheide werden soll, so würde diese Wunde in wenigen Tagen wieder glatt verheilen. Ich muß also, die Scheide auskleiden. Und dazu hat er ganz geschickt die Haut

des in Wegfall kommenden Hodensackes und des in Wegfall kommenden Penis verwendet. Diese Häute werden zu einer Fläche vernäht und wird in die geschaffene Wunde eingestülpt.
– Phylogenetisch rückwärts noch einmal die Entwicklung nachvollziehend.
– So etwa.
Der Witz ist nur der: erst einmal sind die Männer, die zur Umwandlung anstehen auch von der Natur verschieden ausgestattet. Der eine hat einen großen Penis, der andre hat kaum einen. Der eine hat kaum einen Hodensack, der andre hat einen ganz gewaltigen. Der Operateur kann nur das verwenden, was vorhanden ist.
Wenn man nun die Haut zu sehr der eigenen Durchblutung entfernt, dann stirbt die Haut ab. Und stößt sich als Eiter aus. Dann ist der Erfolg katastrophal.
– Es hat da sehr extreme Fälle gegeben.
– Ja. Wir haben Fälle gehabt, wo von der Scheide kaum etwas übrig geblieben ist. Das kam meist nicht aus Casablanca.
– Sondern?
– Ich möchte da keine Namen nennen. – Es wird in Thailand operiert, es wird in Groß-Britannien operiert, in Belgien, es wird überall eigentlich (zur Geschlechtsumwandlung) operiert.
Die Methoden sind ähnlich – einige allerdings kurios anders.
– Das heißt?
– Ein Operateur hatte es sich geleistet, den Penis einfach abzuschneiden. Der war weg. Und den Hodensack zu spalten. Ob er die Hoden reponiert hat, oder ob er sie weggenommen hat, das konnten wir nicht feststellen.
– Werden die meisten Hoden reponiert? Um das hormonale Geschehen zu erhalten?
– Ja.
– Und die bilden sich dann zurück?
– Ja. Allerdings wird dadurch nicht die Gefahr ausgeschaltet, daß es zu einem Hodenkrebs kommt. Weil die reponierten Hoden im Bauchraum zu warm liegen. Die Natur hat die Hoden außerhalb des Körpers gelagert – aus gutem Grund, weil sie kälter liegen müssen als der Körper sie halten würde.

– Sie resorbieren sich nicht?
– Doch sie resorbieren sich unter diesen dauernden Hormonspritzen. Sie werden kleiner.
Es gibt auch Fälle, wo sie weggenommen worden sind.
Und der Operateur nun, der den Penis einfach abgehackt hatte, hatte den Hodensack belassen und hatte, der Hodensack ist ja zweigeteilt, das hat er geschlitzt vorn und hat die beiden sich bildenden Hautlefzen, so ineinander vernäht, daß eine Art Beutel entstand.
Der Transvestit war eine Art Känguruh. Und dieses arme Känguruh kam nun zu uns und zeigte das Ergebnis.
Man hatte uns empfohlen, die drehen da allerhand wieder hin.
Aber da hab ich auch gesagt:
Mein Guter, mein Bester, einen verschnittenen Anzug schickt man am besten zu dem wieder zurück, der ihn gebaut hat.
Die Penishaut fehlte und die wäre notwendig gewesen um was zu machen; Wasserlassen konnte er ja. Und einem solchen armen Wesen Versprechungen zu machen, die man dann nicht halten kann, das lehnen wir ab.
– Was kostete Anfang der 60er Jahre eine Geschlechtsumwandlung?
– Die Preise sind im Laufe der Zeit etwas zurückgegangen. Soweit mir bekannt ist, begannen sie damals mit etwa 20000 Mark.
– Und heute?
– Heutzutage bezahlt die Krankenkasse!
– Und privat?
– Da hat jeder Operateur seine Sätze.
Eine Gebührenordnung gibt es nur in Deutschland.
Ich möchte meinen, der Preis wird heute bei 10000 Mark liegen.
– Ist im Laufe des Aids Pogroms die Zahl der Geschlechtsumwandlungen zurückgegangen.
– Nein. Eine Verminderung ist eingetreten, aber daran ist nicht Aids schuld. Sondern daran ist das geplatzte Wirtschaftswunder schuld.

Die Shows – wenn Sie hier über die Reeperbahn gehen – es strömen keine Menschenmassen.
Seit einigen Jahren haben wir erlebt, daß die Transvestiten, die ja witzigerweise von ihren weiblichen Konkurrentinnen, kastrierte Kater, genannt werden, daß sie in Hamburg nicht mehr genügend Betätigungsfelder fanden; sie fingen an in die Kleinstädte und aufs Land zu gehen. Wir hatten mehrere, die reisten wirklich wie ehedem die Schausteller mit ihrem Affen oder mit ihrem Tanzbären durch die Gegend – so reisten die Transvestiten eben mit ihrer Umwandlung durch die Lande und boten in Gastwirtschaften oder einem Raum das dar, was die Bauern erfreuen sollte – ob es die Bauersfrauen erfreut hat, möchte ich dahingestellt sein lassen.
Ich glaube nicht, daß dieser Idee ein großer Erfolg beschieden ist, denn die Leute, die nach Hamburg kommen, als Geschäftsreisende, ohne ihre Frau, können sich natürlich viel freier in solchen Etablissements geben als wenn sie in ihrem Dorf sind und die Frau guckt durchs Küchenfenster.
– Tripper sind selten bei Transis?
– Weil der Tripper eine Schleimhaut braucht.
Da kommt ein Transvestit, der sich horizontal betätigte, zu uns furchtbar aufgeregt. Er würde einen seiner besten Kunden verlieren. Die Frau eines Kunden habe einen Tripper bekommen.
Und habe ihren Mann beschuldigt, weil der sich immer draußen rumtriebe.
Wir haben pflichtgemäß versucht, einen Abstrich aus der künstlich gebildeten Scheide zu machen.
Es war natürlich kein Nachweis möglich.
Vielleicht hat sich auch die Frau revanchiert gehabt.
Der Dauerkunde hatte Abonnement bei ihm.
– Nero hat einen seiner Geliebten versucht zu einer Frau zu verschneiden. Ich glaube auch Nero hatte den Penis spalten lassen; es gab die Kastrationen des XVII. Jahrhunderts.
– Die gab es schon vorher –
– Am Hof der Maria Theresia.
Der alte Traum der Bisexualität und der Androgynie – der Doppelgeschlechtlichkeit und der Verwandlung des Geschlechts.

Die Idee als Mann ein Kind auszutragen.
Ist dieser Traum realisierbar geworden?
Hat man Eierstöcke, Gebärmuttertransplantationen vorgenommen? Kann man heute an Mietschwangerschaften bei Männern denken?
– Noch ein Wort zu Nero und zu den Kastraten des Mittelalters. Die katholische Kirche war ja nicht kleinlich, wenn es darum ging, hohe Stimmen zu erhalten. Da hat man keine wirkliche Umwandlung vorgenommen.
Die Operationstechnik war nicht weit genug.
Man konnte nicht mehr machen, als die Hoden wegnehmen.
Das war eine rein hormonale Sache und natürlich eine äußere Umgestaltung.
Es liegen uns neuerlich Angaben vor, in welcher Weise das gestaltet worden ist.
Aber die fehlende Asepsis die spricht dagegen, daß man hat viel umbilden können.
Diese ganze Region ist erstaunlich widerstandsfähig gegen Keime. Das ist richtig. Wenn Sie einen Schußverletzten hatten, dem der Penis weggerissen war, dem der ganze Hodensack weggerissen war, es war außerhalb des Körpers und es wurde verhältnismäßig leicht überstanden.
Eunuchen oder Sängerknaben. Bei den Sängerknaben hat man soviel ich weiß nur die Hoden weggenommen. Bei einem Kind sind die Hoden noch nicht so ausgebildet und auch die Blutung ist nicht so stark. Man hat sie äußerlich als Männer belassen. Man hat sie zu Kapaunen gefüttert.
– Die kopulationsfähig waren – wenn auch nicht zeugungsfähig.
– Ja. – Das weiß ich nicht. Denn ohne Hoden ist ja auch keine Potenz gegeben.
Sehen Sie, wenn wir bei Prostatacarcinomen die Hodensubstanz wegnehmen, nicht die Hoden, wir kratzen das Hodengewebe aus den Hodenhöhlen heraus und wir nähen dann die Höhlen so zusammen, damit der Schein gewahrt bleibt, und man auch, wenn man nachtastet noch was findet. Dann ist die Potenz weg. Da spielt sich nicht mehr viel ab.

– Am dahomeyischen Königshof gibt es Kastrationen, wo man nur einen Hoden wegnimmt.
– Ja. Ein Hoden reicht für den Hausgebrauch immer.
– In Dahomey gibt es eine Familie, die heißt Nur einen.
Das waren Eunuchen, die illegitim zeugungsfähig waren und eine Familie gründeten.
– Das Einsetzen von Eierstöcken . .
Nun kommen wir zur Jetztzeit wo man in der Lage ist unter den Voraussetzungen der Asepsis und der modernen Chirurgie, eine Scheide zu bilden, eine Mißbildung zu schaffen, so daß man im gutgelungenen Falle, wenn genügend Material vorhanden war, auf den ersten Blick sagt: Das ist eine Frau. – Wer ein bißchen hinter die Kulissen schaut und das schmale Becken sieht, und den breiten Brustkorb, und die großen Hände und die großen Füße.
Wenn die Nase umgebildet ist, und der Kehlkopf umgebildet ist und der Bart epiliert.
Und es gibt sicher manchen Bur, der sin Swin verkopt hatt und der anschließend so einen kastrierten Kater ins Bett gelockt hat und der ist vielleicht ganz zufrieden.
Den interessiert ja auch keine Gebärmutter, vielleicht beim Schwein oder beim Pferd, aber nicht beim Menschen.
Einem Transvestiten hatte man hier bei einer Show auf eine sehr häßliche Weise weh getan. Man hat wohl eine Flasche da hineingestoßen oder irgend etwas.
Jedenfalls kam es zu einer beachtlichen Blutung und es wurde ein Kollege im Nachtdienst als Notarzt gerufen. Er erscheint, sieht das, und weist die Betreffende ein, wegen drohenden Abortes. –
Ich halte es in Zukunft nicht für möglich, und auch nicht für lohnend Mietschwangerschaften, Eierstocktransplantation etc. zu versuchen.
Ich habe eine Patientin gehabt, die war ganz glücklich, als sie wieder Wasser lassen konnte, operiert war sie schon, mich umarmte und sagte: Und nun brauch ich nur noch das Baby. Ich sagte: Ja, aber dazu kann ich Ihnen leider nicht verhelfen.

– Hinter unserem Gespräch steht die Figur Dr. Angermeyers, mit dem wir beide befreundet waren.
Angermeyer sprach mit einer gewissen magischen Faszination von diesen Geschlechtsumwandlungen.
Angermeyer sagte zu Homosexuellen: Warum lassen Sie sich nicht operieren. Ich mache Ihnen auch sehr schöne Brüste.
Haben Sie und Angermeyer nun nur die Verkorksten wieder hingebogen oder haben Sie selbst und Angermeyer auch Geschlechtsumwandlungen durchgeführt?
– Angermeyer nicht. Er arbeitete operativ nicht. Das ist ja schon große Chirurgie. Ich selbst habe sie nicht durchgeführt, weil ich damals gegen die guten Sitten verstoßen hätte.
Es liegt ja eigentlich außerhalb des urologischen Gebietes.
Ich habe Leute gehabt, die sich bei uns haben Hormone spritzen lassen. Ich führe es heute noch durch, wie ich es damals mit Herrn Angermeyer abgesprochen habe, was Dosierungen anlangt etc.
Ich habe die Methode Angermeyers beibehalten.
Ich habe nichts Besseres liefern können.
– Hans Henny Jahnn führte wie Sie das Sexualverhalten auf Hormone zurück. Wenn das stimmt, was ich nicht glaube, dann müßte nach den Hormongaben anläßlich von Geschlechtsumwandlung ja auch eine entscheidende Verwandlung des Verhaltens eintreten.
– Das ist schwer zu beantworten. Man kennt die Menschen vor der Umwandlung nicht. Zweifellos haben alle, die sich einer so strapaziösen und nervenanspannenden Behandlung über Jahre hin unterziehen, haben die schon, haben die schon eine Tendenz zum hormonellen Ungleichgewicht. Ich könnte mir nicht vorstellen, daß ich mir alles abschneiden lasse, um zur Frau zu werden. Ich fühle mich glücklich wie ich bin. Und keiner hat mich nun zum Mann erzogen. Doch, das haben sie auch noch gemacht. Aber das hat mir niemand befohlen. Das ist meiner hormonellen Eigenart nach gewachsen.
Die Zahl der Transvestiten, die sich haben umwandeln lassen, wurden durch die wirtschaftliche Situation bedingt.
Ich glaube daß es noch sehr viele Menschen gibt, die sich bei

günstigeren wirtschaftlichen Umständen einer Umwandlung unterzögen, die aber sagen: Na, wie das jetzt aussieht, lohnt sich das für mich nicht.
Ich habe jetzt noch eine Patientin in Behandlung, die kommt aus der homosexuellen Szene, trägt Damenschuhe, hat phantastische Brüste und wenn sie den Rock hochhebt, hat sie einen erigierten Penis und ein Scrotum. Sie kann sich aber nicht zu dieser eingreifenden Operation entschließen. Und von dieser Sorte kenne ich mehrere. Aber es gehört doch wohl dann noch ein letztes dazu, um wirklich dann in das kalte Wasser zu springen.
Und wenn dieser letzte Anlaß, der in den 60er Jahren durch das winkende Geld gegeben war, fehlt, dann scheuen sie doch.
Ich habe auch erlebt, und das sind vielleicht die unglücklichsten Menschen, daß ein Transvestit, der oben wohl ausgebildet und auch unten mit einer recht guten Vagina versehen worden war, zu uns kam. Und sagte: Ich stehs nicht durch. Verwandeln Sie mich zurück. Ich möchte meine Brust loswerden.
Ja, haben wir gesagt, das können wir natürlich machen. Das ist kein Problem. Wenn Sie viel Zeit haben, geben wir ihnen Hormone daß die Rückbildung sich langsam entwickelt. – Dazu war er nicht bereit. Er wollte wieder in sein altes Kleid schlüpfen. Dann haben wir ihn operiert und ihm die Fettansammlungen entfernt, haben auch etwas Haut wegnehmen müssen, um normale äußere Verhältnisse zu schaffen, aber ansetzen konnten wir unten natürlich nichts mehr.
Bei einem Transvestiten, der sich selbst nicht mehr sehen kann, der in eine andre Haut schlüpfen kann, setzt der Psychiater den ersten Stein zur Umwandlung, indem er uns ein Gutachten liefert, was oftmals dreißig Seiten und mehr umfaßt, und wenn man das gelesen hat, ist man so davon überzeugt, daß man sich selber zwischen die Beine faßt um festzustellen, ob mans noch ist oder nicht.
Ich halte die wirtschaftliche Entwicklung in dieser Hinsicht für sehr heilsam. Jetzt wird sich einer Umwandlung nur noch derjenige stellen, der aus innerem Empfinden heraus, glaubt, nicht mehr Mann sein zu können.

– Für die Krankenkasse muß also ein psychiatrisches Gutachten vorangehen.
– Ja.
Die Chancen sind im Moment gering, daß jemand es aus wirtschaftlichen Erwägungen heraus machen läßt, dazu sind die Aussichten zu schlecht.
In vergangenen Jahren mögen oft, aus wirtschaftlichen Erwägungen heraus, psychiatrische Gutachten eingeholt worden sein, die nicht ganz zutreffend waren.
Nun, wenn Sie nach Casablanca gingen, brauchten Sie kein Gutachten. Und da brauchen Sie auch heute keins. Überhaupt außerhalb Deutschlands nicht.
– Sie haben ein gargantueskes Buch über Ihre Praxis geschrieben. Darin berichten Sie, daß der Anblick eines Menschen mit voll entwickelten Brüsten und einem erigierten Penis Ihnen Erbrechen hervorruft.
– Die Ästhetik ist doch sehr mit Füßen getreten.
– Woher kommt diese unmedizinische Reaktion?
– Ich habe eigentlich eine ganz normale Jugend durchlebt, ich habe seit frühester Jugend sehr viel arbeiten müssen. Ich habe auch in meiner Studienzeit gearbeitet. Ich bin 8 Jahre Soldat gewesen. Ich kann da keinen Grund finden.
Aber wissen Sie, es gibt so ein ästhetisches Gefühl, wenn Sie einen schönen menschlichen Körper haben oder einen hübschen Hund oder eine hübsche Katze, dann empfinde ich dabei ein angenehmes Gefühl.
Aber wenn jetzt der russische Hund mit 2 Köpfen hier reinkäme, dem man einen zweiten Kopf angesetzt hat, dann würde ich mich nicht fürchten, ich bin überhaupt nicht furchtsam, aber da hätte ich ein ungutes Gefühl.
– Aber Sie interessieren sich doch für skurrile Dinge.
– Ja. Ich würde den Hund auch streicheln und ich bin auch zu dem Patienten lieb, der oben Frau und unten Mann ist.
Aber ich finde, da wird ein Maß der Ästhetik verletzt.
– Ekeln Sie sich überhaupt vor steifen Schwänzen?
– Nein. In keiner Weise. Von mir aus serienweise.
Also wir haben einen Patienten gehabt, dem mußten wir eine

kleine Operation am Penis vornehmen und er war wohl etwas zu potent und wollte etwas gemindert werden und wir hatten nichts weiter vor als das kleine Bändchen unten zu lösen, zu trennen. Die Anwesenheit der Schwestern veranlaßte ihn, als es gerade losgehen sollte, in hohem Bogen zu ejakulieren. Wir sind stillschweigend zur Tagesordnung übergegangen.
Auch als Arzt hat man ein Empfinden, wenn man einen schwer verkrüppelten Menschen sieht. Auch wenn man ihm auf der einen Seite helfen muß, bleibt auf der anderen Seite das Gefühl übrig, Mensch, mit dem könntest du nie ins Bett gehen.
– Sie würden nie mit einem Transvestiten ins Bett gehen können?
– Nein.
– Wie ist Ihr Tageslauf.
– Mein Tag beginnt um sechs.
Die Praxis beginnt um 8 Uhr 15. Bis dahin brauche ich, um von nach Hause hierher zu kommen. Dann laufen noch so einige kleine Vorbereitungen, der Patientenstrom läuft aber 8.30 an. Wir arbeiten ohne Unterbrechung durch bis Mittag, haben keine feste Mittagszeit, sondern müssen manchmal wechselnd essen und Pause machen, wenn der Betrieb es verlangt. Wenn es möglich ist, essen wir gemeinsam. In der Mittagszeit wie morgens vor der Sprechstunde sind operative Eingriffe fällig und Röntgenaufnahmen. Die eigentliche Sprechstunde ist sehr kurz bemessen, von fünf bis sechs.
Und wenn ich abends ins Bett gehe, dann fehlt nicht mehr viel bis Mitternacht.
– Machen Sie viel Hausbesuche?
– Nein. In einzelnen Fällen müssen wir es machen, wenn die Leute bettlägerig sind und ich habe auch ein Seefahreraltenheim zu betreuen, wo wir Katheter wechseln müssen.
– Sie sind etwa 70 Jahre alt. Sie sprechen oft von wir – ist das modestiae oder majestatis?
– Das will ich so verstanden wissen, daß ich mich als Primus inter Pares befinde. Daß ich zwar den Taktstock schwinge, aber die Arbeit doch viel von meinen Angestellten getätigt wird. Und ohne diese wäre ich ein Nichts. Unsere Arbeit ist doch sehr ma-

nuell ausgerichtet. Meine Angestellten habe ich im allgemeinen sehr lang. Eine ist 25 Jahre bei mir, eine 23 Jahre, eine 20. Und so abwärts.

Die sind auch so selbständig in ihrer Tätigkeit, daß ich nur einige wenige Anmerkungen zu machen brauche, um zu wissen, daß der ganze Zirkus dann läuft.

– Welche Krankheiten haben Sie hier zu behandeln?

– Ich habe bis zu meiner eigenen Operation – ich habe vor einigen Jahren eine sehr schwere Magenoperation durchmachen müssen. Man hat mir damals einen zweiten Magenausgang angelegt, weil der andre völlig geschlossen war – ich habe bis zu dem Zeitpunkt noch eine Privatklinik betrieben und habe selbst da operiert, Nieren, Prostatae, was eben urologisch zu tun war. Meine Herkunft ist das Chirurgische. Ich war Facharzt für Chirurgie und habe den Krieg als Chirurg mitgemacht, bin an der Universitätsklinik gewesen, bin Chefarzt gewesen, ich habe große Chirurgie getrieben, bis zur Gehirnchirurgie und habe dann mich zusätzlich auf das Urologische spezialisiert. Ich mußte da einspringen, fand daran Gefallen und erwarb mir einen zweiten Facharzt. Die Urologie umfaßt alles, was Blase, Nieren und männliche Geschlechtsorgane betrifft.

Die Urologie ist ferner eine Art männliche Gynäkologie eine beratende Institution, wo Eheprobleme, Sexualprobleme eine sehr große Rolle spielen. Wir haben hier Steine, Nierensteine, Harnleitersteine, Blasensteine, die wir operativ, transrenital, oder transurethral entfernen oder herausziehen. Wir erledigen hier alles, was nicht unbedingt einer stationären Behandlung bedarf. Die Masse sind entzündliche Erkrankungen, Nebenhodenentzündungen, Carcinome, Brüche.

Wir haben auch mit Kindern zu tun, wenn die Kinderurologie auch in St. Pauli nicht sehr groß geschrieben wird.

Man meint immer, wir hätten nur mit dem horizontalen Gewerbe zu tun, das ist nicht der Fall. Die Damen wohnen meist außerhalb, in den Elbvororten oder in Pöseldorf oder in Uhlenhorst oder so. Sie besuchen die Ärzte dort und laufen da als Stenotypistinnen, Hausfrauen oder Fotomodell. Kein Mensch

weiß, daß sie mit ihrem Porsche dann hier nach St. Pauli fahren, ihn abschließen und in ihr Lokal gehen.
St. Pauli ist das Gebiet einer einfachen Arbeiterbevölkerung.
– Wieviel Prozent Tripper, Prostatiker, Katheter, Steine.
– Wir haben darüber nie eine Statistik geführt. Aber ich will mal sagen, die Prostataerkrankungen, die Prostatitis, eine der Jugend zuzurechnende Erkrankung Entzündung und die sogenannte Altmännerkrankheit, die gutartige Adenombildung, dann Krebserscheinungen der Prostata ergeben wohl zusammen die Hälfte aller Erkrankungen.
Die Tripperer krankungen sind bei uns beiläufig das gehört eigentlich in die H + G, aber ein einfacher Tripper ist kein Grund, um jemanden zu überweisen.
Oft sind bei einem Tripper – es ist ja meistens nicht der erste und wird ja auch nicht der letzte sein – oft schon Anhangsentzündungen vorhanden, die rein in das Gebiet der Urologie gehören: Samenblasenentzündungen, Prostataentzündungen, Spermatocelen, Nebenhodenentzündungen kommen sehr häufig vor, daß die Leute mit einem sogenannten dicken Ei kommen und unter großen Schmerzen kaum dem Krankenhaus entweichen können.
Aber nach dem Bestreben der kassenärztlichen Vereinigung und der Ärztekammer: Soviel ambulante Behandlungen wie möglich, kann man die sehr wohl, wenn man die Behandlung weiß und etwas geschickt ist, auch ohne Krankenhausaufenthalt heilen.
Die Praktiker überweisen oft nur ungern zu einem Facharzt, weil sie der komischen Ansicht sind, daß die Patienten ihnen dann verlorengehen. Das ist natürlich völliger Unsinn, denn man schickt die Leute ja, sobald sie einigermaßen wieder hergestellt sind, dem Praktiker mit einem Bericht wieder zurück.
Wir haben Patienten, die ohne Überweisung kommen, weil sie glauben, daß sie richtig am Platz sind. Und die gehen keinen schlechten Weg, denn die Behandlung ist bei uns kurz und sehr intensiv.
– Ergeben sich aus diesen Spezialbehandlungen dennoch Vertrauensverhältnisse, daß die Leute dann zum Beispiel auch mit

einem Fußpilz oder mit der Spätbehandlung einer Lues zu Ihnen kommen?
– Das kommt natürlich vor.
Ich habe viele Patienten klinisch operiert.
Und diese Leute hängen einem natürlich besonders an. Weil sie meinen: Nun der Mann hat mich schon einmal von innen gesehen, dann wird er wohl auch Bescheid wissen, wenn äußerlich mal was ist.
Wir sind da aber ziemlich rigoros. Wir schicken die Leute, wenn sie Herz- oder Magenbeschwerden haben, weiter. Das würde uns viel zu sehr belasten.
– Haben Sie viele alte Leute mit Miktionsbeschwerden, Spätluetiker etc., um die Sie sich sehr kümmern müssen?
– Ja. Spätluetiker sind ja nun fast alle ausgestorben. Die Jahrgänge rücken nach. Als ich anfing hatten wir viel mit Spätluetikern zu tun, die Ausfallserscheinungen hatten, die den schnappenden Gang hatten, die Tabes Dorsalis, oder zerebrale Störungen.
Diese Leute wären heute 80, 90 Jahre alt.
Es ist da fast das gleiche wie mit der Behandlung von gonorrheischen Strikturen.
Diese Jahrgänge sind ausgestorben oder sterben aus.
Die Ära der Penicillinbehandlung dauert damit nun schon 40 Jahre und umfaßt Menschen die heute über sechzig oder über 70 sind.
– Die Penicilline haben also die tertiären Stadien der Syphilis ausgemerzt.
– Nicht nur die tertiären.
Die Fälle von Blödsinn, die sind nicht mehr zu erwarten.
– Keine Gespenster von Ibsen mehr.
– Nein.
– Und die Intensität der Behandlung von 24 Millionen Einheiten ist von Anfang an konstant geblieben.
– Wir gehen heute vielleicht etwas höher ran, denn wir meinen, wenn schon Antibiotika, dann klotzen.
– Wie erklären Sie sich nun, daß die Diplokokken immer stärkere Resistenzen entwickeln und daß die Geißlerin es nicht geschafft hat?

– Das betrifft nicht nur die Gonokokken. Wir haben in der Urologie Keime der Blasenentzündung, der Nierenbeckenentzündung, also Cystopyelitis, und die macht einen Großteil der Behandlungen aus, haben wir Keime gehabt, die man vor 30 Jahren, als ich zur See fuhr, die man damals noch mit einem Präparat angehen konnte, das war im Verzeichnis der deutschen Handelsschiffahrt als das Mittel angegeben Hexamethylentetramin. Das war ein ganz einfaches Mittel, mit dem Sie heute praktisch überhaupt nichts mehr erreichen.
Wir standen einmal vor Grönland und das hilfesuchende Schiff stand vor der amerikanischen Küste und durch die Funkstörung die wir in dem Jahr mit starker Sonnentätigkeit hatten, waren zwischendurch keine Verbindungen zu kriegen und wir haben dies Hexamethylentetramin haben wir per Morsetaste durch den Äther gegeben und haben eine halbe Stunde gewartet, bis es durch die vermittelnden Schiffe mehr oder weniger verstümmelt zurückkam und wir korrigieren mußten. Bis es dann korrekt bei dem hilfesuchenden Schiff war, waren Stunden vergangen.
Die Mittel die wir heute anwenden sind Sulfonamide oder Antibiotika, Tetracycline und andre Gruppen.
Die Keime die damals die Masse darstellten und mit Hexamethylentetramin bekämpft wurden sind heute ausgerottet und durch am Rand stehende Keime die sich dagegen resistent zeigten, überwuchert worden. Und dieses immer neue Überwuchern führt dazu, daß wir höher dosieren müssen oder neue Medikamente anwenden müssen. Es ist das im Prinzip so, wie Sie es in der Waffentechnik haben.
– Wie erklären Sie sich, daß diese Resistenzen bei der bleichen Geißlerin nicht nachgewuchert haben?
Hat das mit der Heiligen Furcht vor der Syphilis zu tun?
Daß man von Anfang an hoch genug geklotzt hat?
– Das mag eine Rolle spielen.
Es mag eine Eigenschaft der Erreger sein.
Es hat zwar immer schon Lues-Fälle gegeben, die einer Behandlung getrotzt haben. Das gibt es auch heute.
Aber daß man eine Steigerung der Resistenzen erlebt hat, ist mir nicht bekannt.

– Wieviel Bürgerliche, wie viele sogenannte Horizontale kommen im Laufe eines Tages in Ihre Praxis?
– Der Anteil der Prostituierten ist außerordentlich gering.
Wir haben hier ziemlich viel mit Fremdarbeitern zu tun, die in der Umgegend wohnen. Hier in der Gegend wohnen viele Türken.
Und wir haben zu ihnen eine recht gute Beziehung.
Ich habe zwei türkische Dolmetscher, die ich anrufen darf und die sehr hilfsbereit sind, weil sie wissen, daß die Türken gern zu uns kommen und hier auch gut versorgt werden.
Sie glauben gar nicht, wie diese Menschen erleichtert sind, wenn sie ihre Muttersprache hören.
Ein Türke hatte sich einen Tripper geholt und wir wollten ihm klarmachen, daß wir zur Identifizierung verlangen, daß er abends ein Glas Schnaps trinkt.
– Zur Provokation.
– Ja. Und das geht alles über den Dolmetscher und dann kommt über den Dolmetscher zurück: Nein. Der Patient ist ja Moslem und darf keinen Alkohol trinken. Das weiß ich, aber Allah hat ja auch nur erlaubt, den Acker seiner Frau zu bestellen. Da war das Eis gebrochen und die Sache nahm ihren Fortgang.
– Mit was kommen die Türken?
– Sie haben Tripper, Blasenbrennen, Steine, Hodenentzündungen, sie haben Prostatitis, genau wie die Deutschen.
– Und Sie haben nervöse Impotenzen beobachten können.
– Ja. Da haben Sie recht. Es ist erstaunlich, wie viele Ausländer unter Potenzschwierigkeiten leiden.
Der Prozentsatz ist wesentlich höher als unter den Deutschen.
Und ich sehe das nicht als nationale Eigenart, ich sehe die Ursache darin, daß die Menschen Sprachschwierigkeiten haben. Sie finden schwer Kontakt und es wird gekichert und es wird gelacht und in dem Moment fällt alles nach unten.
Die Spannung, die sie brauchen, um sexuell tätig werden zu können wird empfindungsmäßig gestört.
Und wir sagen dem Dolmetscher dann auch: Sagen Sie Ihrem Landsmann, wenn er mit einer Deutschen ins Bett gehen will, dann soll er erst einmal Deutsch lernen, daß er sich einfach

mit ihr verständigen kann. Und wenn er lernt: Ich habe dich lieb.

– Man verlangt von Ihnen Vorbeugungsspritzen gegen Tripper.

– Das lehnen wir prinzipiell ab.

Es kommt vor, daß Patienten eine Spritze verlangen, weil sie fürchten, einen Tripper zu haben.

Wir nennen das diagnostisch geradezu Türkische Angst.

Das liegt daran, daß die Türken durch ihren Glauben ziemlich kurz an der Leine geführt werden und genau wissen, daß sie etwas tun, was sie im Grunde nicht dürfen.

Wir haben Fälle gehabt, wo die Beschwerden über Monate anhielten und mit nichts war der geringste Nachweis zu führen.

– Bei Ihnen waren die Rolling Stones in Behandlung.

– Ja.

– Wie haben die sich benommen?

– Über die Gründe will ich natürlich und kann ich nichts sagen. Sie benahmen sich eigentlich ganz manierlich. Es gibt Deutsche, die keine Rolling Stones sind und die sich ganz anders aufführen. Sie waren geradezu bescheiden. Sie stellten ihre Beschwerden vor, wir behandelten sie und sie bedankten sich und rollten wieder davon.

Sie waren damals am Anfang ihrer Karrière.

Sie waren schon weltweit bekannt, aber sie hatten nicht den Nimbus, den sie vielleicht heute haben.

Ich bin kein Rockfan und kann das nicht beurteilen.

Aber menschlich haben sie sich hier einwandfrei verhalten.

– Die Beatles waren auch bei Ihnen.

– Nicht alle. Zwei waren wohl hier.

In der frühen Zeit. Die wurden ja berühmt hier drüben, im Star-Club. Und wir hatten einen Angehörigen der Besitzerfamilie in Behandlung. Den habe ich operiert an der Prostata und der erzählte mir dann immer die neuesten Schnurren von den Beatles.

Bis dann einige hier waren.

Das waren recht nette Menschen. Nicht überheblich. Oder mit Allüren.

– Kamen sie als Kassenpatienten.

– Nein. Sie waren privat hier.

– Früher nahmen die großen Ärzte von ihren reichen Patienten hohe Honorare, um die Armen umsonst behandeln zu können. Wie ist das heute?
– Diese Zeiten sind längst vorbei.
Die Zahl der Privatpatienten auf St. Pauli ist minimal.
Wer ist heute nicht auf irgendeine Weise pflichtversichert?
Fast alle. Mit Ausnahme der Geschäftsleute und der Fabrikbesitzer und freien Berufe vielleicht. Aber die halten sich in St. Pauli selten auf.
Wir haben Patienten, die von weit herkommen. Von Hamburg haben wir aus allen Stadtteilen Patienten. Aber auch die sind Kassenpatienten. Unsre Praxis ist eine Kassenpraxis. Und ich bin darüber gar nicht so böse. Die Verrechnung über die Kassen ist zwar nicht feudal. Aber sie erfolgt korrekt und wir haben damit eigentlich die wenigsten Scherereien. Sie müssen bei Privatpatienten oftmals mahnen, hinterherstehn. Das gibt es bei den Kassenpatienten nicht. Die geben ihren Schein ab, werden bei uns in der Praxis genauso behandelt, wie ein Privatpatient. Die einzige Ausnahme, die wir manchmal machen, auch nur manchmal machen, ist, daß wir Geschäftsleute, die es sehr eilig haben, bevorzugt herannehmen.
Die Zeiten, von denen sie sprechen, waren ganz anders.
Es war damals so, daß der Arzt das 10fache der preußischen Gebührenordnung nehmen durfte – anstatt der 3 Mark durfte er 30 Mark nehmen und in gewissen Fällen waren nach oben noch weniger Grenzen gesetzt. Aber die Kassenpatienten machten einen verschwindend kleinen Anteil aus und viele Menschen überhaupt nicht zum Arzt gehen konnten, weil sie kein Geld hatten. Und diese von den Ärzten dann völlig kostenlos behandelt wurden.
Während heute eine kostenlose Behandlung nicht die Regel ist. Wenn es gar nicht anders geht, dann schicken wir sie zum Sozialamt und lassen uns einen Krankenschein vom Sozialamt geben. Das sind Minimalsätze, die bezahlt werden, aber es wird bezahlt und vor allen Dingen wir haben die Möglichkeit, Medikamente zu verordnen. Die Medikamente machen heute finanziell ja wesentlich mehr aus als das Arzthonorar.

– Die Rolling Stones nach der durchtanzten Nacht, oder die beiden Beatles – haben die nun groß 500 Dollar auf den Tisch gelegt?
– Ach, nein!
Wie hatten einmal eine Gruppe. Ich möchte den Namen nicht nennen, es waren auch nette Kerle, die erschienen allesamt und hatten dieselbe Erkrankung. Sie hatten weder Krankenschein. Sie waren freiberuflich tätig und hatten auch kein Geld bei sich. Ja, wie stellt Ihr euch das vor? Wer soll die Medikamente bezahlen? Die ich euch spritzen soll. – Ja, das Geld hat der Manager. – Dann haben wir bei dem Manager angerufen, der war in einem Club und der war ganz aufgebracht darüber, daß wir nach Geld fragten.
Das wäre doch eine Ehre diese Gruppe zu behandeln.
Da habe ich ihn gefragt, ob die Post auch die Briefmarken an seine Gruppe kostenlos abgeben würde? – Eine Viertelstunde später war das Geld da.
Wir sind nicht kleinlich. Wenn jemand Schmerzen hat, geben wir ihm auch kostenlos die Tabletten, wenn einer auf Reisen ist und hat keinen Krankenschein, behandeln wir ihn auch so und wenn es ihm dann wieder gutgeht, vergißt er meistens den Krankenschein zu schicken.
Mit den Rolling Stones lief das alles sehr korrekt.
Sie zogen kuriert wieder ab.
– Und kamen zur Nachuntersuchung?
– Ja, sind sie gekommen.
– Ein seltener Fall?
– Ein seltener Fall.
– Und eine Schallplatte?
– Nein. Vielleicht haben sie sich damals auch noch nicht so hoch eingeschätzt.
– Kamen die Beatles zur Nachuntersuchung?
– Das weiß ich nicht mehr.
– St. Pauli hat sich in den letzten zehn Jahren sehr gewandelt.
– Ja.
Nach dem Krieg hatten die Menschen mehr Herz. Man hatte noch ein Gefühl füreinander. Man hatte noch Freude an Klei-

nigkeiten, vielleicht freute man sich im Stillen, überlebt zu haben. Die Zeit ist brutaler geworden – im allgemeinen und auch hier auf St. Pauli. Viel von dem Glimmer der damals an St. Pauli haftete, ist abgefallen. Das Wirtschaftswunder ist zurückgegangen. Die Zahl der Besucher ist zurückgegangen. Viele Lokale haben geschlossen. Oft durch eignes Verschulden. Wir haben ja nicht nur Leute, die auf der Bühne stehen, wir haben ja auch Leute, die vor der Türe stehen.

– Stimmt es, daß die Zuhälter heute besser organisiert sind, daß es Formen des Mädchenhandels hier gibt, daß die Mädchen, wie man sagt, KZähnlich hier gehalten werden und aus den Ringen, die sich über ganz Deutschland, über ganz Europa erstrecken nicht mehr herauskommen.

– Dazu kann ich wenig sagen, weil ich da keinen Einblick habe. Ich habe so etwas gehört. Aber die Mädchen äußern sich uns gegenüber darüber nicht. Und wir haben keine Veranlassung, sie danach zu fragen.

Früher hatten wir die mehr oder weniger kasernierten Prostituierten in der Herbertstraße. Dann kamen die Häuser, Palais d'Amour, Eros Center, dazu, die ein neues Milieu darstellen – während die Herbertstraße, wenn sie mit neuen Fenstern auch wesentlich ansprechender ist, als noch vor 20 Jahren, stellte ein etwas altertümliches Milieu dar. Wo man auf knarrenden Treppen nach oben geschleust wurde. Wenn ich im Palais d'Amour oder ins Eros Center reinkomme und sehe die langen Gänge, wo die Zimmer abgehen, das erinnert mich an meine Rekrutenzeit.

Und wenn Sie unten in diesem Geschäftsraum, in der Aufnahme, oder wie man das nennt, sind, und Sie sehen die Fernsehgeräte laufen, mit denen man von unten diese Gänge beobachtet, da ist nicht mehr das Plüschsofa, eine gewisse kleinbürgerliche Gemütlichkeit, da ist reines Geschäft. Die Mädchen haben ihr Zimmer, ihr Arbeitsgerät, die Liege, den großen Spiegel, der meistens zugezogen ist, da läuft das ab, wie in einem Großunternehmen. Die Zuhälter treten gar nicht so in Erscheinung. Ich kann Ihnen nicht mal sagen, ob sie sich da aufhalten dürfen.

Was da hinter den Kulissen getrieben wird, an Menschenhandel, – ich könnte mir denken, daß das viel mehr die Mädchen betrifft, die vom Lande oder aus anderen Städten hierherkommen, kein rechtes Unterkommen haben und an irgendeiner Ecke stehen und die Leute anhalten.
Früher war das auf ein ganz kleines Gebiet beschränkt, heutzutage finden Sie gegenüber der Davidswache ein ganzes Heer von kleinen Mädchen aufmarschiert, die kaum der Schule entwachsen sind.
Die sind natürlich ansprechbar für irgendwelche Versprechungen. Ich weiß nicht, ob die dann ins Ausland verfrachtet werden oder wo sie landen.
Und wenn Sie unten den Autostrich nehmen, am Hafen, wo abends alle 20 Meter ein Mädchen steht, da könnte ich mir schon vorstellen, daß die auf Grund ihrer wirtschaftlich angespannten Lage, leicht zu haben sind.
– Vor etwa 15 Jahren hat es große Kämpfe gegeben mit den Wiener Zuhältern, die versuchten hier in das Milieu einzudringen.
Die Wiener sind rausgedrängt worden.
Unter den jungen Zuhältern heute ist ein großer Anteil von Türken, Persern, Arabern.
– Aha. Mir nicht bekannt.
– Wie beurteilen Sie den italienischen Einfluß.
– Da kann ich auch keine Stellung zu nehmen.
Diese Zuhälterszene ist mir eigentlich noch fremder in medizinischer Hinsicht, als die der Prostituierten.
Wir haben einige Zuhälter hier gehabt, einer, der sitzt schon seit Jahren, wir haben andre gehabt, die als Privatpatienten nie gezahlt haben. Aber ich glaube, auch die Zuhälter werden kaum auf St. Pauli zum Arzt gehen. Sie werden mit ihren Mädchen in Blankenese, Pöseldorf, Uhlenhorst zusammenleben, in Häusern die keine so geringe Wohnqualität haben wie auf St. Pauli.
– Die Mädchen stecken dem Facharzt auf St. Pauli oft ein kleines Extrahonorar zu, da sie es sehr eilig haben, um gleich drangenommen zu werden. Versuchen die Mädchen das auch hier bei Ihnen?
– Nein. Damit würden sie auch gar nicht durchkommen. Wer

bei uns in der Aufnahme eine Karte angelegt bekommt, muß sich einreihen, und wenn es mal sehr eilig ist, dann gehen wir in das Wartezimmer und sagen:
Meine Damen und Herren, wir haben hier einen sehr dringenden Fall, haben Sie etwas dagegen, wenn wir den Betreffenden vorlassen?
Und die anderen können entscheiden.
Da lassen wir uns nicht auf irgend etwas ein.
– Können Sie das bestätigen, daß einige Ärzte solche Extraleistungen akzeptieren?
– Halt ich für denkbar.
– Haben Sie den Eindruck, daß es auf St. Pauli organisiertes Verbrechen gibt.
– Wenn ich das betrachte, was die verschiedenen Zeitungen veröffentlichen, dann muß man das annehmen. Aus eigener Erfahrung heraus, habe ich nie mit so etwas Verbindung gehabt. Ich bin jetzt 25 Jahre hier auf St. Pauli. Und ich habe es erlebt, daß man auch mal um mich herum geschossen hat. Aber das war Tränengas. Am Ende weinten die Revolverhelden dann. Ich bin überzeugt, daß diese Organisationen Kämpfe bis aufs Messer ausführen können, aber das tun die dann ganz unter sich. Und versuchen den Anschein von Biedermännern zu wahren. Wenn man die nach dem Beruf fragt, dann sagen die: Ich bin Kaufmann, Geschäftsführer. – Und wir haben keine Veranlassung, uns die Steuererklärung vorlegen zu lassen.
– In einem solchen Viertel wie St. Pauli, noch dazu wenn alle Ärzte hier sich regelmäßig freundschaftlich treffen, gibt es so was wie eine Buschtrommel.
– Ich muß von meiner Praxis ausgehen. Und da muß ich sagen, fehlt mir einfach die Verbindung zu dieser ganzen Szene.
Wir sind den ganzen Tag hier beschäftigt und befassen uns mit Kranken der verschiedensten Art. Aber wir haben keinen Einblick in das, was sich in den einzelnen Lokalen abspielt.
Ich halte das für möglich. Aber ich bin der Meinung, daß man dafür nicht unbedingt nach St. Pauli gehen müßte.
Diese Rauschgiftringe und was da so ist, die sind nicht auf St. Pauli angewiesen. Ich will schon für möglich halten, daß hier

einige Leute sitzen, die mit Hasch handeln und mit Heroin und die nebenbei auch noch ihr Pferdchen laufen haben.
– Die Zuhälter werden jünger. Heute gibt es Street-Boys. Die Brutalität scheint zuzunehmen. Ein junger Zuhälter in Lübeck läßt seine Mädchen – um den alteingesessenen Nutten Konkurrenz zu machen – für 40 Mark ohne Präser alles machen. Ein älterer Kollege sagte: Aber das ist doch ein großes Risiko. Dein Mädchen ist doch dann in zwei Jahren krank und fertig. Und da sagte der Junge: Was weißt. In zwei Jahren hab ich längst ne andre.
– Ich möchte das bestätigen – aber nicht nur in der Szene von der Sie sprechen. Die Menschen sind heute allgemein rücksichtslos zueinander. Aber daß die Zuhälter rigoros verfahren ist schon immer der Fall gewesen. Ich kenne keinen Zuhälter, oder Geschäftsführer, der nicht teure, aber vor allem schlagkräftige Ringe an den Fingern hat.
Aber Ringe werden auch von anderen getragen.
– Vor etwa drei Jahren hat es den Höhepunkt einer Läuseplage in Hamburg gegeben.
Wie erklären Sie sich die Verlausung der Hansestadt und was sind die hygienischen Folgen.
Kann man zum Beispiel durch Läuse Syphilis bekommen?
– Die Verlausung, oder die Wiederverlausung – wir waren ja im Krieg schon einmal verlaust im ganzen Volk; das hat sich dann nach dem Kriege durch normale hygienische Umstände rasch wieder gegeben.
Diese Verlausung ist ohne Zweifel eine Folge des Zuzugs von Ausländern. Ich kann kein bestimmtes Volk anschuldigen. Wir haben frei nie so viele Menschen beherbergt – im Krieg hatten wir natürlich die Kriegsgefangenen; aber die hatte man kaserniert und damit waren auch die Läuse kaserniert.
Ich glaube eine Läuseplage hat es letzthin nicht nur in Hamburg gegeben. Die Fremdarbeiter sind überall.
Daß sich Läuse besonders schön in Altbauwohnungen niederlassen können, das ist klar.
Die meisten Fremdarbeiter, die auch ihre Familien nachzogen, waren in Altbauwohnungen untergebracht.

– Welches sind die gesundheitlichen Risiken der Verlausung.
Es sind sogar Schulen geschlossen worden.
– Wir hatten schon im Krieg durch Läuse Fleckfieber.
– Wolhynien-Fieber.
– Ja.
Wir haben mehr mit Filzläusen zu tun.
Man sagt im allgemeinen, wo Filzläuse auftreten, die werden ja nur durch Geschlechtsverkehr übertragen, der muß ein Schmutzfink sein. Wer sich wäscht, der hat keine Filzläuse.
Wir sagten beim Kommiß: Wo Filzläuse sind, da ist ein Tripper und die Syph nicht weit.
– Wie erklären Sie sich, daß es in Hamburg zu dieser Läuseplage kommen konnte?
– Wir leben in einem freiheitlichen Staat. Ich bin nicht für die Meldepflicht bei Aids zum Beispiel, weil dann die Gefahr besteht, daß dann die Leute untertauchen. Aber es hat auch seine Gefahren, wenn man so großzügig verfährt, wie im Augenblick.
Wir wissen nicht, wie viele Tripper wir haben.
Die Statistiken sind alle falsch.
Und genauso ist es mit der Syphilis.
Die Freiheit ist gefährlich, wenn sie übergeht in Zügellosigkeit.
– Sie sagten neulich: Wir stehen bei den Pilzerkrankungen erst am Anfang. Es ist unabsehbar, was da auf uns zukommt.
– Man hat den Eindruck, daß unter einzelnen Kleinlebewesen, Bakterien etc. ein gewisser Existenzkampf ausgefochten wird. Die Masse der Keime, die wir früher erledigten, war doch wohl früher in der Lage, die gefährlicheren Keime, die wir heute haben, zu unterdrücken. Und je weiter wir die Grenze nach oben schieben, desto mehr treten jetzt Pilze auf, die früher eigentlich überhaupt keine Rolle spielten.
Wir haben heute Scheiden übersiedelt mit.
Wir haben Pilze in Harnröhren, auch männlichen Harnröhren.
Durch Verkehr übertragen.
Früher haben uns die Pilze überhaupt nicht gekümmert.

Und wahrscheinlich sind unsere immer fortschreitenden Therapien nicht ganz unschuldig, daß wir die Bakterien beseitigen, die ihrerseits wahrscheinlich die Pilze unterdrückt haben.
– Mit diesem Gebiet der Kleinlebewesen, Pilzen, Viren, Bakterien nähern wir uns nun schon Randerscheinungen wie Allergien. Glauben Sie daß das Auftreten einer Krankheit wie Aids mit diesen Mutationen, Resistenzen etc. in dieser Mikrofauna oder Mikroflora zu tun haben könnte?
– Ja. Das glaube ich.
Die Bakterienbekämpfung durch starke Medikamente hinterläßt im Organismus Veränderungen. Jeder Körper hat von Natur aus die Fähigkeit, gegen gewisse Bakterien vorzugehen und sie mehr oder weniger zu erledigen. Wir haben die Erfahrung gemacht, daß die Antibiotika, die ja doch Eiweißstoffe sind, den Körper zu überschießender Reaktion, wie Allergien bringen können. Die sogar zu einem Schock und zum Tod führen können.
Ich sagte Ihnen, daß das nicht nur bei Antibiotika eintreten kann, wir nannten die Röntgenmittel, das sind hochmolekulare Jodverbindungen, und andre.
Was Aids anlangt, so schwimmen wir total . .
Die Angaben, die wir bekommen von der Ärztekammer oder vom Gesundheitswesen sind, so dürftig sie sind, wahrscheinlich der letzte Stand der Forschung. Wir hatten einen ziemlich ausführlichen Vortrag im Februar diesen Jahres. Man stellte uns in Aussicht, daß man nun bald wisse, wie es weitergehe – aber wissen Sie, eine Forschung, die unter Zeitdruck steht, ist immer schlecht bemessen.
Es sind oft Zufälle, die zu einem Sprung vorwärts führen.
Ich glaube nicht, daß wir in Kürze, das was wir unter Aids zusammenfassen, bis ins letzte klären können.
Ich habe als Urologe, da ich kein Serologe bin, kein Bakteriologe etc. nicht die Möglichkeit, mir ein Urteil anzumaßen.
Ich beschränke mich, auf das, was ich zu hören bekomme.
Aber man hat nach 50 Jahren medizinischer Tätigkeit ein gewisses kritisches Vermögen.
Ich möchte Ihnen zu Aids einige Gedanken mitteilen, die ich bis jetzt leider in allen Veröffentlichungen nicht gehört habe.

Wir sagen, Aids sei eine Abwehrschwäche.
Schalten wir 40 Jahre zurück.
Damals war der Krieg zu Ende. Das deutsche Volk befand sich in einem einmaligen Großversuch. Durch die Hungerkur des Krieges und der Nachkriegszeit eigentlich derart abwehrgeschwächt, daß wir Menschen verloren an Bagatellverletzungen. Aber Aidsfälle hatten wir nicht.
Und wenn man nun von dem Neuauftreten einer Abwehrschwäche spricht, dann muß man sich die Frage stellen, wodurch wird eine solche Abwehrschwäche ausgelöst?
Wir kennen Aids erst seit kurzem.
Also muß doch in der vorhergegangenen Zeit, etwas eingetreten sein, etwas wirksam geworden sein, was es vordem nicht gegeben hat. Was zu einer Schwächung von menschlichen Organismen geführt hat.
Das ist einerseits der Großverbrauch von Drogen der verschiedensten Art.
– Wie schwächen Drogen. Wie schwächt Kokain, die Modedroge im Augenblick.
– Genau wie der Alkohol. Oder das Nikotin. Kokain ändert den Ablauf der körperlichen Geschehnisse.
Durch Nikotin können Fermentabläufe im Körper beeinflußt werden.
– Würden Sie eventuell sogar das Nikotin verantwortlich machen?
– Ja. Nicht für Aids.
Medikamente. Schlafmittel. Aufputschmittel. Contergan früher. Hallowach. Pervitin. Ich war bei den Fliegern im Krieg tätig. Damals wurden die Leute schon mit Pervitin gefüttert um sie wach und einsatzfähig zu erhalten. Es war phantastisch, man brauchte nicht mehr zu schlafen und war immer hellwach und einsatzfähig und reaktionsbereit, bis völlig disziplinierte Soldaten plötzlich durchdrehten, und ihrem Vorgesetzten ein paar schmierten.
– Da gabs doch auch die Fliegerschokolade, so runde Tafeln mit Theobromin.
– Die kriegten aber auch Pervitin.

– In der Schokolade?
– Nein. Extra. In kleinen Tafeln. Es gehörte zu dem Rettungspaket, wenn man abgeschossen wurde und im Wasser trieb und sich wachhalten konnte.
Nach dem Krieg der ungeheuer steigende Medikamentenkonsum.
Ich hatte einen Freund, einen Rechtsanwalt, der stellte sich ein zweites Abendbrot aus Tabletten zusammen.
Daß er gut schlief, daß er nicht träumte, daß er keine Erkältung kriegte, und am Morgen machte er den Beutel auf und nahm was, daß er schön wach wurde.
Dieser Unfug, der hier importiert wurde, der scheint in Amerika noch stärker zu sein.
Drogen sind also das erste.
Sie sprachen von den Corticoiden.
Das ist mit das Wichtigste, was man in Betracht ziehen muß.
Mit den Corticoiden ist ja sehr viel Unfug getrieben worden.
Das ist ein Gießkannenpräparat, das hilft gegen Haarausfall und gegen eingewachsenen Zehennagel sozusagen . .
– Und greift ja nur in die Entzündungsreaktionen, als in Abwehrreaktionen des Körpers direkt ein.
– Genau.
Man kann mit Corticoiden die Abwehrkraft des Körpers gegen Transplantate etwa, praktisch auf Null halten.
Aber es besteht die Vermutung, daß eine Abwehrschwäche des Körpers zurückbleibt.
– Das könnte die Präponderanz von Homosexuellen erklären können. Homosexuelle neigen dazu Corticoide in Hämorrhoidalsalben gegen Fissuren regelmäßig zu benützen.
– Eine Zeitlang mischte man Cortison prinzipiell in Salben, Tabletten etc. ein.
Corticoide sind sicherlich ein wesentlicher Faktor.
Die Faktoren können sich ja eventuell ergänzen.
Dann kommt der hohe Gebrauch der Antibiotika.
Ich wage nicht zu behaupten, ob dadurch nicht auch eine Schwächung der körpereigenen Abwehr eintreten kann.

In Ländern der III. Welt gibt es Leute, die nehmen tagtäglich Penicillintabletten ein, nicht weil sie krank sind, sondern weil sie nicht krank werden wollen.
Das ist eine große Gefahr, wenn einer Penicillin unterdosiert und dauernd nimmt; daß er Allergien züchtet, Abwehrschwäche.
– Ist diese Abwehrschwäche durch dauernden Penicillinmißbrauch klinisch erhärtet worden?
– Insofern, als die Bakterien, die in Frage kommen, nicht mehr in dem Maße gekillt werden.
– Das heißt nicht körpereigene, erworbene Abwehrschwäche.
– Ich verstehe Sie, es birgt eine große Aggressivität der Keime. Aber es ist sicher oft schwer das eine vom anderen zu unterscheiden. Ich glaube aber, daß die Antibiotika im allgemeinen eine Schädigung der körpereigenen Abwehr zur Folge haben können.
– Müssen wir anläßlich von Drogen, Corticoiden, Antibiotika auf moralische Normen regredieren, Normen, die in der Aids Kampagne oder im Aidspogrom immer wieder ausgeschlachtet werden. Ist das unerläßlich?
Unser Wasser z. B. ist verseucht durch Schutzmaßnahmen.
Die Luft enthält verschiedene Schadstoffe. Jedes Beefsteak, das wir essen ist durch Chemikalien, wenn nicht durch Hormone denaturiert, könnte man nicht vermuten, was die Fichte im Schwarzwald nicht mehr erträgt ist auch für den menschlichen Organismus schädlich geworden? Allergien hervorrufen.
Und in diese Allergien hinein schieben sich dann Viren, Pilze etc. die zu einem totalen Zusammenbruch des Menschen führen?
– Durchaus denkbar.
Nur das plötzliche Auftreten von Aids, in Afrika z. B. wo die Umwelteinflüsse noch gering sind, scheint mir weniger auf Umwelteinflüsse hinzudeuten, als vielmehr auf Schädigungen, welche die Einzelnen durch die anderen genannten Faktoren selbst erworben haben.
– Das wären endogene Prozesse.
Hier liegt aber etwas Epidemisches vor.

Ein Erreger, der in letzter Zeit sehr virulent zu werden scheint.
– Das könnte ein Beweis dafür sein, daß es einer gewissen Anlaufzeit, einer Potenzierung schädigender Stoffe bedurfte, bis die Abwehrschwäche erreicht war. Wir tappen im Dunkel.
Ich frage mich ist dies HTLV III-Virus eine Neuschöpfung, irgend etwas aus der Kontrolle Gelaufenes.
– Biologisches Kriegsführung, Humanversuche etc.
– Z. B. diese Marburger Krankheit. Die vor 10 Jahren auftauchte. Die heutzutage kaum noch genannt wird. Die ist ja wohl
– auf diese grünen Meerkätzchen
– etwas zurückzuführen, das aus der Kontrolle gelaufen ist.
– Das heißt, es sind Tierversuche mit Keimen angestellt worden, die dann auf das Pflegepersonal ausgestrahlt haben.
– Das ist wahrscheinlich.
– Wie viele Fälle von Aids sind Ihnen hier auf der Reeperbahn vorgekommen?
– Zum Glück noch gar keiner.
– Was würden Sie machen, wenn Sie bei einem Patienten verschiedene der angegebenen Symptome feststellen, Lungeninfektion, Caposi etc.
– Dann würde ich ihm sagen: Ich kann Ihnen nicht den Beweis liefern. Aber ich habe den Verdacht, daß unter Umständen Aids bei Ihnen eine Rolle mitspielt. Ich schicke Sie 200 Meter weiter ins Tropeninstitut.
Man hat durch die Medien ziemliche Unruhe in der Bevölkerung geschaffen. Diese Unruhe ist, wie die Krankheit selbst, außer Kontrolle.
Wir werden laufend gefragt, nach Aids.
Leute, die gar keinen Verkehr mehr haben, fragen nach Aids.
Es ist wie beim Krebs.
Vor einigen Jahren wurde die Trommel für die Krebsvorsorgeuntersuchungen gerührt.
Alle diese Geschichten haben etwas Gutes.
Sie warnen. Sie erregen die Aufmerksamkeit.
Sexuell sehr freie Menschen – ich spreche nicht von Homose-

xuellen sondern von Heterosexuellen, sind doch sehr aufgeschreckt.
Ich könnte mir denken, daß sich auch manches Mädchen nicht mehr so bereitwillig hinter der Disco umlegen läßt, und mancher junge Mann auch gar nicht mehr Lust hat so ein Mädchen zu nehmen.
– Aids ist zur Geisteskrankheit geworden?
– Ja. Das kann es werden.
– Fallen wir nicht zurück in die Zeit der Renaissance, der Syphilisangst, die Schließungen der [], in eine Moral, die Ihre Eltern, Strindberg, Ibsen, Wedekind mühsam versucht haben zu überwinden.
– Die Gefahr besteht.
Es sind gewisse Kreise daran interessiert.
Ich denke an die Kirche, ich denke an Moralapostel, die Aids geradezu begrüßen. In Amerika die Frauenvereine.
In den zurückliegenden Jahren ist sexuell sicherlich sehr frei verfahren worden. Sie wissen, daß ich die freie Verbindung unter den Menschen bejahe, unabhängig vom Geschlecht, aber ich habe Fälle erlebt, wo man auch als freidenkender Mensch die Stirn runzelt.
Ich mußte in letzter Zeit einen jungen Mann mit einer schweren Unterleibsinfektion behandeln, als ich ihn fragte, welche Frequenz er habe brachte er mir ein Buch mit und darin hatte er für das letzte Jahr mehr als 100 Mädchen verzeichnet.
Es gehört eine gewisse Widerstandskraft dazu, um das durchzustehen.
Bei jedem Verkehr sind Übertragungen von Bakterien dabei, es muß ja kein Tripper sein, es ist eine Mischflora vorhanden, die immer ausgetauscht wird und der Körper hat nach jedem Verkehr bei einer Frau mit Hilfe der Milchsäurebakterien zu tun, bis er wieder normale Scheidenverhältnisse hat.
Wenn zwei Menschen immer wieder miteinander verkehren, dann stellt sich ein eigenes Milieu her, das dem Körper nichts ausmacht.
Wenn aber dauernd neue Stämme hineinkommen, dann wird die Abwehrkraft des Organismus überfordert.

Da braucht man nicht an Syphilis oder Tripper zu denken – zu einem ganz normalen täglichen Geschlechtsverkehr ist eine körperliche Abwehr erforderlich.
Sie können bei einer Frau, die eine normale Michsäureflora hat, den Körper durch Scheidenspülungen krank machen.
Man spült die Milchsäurebakterien aus und es dringen Bakterien ein, die in der Scheide nichts zu suchen hatten.
Und Frauen, die sich als sehr hygienisch vorkamen, wurden krank.
– Im Hinblick auf Aids: Ist es besser, ein junger Mann beschränkt sich, statt auf 100 Mädchen, auf drei?
– Bei Aids genügt eine Ansteckung.
– Zur Aids Prophylaxe wäre die absolute Treue das Beste.
– Ja.
– Nun wissen Sie, daß es nicht ohne schwerste psychische Schädigungen in den meisten Fällen möglich ist, dieses Grundmodell der kirchlichen Moral zu oktroyieren.
Was raten Sie einem jungen Menschen zur Aidsprophylaxe?
– Kondomverkehr.
Ich bin kein Vertreter der Onanie oder derartiger Praktiken.
Ich bin dafür, daß wir so bleiben, wie wir es im Laufe der letzten 30 Jahre gelernt haben.
Die christlichen Satzungen bezeichne ich als unnormal.
Sehen Sie, wir geben unseren Patienten im allgemeinen die Hand. Ich weiß, daß viele Patienten es nicht tun. Aber ich finde, es stellt ein gewisses Vertrauensverhältnis her.
Einen Menschen, den ich von vorneherein ablehne, dem gebe ich keine Hand.
Ich bekomme dadurch wahrscheinlich Bakterien.
Ich nehmes es in Kauf.
Was hat die Hand nun den übrigen Körperteilen gegenüber für ein Vorrecht oder für einen Nachteil.
Ich bin der Meinung, daß sich die Menschen durch einen Kuß näher kommen, als mit der äußerlich abgestumpften Hand, und was hygienisch nicht vertretbar ist.
Die christliche Moral hat sich in 2000 Jahren in der Bevölkerung eingefressen und sie ist medizinisch zu erklären, weil sie alle die

Probleme, die damals medikamentös nicht zu lösen waren, Mischinfektionen, bis hin zur Syphilis, unmöglich machte. Aber jetzt, wo wir den Problemen begegnen können, ist die christliche Moral nicht mehr haltbar.
Und nun kommt Aids und bringt uns zurück in eine mittelalterliche Bahn.
– Es gibt eine Hepatitis-Schutzimpfung. Sie wurde dem Ärztekorps der Hansestadt durch die Gesundheitsbehörde angetragen, sie haben sich geweigert, diese Prophylaxe durchführen zu lassen.
– Weil der Erfolg nicht gesichert und mögliche Schäden nicht auszuschließen waren.
– Welche Schäden?
– Impfschäden.
– Denken Sie an Überreizungen des Immunsystems durch allzuviele Impfungen, die zu einem Zusammenbruch und zu aidsartigen Krankheitsbildern führen?
– Das schließe ich nicht aus.
Ich bin kein Impfarzt.
Ich weiß nur, daß wir beim Militär unheimlich viel geimpft worden sind.
Ich bin kein Impfgegner.
Aber wegen Aids muß man zusätzlich auch mit Impfungen vorsichtig sein.
Gewisse Impfstoffe, nicht alle, aber doch ein beachtlicher Teil, werden aus Humanserum hergestellt.
Wir haben Impfstoffe vom Pferd und vom Rind – Pferde und Kühe haben wohl kein Aids – aber wir benützen Humanalbumine bei kindlichen Mischimpfungen, bei Hepatitis.
Es werden ja nicht nur Blutkonserven transfundiert, sondern auch Serumampullen übertragen.
– Lymphe?
– Lymphinfusionen. Es wird Blut für Lymphe aus Haiti bezogen, aus Zaire soll ähnlich Blut bezogen worden sein.
– Wie werden Blutkonserven und Lymphe hergestellt. Wird das Blut von jedem Spender gesondert transfundiert?
– Ja. Soweit es sich um Blutkonserven handelt muß man nicht

nur auf Gruppengleichheit achten, sondern man muß auch die Untergruppen berücksichtigen. Die man eigentlich erst in den letzten 40 Jahren so genau differenziert hat.
– Halten Sie es für möglich daß heute noch Blutkonserven von Aidskranken gestapelt werden?
– Das ist eine schwere Frage. Ich glaube kaum, daß die Industrie wegwirft, was nicht unbedingt weggeworfen werden muß.
– Glauben Sie, daß die Berichterstattung, die ja vor allem moralisch orientiert ist, das Faktum der Blutkonserven ignoriert?
– Ich glaube, das ist nicht mehr möglich, wenn auch wenige durch Blutkonserven hervorgerufen . .
– Aidstote?
– Aidstote.
Das wurde im Februar in dem Symposium auch zum Ausdruck gebracht, daß man hoffte in Kürze Ansteckung durch Transfusionen mit Sicherheit ausschalten zu können.
– Über die Initialzündung wird viel gemunkelt.
Wir werden wahrscheinlich nie stichhaltig wissen, ob so etwas von den Geheimdiensten gekommen ist, von Experimentationen der Virologen, von Humanexperimenten etc.
Aber was die weitere Verbreitung von Aids anlangt, scheinen Ihnen da die Homosexuellen schuldig zu sein oder nicht viel mehr Bluttransfusionen?
– Das müßte sich an den registrierenden Organisationen feststellen lassen. Man weiß, wie viele Aids-Kranke Transfusionen in der letzten Zeit bekommen haben.
Soweit ich gehört habe, sind die Transfusionsübertragungen in der Zahl geringer.
– Gewisse Gruppen könnten Interesse daran haben, eine solche Aidshysterie zu verbreiten.
– Ohne weiteres.
– Scheint es Ihnen möglich, daß es weder den Virus, noch die Krankheit gibt, daß man diffuse Immunschwächen, die eh auftreten, in den Medien zu einer solchen Krankheit macht?
– Das glaube ich nicht. Ich bezweifle auch nicht das Gegenteil. Wir wissen noch nicht, welche Rolle das erkannte Virus überhaupt hat. Und das ist das Entscheidende.

Es könnte zum Beispiel möglich sein, daß das Virus eine Zugabe ist. Vielleicht liegt die Sache ganz woanders.
– Haben Sie eine Vermutung.
– Die kann ich nicht haben.
Ehe man nicht eine Krankheit mit dem als Erreger erkannten Virus überimpft hat kann man keine definitiven Aussagen treffen. Und das Schwierige ist, daß die Inkubationszeit mit 8 oder 10 Jahren angegeben wird.
Und seit vier Jahren etwa wissen wir erst, daß es diese Immunschwäche geben soll.
– Sind Ihnen Abhandlungen in letzter Zeit über die Marburger Krankheit vorgekommen?
– Nein. Ich habe nur mit einer Kollegin gesprochen, einer Laborärztin, und die sagte, das wäre eben ein aus der Kontrolle gelaufenes Geschehen. Das könnte natürlich auch bei Aids die Ursache sein.
– Könnten Sie sich Medikamente denken, mit denen man die Immunstärke feien kann, Gammaglobuline, Enzianprodukte, Spurenelemente, Vitamine.
– Jedes Mittel, das die körpereigene Abwehr anregt, dazu gehören das Echinacin und derartige pflanzliche Produkte, würde ich schon als gut ansehen.
Wir geben in der Urologie sehr viele solcher Präparate.
– Und die schaffen keine Abhängigkeit und leiern die Abwehr an?
– Nein. Nun nimmt man die ja auch nicht dauernd.
Ich bezweifle aber, daß man einen solchen kompakten Infekt, der zum Tode führt, mit solch harmlosen Mitteln bekämpfen kann. Ich sehe vielmehr eine Notwendigkeit, die Bevölkerung aufzuklären, anstatt sie zu verschrecken:
Ihr braucht nicht in mittelalterliche Zustände zurückzufallen. Was Ihr euch an Freiheit erhalten habt das könnt Ihr behalten. Aber wir wissen von Aids zu wenig, wir können nichts Umfassendes äußern.
Geduldet euch 10 oder 15 Jahre, dann sehen wir klarer. Und in dieser Zeit blüht die Gummiindustrie und verwendet
– Frommser.

– Kondome.
– Wenn wir nun die Erklärung der Science Fiction beiseite lassen und annehmen, daß eine allgemeine Schwächung der Abwehrkräfte der Menschen zu einer Epidemie wie Aids beiträgt – glauben Sie daß ähnliche umgreifende und diffuse Erkrankungen in der nächsten Zeit auf uns zukommen werden?
– Davon bin ich überzeugt.
– Zu Anfang des Jahrhunderts, glaube ich wurde schon der Kaposi-Krebs beschrieben.
Ist Ihnen je ein Kaposikranker in die Praxis gekommen?
– Nein.
– Ist Aids eine Krankheit, die vor allem von Homosexuellen verbreitet wird?
– Nein. Ich bin der Meinung, daß man hier zu einseitig verfährt. Die Warnungen im Rundfunk und in der Presse kann ich für meine Praxis auch nur so übersetzen, wenn ein Bisexueller weiter bei seiner Praxis bleiben will, dann bitte, aber mit Kondom.
– Es sind gigantische Summen im Spiel. Alle GI in Amerika sollen die Lymphreaktion machen lassen – ich glaube das sind 3 Millionen Menschen. Wenn es ein Serum gäbe, würden sie geimpft werden. Das sind Milliarden Dollar, die da bereits von der Industrie – der Krankenhausindustrie und der Pharmaindustrie – angepeilt werden – glauben Sie, daß zum heutigen Standpunkt überhaupt noch eine objektive Berichterstattung möglich ist.
– Das wird sehr schwer sein.
Heute werden die Zeitungen weit besser verkauft, wenn die Schlagzeile heißt: Eine neuer Aidstoter.
Als denkende Menschen müssen wir also unsere Abstriche machen. Man könnte aber vom Gesundheitswesen aus, von der Ärztekammer her an die Bevölkerung einen sachlichen Jahresbericht geben.
– Und Sie glauben nicht, daß die Institute, die in die Aidsforschung investieren, daß die eine objektive Darstellung zu verhindern wissen?
– Sie werden es versuchen.

– Sie glauben also nicht, daß in Krankenhäusern heute die Tendenz besteht, viele nicht ganz geklärte Todesfälle als Aids zu deklarieren?
– Nein.
Soviel medinzinische Ethik dürften die Ärzte haben um sich nicht vor der Industrie zu beugen.
Daß die Industrie versuchen wird, auch Institutionen zu manipulieren, davon bin ich überzeugt.
– Die Zahl der Aidskranken verdoppelt sich bisher jedes Jahr.
Am Ende des Jahrtausends sind also Hamburg z. B. und Amerika entvölkert.
Schreckt Sie das?
– Nein, überhaupt nicht.
Obgleich ich vielleicht die Möglichkeit einer Infektion eher habe als mancher andre.
In 25 Jahren, wahrscheinlich eher, ein Mittel habe.
Man hat bis jetzt noch gegen jede Krankheit ein Mittel gefunden. Und so wird es auch hier sein.
Wobei bedacht werden muß, daß es sich bei Aids ja wahrscheinlich um einen ganzen Krankheitskomplex handelt.
Wir haben ja auch früher schon Leute an ganz anderen Infektionen sterben sehen – nur weil ihr Organismus eine allgemeine Abwehrschwäche aufwies.
– Ich habe oft besorgten Freunden gesagt: Immunschwäche ist nichts Neues, wenn du morgen an Lungenentzündung, an Pest, oder an Cholera stirbst, dann stirbst du an Immunschwäche.
– Richtig.
– Dein Körper war nicht mehr fähig den spezifischen Erreger abzuwehren.
– So ist es im Krieg bei jedem Verwundeten gewesen, der nur mit einer schweren Eiterung kämpfte.
Es ging immer darum, wird der Betreffende mit der Infektion fertig oder wird er nicht damit fertig. Ist sein Immunsystem stark genug oder nicht.
– Die letzte Choleraepidemie traf Hamburg kurz vor der Jahrhundertwende. Meine Großmutter hat noch miterlebt, daß die

Leichen mit der Schnitt'schen Karre abtransportiert wurden. Wie wurden die Menschen psychisch damit fertig?
– Die Menschen waren damals sehr viel gläubiger als heutzutage. Heute ist man dem Glauben entfernt und durch die Medien überzeugt, daß der Mensch kaum mehr zu sterben braucht – damals nahm man an, daß zum Leben die Krankheit und auch der Tod gehören. Der Tod ist heute verpönt.
Es hat damals auch keine Medien gegeben, die die Menschen derart beunruhigten.
– Und warum sollte es auch keine Menschen geben, die einen solchen Virenbefall ausheilen. Es gibt Krebs, der von Menschen überwunden wird.
– Ich habe selbst solche Fälle von histologisch nachgewiesenen Blasencarcinomen, die ich ohne operativen Eingriff so habe niederhalten können, daß sie ausgeheilt sind.
– Krebs kann viral sein.
Glauben Sie, daß derartige virale Erkrankungen psychosomatischen Charakter haben?
– Mit. Ja.
Ich glaube, daß eine psychosomatische Komponente beim Krebs eine enorme Rolle spielt.
Ich glaube, daß jemand, der einem Krebs nüchtern gegenübersteht, sehr viel schwerer von ihm niedergerungen wird, als jemand, der sich vor ihm fürchtet und der aus psychischen Gründen so darniederliegt, daß er sich der Krankheit ergibt.
– Krebs und Aids können als Geisteskrankheiten auftreten.

IX

Todesarten

Auch kurz leben, heißt, viele überleben.
Nicht nur Goethe mit 82 hatte viele überlebt – auch August Graf von Platen-Hallermünde mit 39.
Jäcki lag jetzt dazwischen.
Auch Jäcki hatte viele Kollegen sterben sehen.
Gide – an Herzversagen.
Benn.
Brecht.
Thomas Mann.
Zeitgeister.
Im Bett.
Camus beim Verkehrsunfall an einer Platane.
Hans Henny Jahnn im Bett.
Bobrowski im Bett voller Schnüre und Schläuche.
Adamov mit Fahrradketten erschlagen.
– Sartre hat zugeguckt, sagte Peter.
Celan ging in die Seine.
Ingeborg Bachmann verkohlte.
Wolfgang Maier erstickte an einer Wurst.
Born an Krebs.
Brinkmann wurde in London überfahren.
Linksverkehr.
Er sah zuerst in die falsche Richtung.
Jetzt Uwe Johnson.
Kein Agentenmord.
Herzversagen.
Nicht im Bett.
Auf dem Fußboden.

Kein schlechter Tod.
Hinterher Kleenextücher.
Die BZ fotografierte.
Tillmann Jens brach ein und stahl die Briefe von Raddatz.
Er wurde vom Stern entlassen.
Im Spiegel meinten sie zu Irma:
– Wir haben gerade was über die Jahrestage gebracht.
– Jetzt wollen wir nicht wieder groß einsteigen.
Der Stern hatte schon Fotos von Digne Meller-Marcovicz.
– Aber schicken Sie man ruhig.
– Wenn Ihre besser sind, drucken wir Ihre.
Die Zeit wußte es eher als die anderen.
– Böll, Grass und Walser erfuhren es überhaupt erst durch meinen Anruf, sagte Raddatz.
Raddatz bat sie um je acht Zeilen für den Aufmacher.
Walser sagte:
– Sie gestatten, daß ich auflege, erzählte Raddatz selbst.
Es war ein syntaktisches Problem.
Jäcki fürchtete den Tod nicht.
Jäcki fürchtete zu sterben.
Die Mülltonne von Wolf von Benneckendorf.
Die blutige Bibliothek, wenn man mal nicht aufpaßt und sich gehen läßt.
Stefan Hinz rief ihn an, weil er ein Buch über Aids für Rowohlt machen sollte.
– Was heißt überhaupt Immunschwäche.
– Wenn ich an Tb sterbe, hab ich auch Immunschwäche – für Tuberkel.
– Das ist eine Idee, sagte Stefan Hinz:
– Da bin ich noch gar nicht drauf gekommen.
Jäcki gewöhnte sich an, Irma bei jedem Husten, bei jedem Stich in der Wade zu sagen:
– Typisch – Lungenkrebs, Syphilis, Gelenktripper, Aids.
Jäcki wußte, an einer dieser Todesarten würde er sterben.
Prostata.
Vergiftet durch die Nieren.
Oder ein anaphylaktischer Schock.

Dem Bildhauer hatten sie den Sphinkter herausgeschält – nun war es eine Frage, ob die Plastiktüte riß.
– Dichter sterben im Bett an Herzversagen!
Jäcki wollte nicht im Bett an Herzversagen sterben.
Auf der gebohnerten Diele.
Auch nicht im Krankenhaus Dritter Klasse Altona.
Hinterher wechselt man die Matratze.
Der Nachbar sieht weg, als die Schwester den Neuen ins Gestell des Verstorbenen bettet.
Beim Absturz verbrennen.
Im Flugzeug ertrinken.
Gefressen werden vom Hai.
Jäcki hatte als Kind die Zeit damit totgeschlagen, an Selbstmord zu denken.
Er wollte es nicht mehr selbst tun.
Er wollte auch nicht hingerichtet werden.
Langsam in kleine Stücke geschnitten.
Ein eiserner Stiefel.
Ein vergifteter Regenschirm.
Die virenverseuchte Kugel.
Als Vagabund vielleicht.
Verschellen.
Am Straßenrand, am Amazonas.
Von einer bösen Biene gestochen.
Oder zuviel Frost.
Rasch.
Niemand will langwierig sterben.
Aber es gab keinen Straßenrand mehr und keinen Amazonas.
Allein.
Nicht auch noch dabei gestört werden.
Beim Ficken wäre es natürlich am angenehmsten.
Aber man fickt nicht allein.
Und der Türke oder Irma, die plötzlich merkten, daß Jäcki steif bliebe und erkaltete.
Als stürzte man sich von einem hohen Gebäude auf eine Fußgängerzone und überließe einem Straßenfeger und einem Studenten das Wegräumen.

Diese Liste schien Jäcki vollständig.
Jäcki hörte den Knochenmann trabsen.
Den die Gräfin über eine dreiviertel Seite in der Zeit abgedruckt hatte.
Das waren keine Aussagen mehr wie:
– Dich erschlagen sie in den Büschen, von Hans Eppendorfer.
Jäcki hatte gelacht:
– Mal sehen, wer als erster mit der Nase im Matsch liegt.
Die Liste war vollständig wie die Karteikarten der Heinzelmännchen.
Dieser Litanei konnte Jäcki nicht mehr entkommen.
Das Gesicht seines Todes war dabei, wie in den Kästen der Fahndungsbehörde das Phantomfoto.
Lider.
Nasen.
Ohren.
Fingerglieder.
– Außerdem: Man kann es sich nicht aussuchen.

X

Schluß der Entstehung eines Gespenstes

Nach einem Frühjahr in dem der »Spiegel« Freud durch eine Titelgeschichte abzuschaffen versuchte, einem sehr kalten Frühjahr – Jäcki hatte versucht Rheumatismus und Sinusitis in Benin zu fliehen;
da war es gelungen.
Aber in Ouagadougou holte die Kälte Irma und Jäcki ein.
Der März in Hamburg war kalt.
Jäcki versuchte zum Fünfzigsten die Wärme in Paris zu erreichen; als er an der Gare du Nord eintraf schneite es zum Frühjahrsanfang.
Dann Casa.
Die Nächte waren kalt wie in Hamburg.
Meknes schließlich
Er fror in eine fuchsrote Tweedjacke gehüllt.
Jäcki war ganz verrückt gewesen nach diesem Rot.
In London hatte er es beinahe geschafft.
In Berlin war es unmöglich zu finden.
Bei Ladage und Oelke hingen sie schließlich auf der Stange.
Rote Tweedjacken.
Aber Jäcki machte den ganzen Laden verrückt
Geschneidert sollte sie sein.
Ihm auf den Körper gemessen
Und ein grünes Futter.
Jäcki kaufte es selbst ein und brachte es zu dem mürrischen Bediener.
Die fuchsrote Jacke begleitete Jäcki nach Dakar, Benin, Ouagadougou, Paris, Casa, Fes, Meknes.

Jäcki saß in Meknes beim heißen Café im Gebirgswind und sah den Djellabahs nach.
Er wollte gestreiften Djellabahstoff Irma mitbringen für einen weiten Mantel, in diesem Frühjahr, als Freud abgeschafft werden sollte, und als es Jäcki, der sein ganzes Leben lang Freud bekämpft hatte, schon fast wieder leid tat, um Unbewußtes, Ich und Über-Ich.
Da kam einer in einer fuchsroten Djellabah vorüber.
Das Rot der Jacke, in der Jäcki warm saß
Weit
Fuchsrot für Irma aus der groben Djellabah Wolle.
Warum sollte das nicht gehen.
Einen weiten Mantel.
Einen weiten fuchsroten Mantel
Den weiten fuchsroten Mantel seiner Hymne aus dem Waisenhaus.
Jäcki saß in Stoff und Farbe des weiten fuchsroten Mantels der Mutter aus dem »Waisenhaus« in dem kalten Frühjahr in Meknes.
In diesem Frühjahr als Freud abgeschafft werden sollte
Als Jäcki seine Mutter ganz in sich abgetötet hatte
Als sie zu einem Gespenst verkommen war
Als er dem Gespenst das Waisenhaus nur noch vorwarf.
In diesem Frühjahr als er versuchte durch einen Roman den Roman Das Waisenhaus für ungültig zu erklären – saß er in einem Stück Stoff von der Farbe des weiten Mantels der Mutter den er durch die halbe Welt schleppte um alles Lügen zu strafen, die ganze Geschichte der Empfindlichkeit, Die Geschichte der Nanã und diese Entstehung eines Gespenstes.
Ein letztes enges Stück fuchsroten Stoffes der Hymne des Waisenhauszöglings von acht.

Anhang

Editorische Notiz

'Hamburg Hauptbahnhof 1984. Register' lautet es auf dem Typoskript Hubert Fichtes, doch im Bandverzeichnis seiner letzten Verfügung vom 20. 2. 1986 läßt er das im Titel eingebundene Datum fallen, da er es mittlerweile in zwei von den sechs handgeschriebenen, dem Typoskript zugeführten Textpartien überschritten hat: In der einen erfaßt die Darstellung das Frühjahr 1985, und die andere gibt ein im darauffolgenden Herbst abgehaltenes Interview wieder.
Von den sechs Partien – »Die Welt ist ein Buch«, das Vor- und Nachspiel des »Gesprächs mit Wolli und Linda«, das Interview mit Dr. Johannes Fischer, »Entstehung der Fliegen«, »Die Entstehung eines Gespenstes« und »Schluß der Entstehung eines Gespenstes« – sind die drei erstgenannten von Fichte an ihren Platz im Typoskript eingeheftet worden, während er die drei übrigen nur noch hat beilegen können. Den eventuellen Ort für die erste und zweite der bloß beigelegten konnten wir aus dem Gesamtplan der *Geschichte der Empfindlichkeit* vom 11. Juli 1984 ableiten. Wie immer richtig, bleibt jegliche Verortung solch bloß hinzugefügter Textteile natürlich immer konjektural.
Für die Plazierung des Teils »Schluß der Entstehung eines Gespenstes« haben wir in einem Stoß den Band *Hamburg Hauptbahnhof* betreffender Zettel einen gefunden, der sagt:
'H.B.H.
In welcher Zeit spielt er eigentlich?
Winter?
Enden mit dem komplizierten Frühling. –'
Und eben jenen – für Fichte nie wiederkehrenden – Frühling, der seines 50. Geburtstages, in dem, wie er dort sagt, Freud abgeschafft werden sollte, beschwört er im »Schluß der Entstehung eines Gespenstes« herauf, weswegen dieser »Schluß« nun das Ende des Bandes behauptet.

Fichtes Orthographie und den Eigenheiten seiner Zeichensetzung wurde bis auf einige notwendige Richtigstellungen und Vereinheitlichungen gefolgt.

Um dem übergeordneten Gefüge des Registers Rechnung zu tragen, haben wir den einzelnen Einheiten (für Fichte, vide infra Taschenkalender: Kapitel) römische Ziffern vorgesetzt.

In Fichtes nachgelassenem schwarzen Taschenkalender 1985 sind bezüglich *Hamburg Hauptbahnhof* folgende Eintragungen bedeutend:
15. Januar (in Abomey): »Wechseljahre fertig.«
7. September: »16 Uhr Fischer Interview«
10. September: »16.15 Diagnose und Interview«
Vom 1. bis 18. Dezember ist täglich das Kürzel HBH eingetragen, am 15. zuzüglich: »1. Kapitel fertig.«

Das Register des Zeitraums 1982 bis 1985 ist der letztdargebotene Abschnitt der Geschichte Jäckis – Fichtes Name seiner in die Sprache erweiterten, in die Lettern verlängerten Existenz – und folgerecht als Band der den Hauptkorpus der *Geschichte der Empfindlichkeit* abschließende.
Von diesem dreizehnbändigen Korpus steht hingegen noch die Herausgabe der Titel *Die zweite Schuld* an, den Fichte mit einer Sperrfrist versah, und *Der blutige Mann*.

Wuppertal, Januar 1994 Ronald Kay